广 府 文 化 研 究 丛 书

广东省创新团队项目"广府民间艺术传承与创新研究"（2016WCXTD010）
广州市教育后协同创新重大项目"岭南传统艺术活态传承协同创新研究"（1201630003）

广州市宣传文化出版资金

明清以来文学中的
广府风情研究

纪德君　何诗莹　著

社会科学文献出版社

SSAP
SOCIAL SCIENCES ACADEMIC PRESS (CHINA)

目　录

绪　论

广府，泛指整个使用粤方言的地区，以省城广州为中心，地区上可以分为"上四府"和"下四府"。"上四府"包括南海、中山、番禺、顺德。下四府包括台山、开平、恩平、新会。广府地区作为明清以来中国南方的政治、经济、文化中心，不仅对整个中国社会产生了巨大影响，而且对当地文学创作的发展和繁荣也起到了强有力的促进作用。不同时期各种体裁的文学作品纷纷从不同角度描绘了千姿百态的广府图景，形象地反映了广府地区的社会生活。

以小说为例，明清至民国时期，至少有三十余部小说主要叙述或涉笔广府地区的人物故事，计有《蜃楼志全传》、《皇明诸司公案》（卷二《奸情类》第八则《彭理刑判刺二形》）、《无声戏》（第四回）、《十二楼》（卷五《归正楼》）、《国朝名公神断详刑公案》（卷二《奸情类》第五则）、《醒梦骈言》（第八回）、《西湖小史》、《警富新书》、《羊石园演义》、《岭南逸史》、《新中国未来记》、《廿载繁华梦》、《发财秘诀》、《宦海潮》、《洪秀全演义》、《大马扁》、《劫馀灰》、《九命奇冤》、

《黄金世界》、《五日风声》、《广州乱事记》、《广东世家传》、《断鸿零雁记》、《康梁演义》、《广东故事谈奇》、《鬼才伦文叙笔扫柳先开》、《七载繁华梦》、《刘华东故事》、《粤东新聊斋》、《荒唐镜》、《罂粟花》、《王呆子》、《鸦片之战演义》、《黑籍怨魂》、《宦海》、《猪仔记》、《文明小史》、《黑狱》、《凄风苦雨录》、《孽报缘》、《致富术》、《陈万言》、《剃头二借妻》、《奶妈娥》、《酣眠春梦》、《竹尺和锤》、《缫丝女工失身记》、《阿斗官》、《孙中山演义》等;至于新中国成立后,聚焦广府地区的小说更是不绝如缕,诸如《虾球传》、《一代风流》、《香飘四季》、《大地恩情》、《西关小姐》、《怪才陈梦吉》、《广州教父》、《镇海楼传奇》等等。

而除了小说之外,在文人笔记、诗歌和戏剧方面,明清以来也有不少描写广府民俗风情或历史事件的作品。文人笔记如屈大均的《广东新语》等;诗歌方面有《广州竹枝词》《羊城竹枝词》、招子庸的《粤讴》、张维屏的《三元里》、何玉成的《纪事诗》等;戏剧方面则有黄鲁逸与姜魂侠、黄叔尹合作的粤剧《火烧大沙头》、夏衍等人集体创作的话剧《黄花岗》等。

虽然明清以来文学中的广府描写屡见不鲜,但由于长期以来文学研究与城市文化研究分属于不同领域,横向联系的跨学科研究存在一定的难度,因而学者们往往只是根据那些记载广府地区的历史文献或方志等,从政治、经济、历史、军事、宗教等角度来研究广府文化,还较少有人从文学作品入手,以形形色色的文学作品作为考察对象,来探讨其中以各种样态呈现的广府风情。

(一)研究现状简评

近几年来,少数研究者开始从地域文化的视角探讨小说中所描绘的广府风情，相关论著零星可见。

梁冬丽的《黄小配近事小说研究》（广州大学 2005 年硕士论文），第三章《近事小说的人物塑造》着重分析黄小配的近事小说中塑造的几类人物形象，揭示其审美认识价值。其中包括"周庸佑与绅商形象""张任磐、袁世凯与上层官僚形象""康有为与改良派形象""革命派形象"。这类人物中，有很多都是广府人，其典型的个性经历有一定代表性，对研究广府人的市民精神特征有一定参考价值。而论文的第四章《近事小说中的粤港风情与时代特色》，则围绕黄小配近事小说描写的商业风情和世俗习尚，具体阐释其近事小说体现的粤港风情与时代特色。主要分成"商业风情"与"世俗习尚"两大部分进行分析阐述。"世俗习尚"又细分为"娱乐习尚""节日习尚""礼仪习尚""家居习尚""迷信习尚"五点分别论述。梁冬丽另有《漫议黄小配近事小说中的戏曲描写》一文则集中探讨黄小配近事小说中所反映的清末广州地区戏曲表演的情况。

张靖瑶的《20 世纪 20、30 年代广州社会文化状况研究》（华南师范大学 2007 年硕士论文），第二章通过对《广州民国日报》文化教育类广告进行分析，反映了当时广州教育、报刊书籍和文化机构的发展状况；第三章通过对《广州民国日报》娱乐类广告进行分析，反映了电影戏剧、游园游艺会、茶楼酒楼的发展状况；第四章通过对其他与社会文化发展有密切关系的广告进行分析，展现了社会文化发展的物质表现，并反映了民族意识觉醒的情况；第五章为结语部分，着重总结了当时广州社会文化发展的特点。

王丹的《论晚清广东题材小说的"海洋化"特征》（浙江师范大学2007 年硕士论文），第二和第三部分以晚清广东题材小说的文本为基础，探讨晚清广东题材小说对于粤民"海洋化"生活形态和生存哲学的文学书写，包括以洋货为重要特征的"海洋化"生活内容与以近代买办之父——晚清广东买办为特色形象的"海洋化"人物形象，讨论晚清广东题材小说中粤民的"海洋化"生存观，重点以粤民"出洋"与"走沪"两大现象为突破口。

白薇的《清代中后期广东地区通俗小说研究》（暨南大学 2008 年硕士论文），第二章《清代中后期广东地区通俗小说创作概述（上）》的第四节《富于纪实性与地方色彩的警世小说》，探讨了《警富新书》和《警贵新书》所体现出的浓厚地域色彩。第四章《清代中后期广东地区通俗小说的地域特色和发展特征》的第二节《文人的粤地乡土情结》则探讨了清代中后期广东地区通俗小说作者在写作中所渗透出的广东地域风情和乡土情怀。

杨琴的《清末岭南籍作家白话小说创作和理论研究》（暨南大学 2010 年硕士论文），从地域文化的角度分别对梁启超、吴趼人、黄世仲等小说家的作品进行分析，探讨其小说创作中所蕴含的地域文化因素，总结其小说创作写粤人、纪粤事、书粤地风俗的题材取向，以及对近代粤商商业活动及文化的反映等。

除了上述学位论文外，一些论文也从不同侧面探讨了小说所反映的广府文化风情。如葛永海、王丹的《清代中晚期小说的"粤民走海"叙述及其文化意义》（《文艺研究》2010 年第 1 期）、纪德君的《黄小配近事小说中的广府风情》（《岭南学》第一辑，中山大学出版社，2007）、纪德君、何诗莹的《清代文学中的广州十三行描写及其意义》（《探求》2011 年第 4 期）等。

当然，有关广府地区政治、经济、历史、宗教等方面的研究成果，也可以通过文史互证的方式，为本课题的研究提供一些有益的借鉴和参考。

不过，总体看来，目前对文学中广府风情的探讨尚处于起步阶段，相关成果零星而不成系统，且这些成果对文献资料的掌握还不充分，具体研究也缺乏自觉的比较意识（如与广府之外文化风情的比较）与历史眼光（广府文化风情的历史嬗变），这在一定程度上影响了研究的深度与广度。

（二）研究思路与方法

本书的主要思路是对明清以来文学中的广府图景进行分类、纵向的历时性描述；在历时性的描述中，既致力于研究每一个时期的广府图景，又注重将不同时期的广府图景加以比照、分析，以揭示其嬗变的历史脉络；另外，笔者还将尽量与广府之外其他地区的文化风情相参照，以期揭示广府文化风情的个性魅力。

在具体研究中，本书将主要采用文史互证与跨学科交叉研究的方法，既重视各种文学文本中相关文献资料的广泛收集、缕述，又重视理论的阐发、观点的提炼和规律的总结。文史互证，是将文学文本对广府风情的描写与一些史书、方志、笔记的有关记载联系在一起，相互参证，对文学描写之虚实加以考辨，以期发现新的历史事实，既从文献学的角度阐释文学中广府描写的史料价值，同时又从文学角度论证文学中广府描写的美学价值。

一

明清以来文学中的广府商业风情

苏木沉香劈作柴，荔枝圆眼绕篱栽。

船通异国人交易，水接他邦客往来。

地暖三冬无积雪，天和四季有花开。

广南一境真堪美，琥珀砗磲玳瑁阶。

——《警世通言》第三十六卷

广州地处珠江三角洲北缘，濒临南海，气候温和，物产丰富，水运便利，自古以来就是一大商都。上面是明末拟话本小说集《警世通言》第三十六卷《皂角林大王假形》谈及广州时引的一首七律诗。这首诗正好从天时、地利、人和三方面概括了广州得天独厚的商贸优势，同时也简洁描绘了当时广州商业贸易的繁荣和百姓生活的富庶。其实早在秦汉时期，广州就已是一大商会。《史记·货殖列传》云："番禺，亦其一都会也。珠玑、犀象、玳瑁、果布之凑。"① 《汉书·地理志》也说："中国往商贾者多取富焉。"② 而从那时起，广州就已成为海上丝绸之路的主要港口。到了唐宋时，广州则已成为世界著名的东方港口了。《唐大和尚东征传》就描绘了当时广州海湾停泊商船的盛况："江中有婆罗门、波斯、昆仑等舶，不知其数，并载香药、珍宝，积载如山。"③ 元代时，广州作为中国第一大港的位置为泉州所取代而屈居中国第二大港。

　　明清时中国长期闭关锁国，严格管制对外贸易。但广州因地利一直处于开放对外贸易的少数区域之一。明洪武年间，朝廷设广州、宁波、泉州三市舶司，并规定广州通占城（越南南部）、暹罗（泰国）、西洋诸国，宁波通日本，泉州通琉球。明朝诗人孙蕡的《广州歌》就描绘了当时广州商贸繁华的景象："广南富庶天下闻，四时风气长如春"，"峨峨大舶映云日，贾客千家万家室"。④ 明嘉靖元年，朝廷撤销了浙、闽两市舶司，仅存广州市舶司，于是广州成为当时中国唯一的海外贸易口岸。清康熙年间，清廷分别设立了粤海关、闽海关、浙海关和江海关管理海外贸易。但到了乾隆二十二年（1757），又关闭了闽、浙、江三海关，仅保留粤海关。此后，广州成了全国进出口贸易的唯一口岸。

　　当时的外商说："广州的位置和中国的政策，加上其他各种原因，使这座城市成为交易数额很大的国内外贸易的舞台。除了俄罗斯的商队是横越中国北部的边界，葡萄牙和西班牙的船只是驶往澳门之外，中华帝国与西方列国之间的全部贸易，都以此地为中心。中国各地的产品，在这里都可以找到；来自全国各省的商人和代理人，在这里做着兴

---

①　司马迁:《史记》, 中华书局, 1959, 第 3268 页。
②　班固:《汉书》, 中华书局, 1964, 第 1670 页。
③　真人元开:《唐大和尚东征传》, 中华书局, 1979, 第 74 页。
④　杨资元、黎元江:《英雄花照越王台——历代咏广州作品选》, 广州出版社, 1996, 第 49~50 页。

旺的、有利可图的生意。东京、交趾支那，柬埔寨、暹罗、马六甲或马来半岛、东方群岛、印度各港口、欧洲各国、南北美洲各国和太平洋诸岛等地的商品，都被运到这里。"① 19世纪的俄国外商也说："广州是个巨大的贸易城市，尤其值得外国人关注，在这里几乎可以看到各个国家的人。除了欧洲国家之外，那里还有大部分亚洲贸易国家的原住民，诸如亚米尼亚人、穆罕默德教徒、印度斯坦人、孟加拉人、巴斯人等。""（广州）是帝国与西方交往的据点，也可以说是外国商品销往中国的唯一地点。"②

一口通商期间，广州凭借独一无二的政策特惠，对外贸易高度繁荣，本地经济飞速发展，成为名副其实的"天子南库"。由于上述天然优越的地理环境及长时间对外开放的贸易政策，以广州为中心的广府地区也处处散发着浓厚的商业气息，这在明清以来的文学作品中都多有体现。诗人黄遵宪在《羊城感赋》中曾慨叹："百货均输成剧邑，五方风气异中原。"吴趼人的小说《九命奇冤》也说："广东素称繁盛之区，向来商贾云集，百货流通。"黄世仲的小说《廿载繁华梦》写周庸佑"到了羊城，但见负山含海，比屋连云，果然好一座城池，熙来攘往，商场辐辏，端的名不虚传"。吴沃尧在小说《发财秘诀》第一回还用了约五百字的篇幅分析广东人经商逐利的风气：

　　自从通商之后，我中国二十二省之人，莫不异口同声曰："广东得风气之先"。小子自己便是广东人，也深信我广东是得风气之先的。不敢多让。然而及后仔细想来，到底什么叫个风气？到底得些什么风气？转觉茫然，查广东通商最早，再以前的不必去细考他，自明朝以来，已与各国通商的了。考《明史·外国列传》：

① 龙思泰：《早期澳门史》，东方出版社，1997，第301页。
② 伍宇星：《19世纪俄国人笔下的广州》，大象出版社，2011，第27、208页。

"壕境在香山县南虎跳门外，先是暹罗、占城、爪哇、浡泥，诸国互市俱在广州。设市舶司领之。正德时移于高州之电白县，嘉靖十四年指挥黄庆，纳贿请于上官，移之壕境，岁输课二万金，佛郎机遂得混入"云云。壕镜便是今之澳门，由此观之，可见得广东通商最早。又按《明史》广东巡抚林富上疏，请与佛郎机通商，有云"粤中公私诸费多资商税，番舶不至，则公私皆窘，今许佛郎机互市有四利；祖宗时诸番常贡外，原有抽分之法，稍取其余，足供御用，利一；两粤比岁用兵，库藏耗竭，藉以充军饷，备不虞，利二；粤西素仰给粤东，小有征发，即措办不前，若番舶流通，则上下交济，利三；小民以懋迁为生，持一钱之货，即得展转贩易，衣食其中。利四。"云云。说来说去都是为利，何尝有半个字提到风气？诸公！这就不能怪我说一个利字便是风气，除利字以外，更无所谓风气了。

这段话先考查了广东自明朝以来就已与各国通商的历史，指出广东通商最早，所以得风气之先；然后又透过广东巡抚林富的疏文，点出对外通商的目的说来说去都是为了一个利字，从而得出广东风气利字当头的结论。吴沃尧在《发财秘诀》里围绕这个"趋利"的主题，就写了区丙、陶庆云、花雪畦等一系列广府商人在佛山、香港、广州等地的发财经历。

广州的"一口通商"在 1842 年中英签订《南京条约》、1844 年中美签订《望厦条约》后逐渐成为历史。但当美国摄影师詹姆斯·利卡尔顿在 1900 年访华时，他仍称广州为"亚洲最大的商业中心"，并描述道："这个巨大的城市里有古迹、医院、兵工厂、宗庙、监狱、皇家造币厂、砍头的刑场、各种各样的市场，包括猫市狗市。在那里人类的朋友被作为肉食出售。有 17000 人在家庭作坊从事丝织业，在那里用织布机织出来的商品充斥着商店，精美的织锦人见人爱。有 50000 人从事制衣，有 4000 人从事制鞋，有大量的木工、石匠和加工铁器、玻璃、象牙和银器的匠人。这是一个不停歇的工业世界，也同样是有缺陷的世界。"①

（一）广商的经商地域

早在清初，屈大均的《广东新语》卷十四《食语》中就写道："又广州望县，人多务贾与时逐。以香、糖、果、箱、铁器、藤、蜡、番椒、苏木、蒲葵诸货，北走豫章、吴、浙，西走长沙、汉口，其黠者南走澳门，至于红毛、日本、琉球、暹罗斛、吕宋。帆踔二洋，倏忽数千万里，以中国珍丽之物相贸易，获大赢利。农者以拙业力苦利微，辄弃末耜而从之。"② 据此可知，清初广府输出的主要商品有香、糖、果箱、铁器、藤、蜡、番椒、苏木、蒲葵等物产，而广商的活动范围则北到江西、江苏、浙江一带，西到湖南长沙、湖北汉口一带。有的聪明狡黠的商人还南走澳门，从而远达红毛（荷兰）、日本、琉球、暹罗斛、吕宋等外域。这些远涉重洋的广商，把中国的优质货品带到外国并卖给外人而赚取丰厚的利润。有的农耕者见到有利可图，也放下锄头弃农从商。邬庆时在《番禺末业志·工商业第四》中记载："茭塘司有大塘墟，有市头、窑头、南箕、伍村等市，均为工商业之所聚。而以河南为最繁盛，有商店数千间、工厂数百间，席庄虽仅十余间，而所办洋庄席，行销于外洋，国外贸易尚得占一席。"

有的读书人家境欠佳，则弃文从商，所谓"案萤枯死，不如贩竖

---

① 詹姆斯·利卡尔顿：《1900，美国摄影师的中国照片日记》，福建教育出版社，2008，第 23 页。

② 屈大均：《广东新语》，中华书局，1985，第 371~372 页。

市贾，日夕滋润口头"①。清欧苏《霭楼逸志》写东莞人卢祥家贫，"伯姊诸母皆讪笑其愚守诗书，引谚语戒之曰：'只见耕田大禄堆，安见读书做秀才？'若不改图，汝母妻终恐馁也"。其"妻亦极口交讯之，又引古语云：'一禄二运三风水，四积阴功五读书'，盍早自寻生路？'又曰：'读书不应价，何如落水摸鱼虾？'"②

东莞人彭大理在父亲去世后"改业蝇头，负贩绒线，芒鞋竹笠，跋涉乡村，入巷闾时，手摇小鼓，深闺绣女，闻播鼗声，群趋出阁呼之曰：'买杂货。'已乃卸下肩箱，方将碎缎零绸，红绒绿线，任其选择，低昂论价。"③

清嘉庆时的《龙山乡志》说，广府龙江乡的商人，"或奔走燕齐，或来往吴越，或入楚蜀，或客黔滇，凡天下省郡市镇，无不货殖其中"④。1907年，粤商自豪地说："各省无不有粤商行店，五大洲无不有粤人足迹……我粤省于历史、地理、物产、民俗得商界优胜之点，似非他省所及，谓为天然商国，谁谓不然。"⑤ 总之，广商除了在家乡附近营商，还有很多人走出家门涉足全国各地营商，甚或走出国门到外国营商，一句话——哪里能赚钱，哪里就有广商的身影与足迹。这种开拓进取而略富冒险的精神，使得广府商人的经商地域遍布中国各地和世界多国。陈昙《邝斋杂说》七，记载康熙时广州河南梅某"以货殖致富，凡直省市镇必有屯积，且置妾焉"。《霭楼逸志》写一少年将金市货赴琼，复随人贸易安南，后来易货归广，获息数倍。⑥

如小说《圣朝鼎盛万年青》里的方德，是广东肇庆府高要县孝悌

---

① 欧苏：《霭楼逸志》，《明清稀见广东笔记七种》，广东人民出版社，2010，第202页。
② 欧苏：《霭楼逸志》，《明清稀见广东笔记七种》，第202页。
③ 《东莞〈甲申南社乡寇变纪略〉》，见《明清广东稀见笔记七种》，第175页。
④ 温汝能：《龙山乡志》（卷四），清嘉庆年间刊本。
⑤ 西·甫·里默：《中国对外贸易》，三联书店，1958，第105页。
⑥ 欧苏：《霭楼逸志》，《明清广东稀见笔记七种》，第221页。

村人，少小离乡做湖丝生意，历年在南京城内朝阳门大街开设万昌丝绸店，因是多年老店且童叟无欺，所以生意极为兴旺。方德每年回家一二次，店中所得银两，陆续带回广东，因此家中颇称富厚，后年纪渐大，不堪路途遥远辛苦，才叫儿子继承。小说里还提到广东广州府番昌县（疑为"番禺县"）人李慕义携资到浙江省金华府贸易，历二十余年，手上颇有余资。

又如小说《快士传》中写广州人列天纬凭着父亲列应星的巨万家资，便在河南开封府开典当铺放债取利。小说《鬼神传》中写广州府人苏文显，惯走江湖，乃苏杭二州之大客，常置备广东货物带到杭州省城贸易，后赚得数千之金，在杭州买田置业。小说《负曝闲谈》中写广州富翁田雁门在上海后马路开有茶栈。小说《恨海》中写天津的佛照楼客栈，乃广东人所开，十分宽大，凡是富商显宦，路过天津，都向那里投止。小说《发财秘诀》写南海县张搓乡人区丙，一向只以小负贩糊口，因看见人家纷纷往香港去，又都说是可以发洋财，便也跑到香港去，居然误打误撞地因贩卖料泡而致富。发财后，区丙除了把部分现银存放在"伍怡和"里生息，还在藩台衙门前开了一家"丙记"洋货字号，又到香港中环地方开了一家"丙记"杂货店，自己往来其间，年年赚钱。此外，像小说《廿载繁华梦》里的粤商梁早田，在上海棋盘街开有一家回祥盛的字号，专供给船务的煤炭火食，年中生意很大，差不多有三四百万上下，在香港则开有口记船务办馆生理，后又向周庸佑借资十万银，到广西省江州开办煤矿，生意分驻三地。再如《恨海》里的商人张鹤亭，是广东香山人，每过一两年便到上海一次。他在上海开设了一家洋货字号，很赚了几个钱，因此又分一家在北京前门大街，每年要往来照应。

当时的粤商在上海开店，多是经营洋广货铺，贩卖从外国进口的洋货或产自家乡的广货。清光绪年间，颐安主人《沪江商业市景词》就写道："广洋杂货粤人开，灯镜高悬布匹堆。排列繁多装饰丽，五光十色映楼台。""满街装饰让银楼，其次绸庄与疋头；更有东西洋广货，奇珍异产宝光流。"① 词中即指出上海的洋广货店都是粤商开设的，店面布置光鲜亮丽，布匹等货品品种繁多而排列紧凑，五光十色地与楼台相互辉映；有的店铺还出售来自东西二洋的奇珍异宝，看得行人眼花缭乱，这些描写真实、生动地反映了上海洋广货店的昌盛繁荣。而踏出国门，远渡重洋的广府商人也很多。如小说《宦海潮》里就提到广东新宁人李荣的父亲李洪自美国华盛顿开国时，已自航海到美国，父子相继在美经营已逾百年。徐珂《清稗类钞》中也提到广州人阿胜，少孤，游于美利坚国之旧金山，善贸易，居六载，积货颇丰，航海而归；同书还提到广东大埔人张振勋，字弼士，壮年尚赤贫，至南洋群岛，不二十年致富千万，成为南洋巨商。

（二）广商的商帮会馆

明人刘侗、于奕正的《帝京景物略》卷四云："尝考会馆之设于都中，古未有也，始嘉、隆间。……用建会馆，士绅是主。凡入出都门者，藉有稽、游有业、困有归也。"② "嘉、隆间"即明朝嘉靖、隆庆期间。明清时，随着在外地经营的广府商人日益增多及其商务的日渐繁荣，广府商人在国内京城、省会、其他广商聚集地，甚或国外大商埠，都建起了众多的商人会馆。当时的地方会馆一般有四种存在形式：一为会考士子服务的应试会馆；二为众移居者而创建的移民会馆；三由手工业者创建的手工业会馆；四由商人创建的商人会馆。这四种会馆有时不是清一色的，有的往往同时兼具两种会馆的性质功能。③《圣朝鼎盛万

---

① 颐安主人：《沪江商业市景词》，清光绪三十二年刊本。
② 刘侗、于奕正：《帝京景物略》，上海远东出版社，1996，第265页。
③ 黄启臣：《广东商帮》，黄山书社，2007，第106页。

年青》《大马扁》《冷眼观》等小说，都提到京城的广东会馆，这种会馆就身兼试馆和商馆等多种功能。

《圣朝鼎盛万年青》里讲广东武举人司马瑞龙，在京城偷了王府的金珠藏在广东会馆，导致王府亲兵包围了广东会馆拿人；同书又写广东士子进京赴考，住在广东会馆，考完后，会馆摆酒与同乡洗笔，放榜之日，会馆早就挂灯结彩，报喜后，馆中则一连数日车马盈门、摆酒会客。武举人中榜，也是如此。其中一名中了进士的武举白安福则是锦纶行内人。锦纶行即锦纶堂，现广州尚存始建于清雍正元年的锦纶会馆，是当时广州丝织业的行业工会。《圣朝鼎盛万年青》提到当时的广州锦纶堂经营湖丝织造，分东西两家，设有司事、师爷及一众值事。"锦纶堂行中人众财多，又最义气，一闹出事，通行使钱，出力帮助，东家行事，有身家者居多，平素安分。若这西家行，都系手作单身汉子，十居七八，争强斗胜，惹祸踊跃，一经有事，东家亦不敢阻止，反要随口附和，以博众伙欢心，若不如此，即上会馆，知照通行不接这字号生意。故此每有因小事，议罚东主炮竹，通行摆酒，赔不是者，以为常事，此是该行东弱西强的向例。"这些描写多非虚语。1897年游历广州的美国旅行家约翰·斯塔德，也曾留意到："在这些店铺中间，我们见到了一座建筑，一部分用作庙宇，一部分用作广州丝绸商人的行业会馆。行会或是叫作贸易联盟在这里已经存在了几个世纪。它们渗透到中国工业的各行各业，无论是合法的非法的。即使是小偷也形成自己的行会，我想在他们中间也存在所谓的道义。这些联盟最初的形成部分是因为不公平的赋税。在广州这种地方积聚了大量的财富，这些财富的所有者不得不想方设法地掩饰一切财富过剩的痕迹。各种行会间出现的利益争端，依靠仲裁加以解决，因为如果让这种争端闹上法庭，就会把他们的财政状况清楚地暴露给税收部门。而相应的，官司的输赢几乎还是个未知数。因而，当争端依仲裁解决后，输的一方不仅要补偿引起争议的数额，还有义务宴请得胜的一方。"①

小说《大马扁》则提及京城广东会馆举行祀魁的礼仪，吏部侍郎许应骙、侍读学士李文田等都亲临行礼。《清稗类钞》还提到京城广东会馆距离菜市口最近，但康有为之弟康广仁被弃市后，"粤人竟莫敢过问"。京城除广东会馆外，还有南海会馆、三水会馆、番禺会馆、岭南会馆、粤东会馆等。小说《轰天雷》提到康有为事败后，京城南海会馆被清兵查抄。而康广仁遇难后，"由京师广仁善堂收殓，葬于义冢，南海会馆为立一碑，无字"。《廿载繁华梦》里，周庸佑进京时便住在南海会馆，后又借了三水会馆来摆宴席迎娶姨太太。《恨海》里，仲蔼因家人被拳匪杀害，便弃了一切家具，把所有字画衣服之类，都送到米市胡同的南海会馆中寄放。陈蘷龙的《梦蕉亭杂记》则提到京城的番禺会馆位于上斜街。小说《警富新书》里，商人梁天来上京告御状，何天爵就建议他去岭南会馆居住。小说《痴人说梦记》里，宁孙谋（影射康有为）备了点心茶叶，借了粤东会馆来演说。其他地方的广府会馆还有很多。如《圣朝鼎盛万年青》里，商人方德带着儿子方世玉到杭州，就直往广东会馆而来。这广东会馆还设有掌理日常事务的值事师爷。《清稗类钞》写光绪年间"南海冯夏威以美国苛虐华工事，自戕于沪上美领事馆"，龙州广东会馆绅商为其开追悼会。这些众多的会馆，为粤商聚会联谊、发展商务、救助同乡等发挥了重要作用。

（三）广商的经商手段及理念

中原地区长久以来流行"君子谋道不谋利"的说法，这与广府地区盛行的商业文化是格格不入的。广商长久以来在家乡浓厚商业文化

---

① 约翰·斯塔德：《1897年的中国》，山东画报出版社，2004，第46~47页。

的浸淫下，渐渐形成了自己独特的人格特征。这些人格特征顺理成章地对其经商手段和营商理念产生深远的影响。前面讲过，哪里有钱赚，哪里就有广商的身影。广商的活动范围遍布五湖四海、世界各地。这体现了一种开拓进取的冒险精神。这种开拓精神除了体现在经商地域的广阔上，还体现在经商品类、赚钱方法的丰富多样上。

从小说等文学作品的描写中，可以看到广商中有精打细算经营放贷以牟利的。如庾岭劳人《蜃楼志全传》中的行商苏万魁，除了经营洋行生意，还兼营放贷，"放债七折八扣，三分行息，都要田房货物抵押，五月为满，所以经纪内如兄若弟的固多，乡邻中咒天骂地者亦不少"。又如《快士传》中，广州人列天纬在河南开封府开典当铺放债取利，二分起息，"放银的规矩，每百两要除五两使用，银色是足九七，明日还时，须要实平实色"。

有贩卖外国奴隶的。《广东新语》说："有曰奴团者，出暹罗国，暹罗最右僧，谓僧作佛。佛乃作王，其贵僧亦称僧王，国有号令决焉。有罪者没为奴团，富豪酋奴团至数百口，粤商人有买致广州者，皆鬈黑深目，日久亦能粤语。"①

有经营丝绸布匹的。如《圣朝鼎盛万年青》里的方德，做的就是湖丝生意，在南京开设丝绸店。

有销售茶叶的。如《负曝闲谈》里的广州富翁田雁门就在上海开有茶叶铺。

至于开洋货店的就更多了。《圣朝鼎盛万年青》里的广府人李慕义承充洋商，入口洋货转售。《二十年目睹之怪现状》里的咸水妹，用自己的积蓄在香港开了一间洋货店。《发财秘诀》里的区丙，在藩台衙门前开了一家"丙记"洋货字号，又在香港中环地方开了一家"丙记"

---

① 屈大均：《广东新语》，中华书局，1985，第234页。

杂货店。

还有经营当时新兴行业保险业的。陈坤《岭南杂事诗钞》中云："别开生面效居奇，只为桃僵李代之。水火无情风不测，黄金化险可如夷。"其注曰："粤东香港地方，华洋人俱有开保险行生理，无论是何物事，向纳银两均可保，无水火之患。倘遭不测，许为赔偿，经商者故甚乐从。近年转让亦皆照办，谓之买燕梳。燕梳系洋语，犹保险之意也。"①

其他如贩盐的、办赌场的、开妓院的、办船运的、开煤矿的等，不一而足。

另外，广商大多持薄利多销的经营策略，即使利润微薄，也愿意与人贸易。明朝叶权《贤博编》就写道："广城人家大小俱有生意，人柔和，物价平，不但土产如铜锡俱去自外江，制为器，若吴中非倍利不鬻者，广城人得一二分息成市矣。以故商贾聚集，兼有夷市，货物堆积，行人肩相击，虽小巷亦喧填，固不减吴阊门、杭清河坊一带也。"②

还有一点令外地人甚至外国人觉得难以理解的是，广州商人愿意将商品分割出售、零碎交易。19世纪一位访穗美国人写道："在一些广州的商店内，例如，我见到土豆能够以半个甚至是四分之一个出售，还有卖家禽的，但也不是整个出售，而是分成小块——一只腿，一只翅膀，连爪子也分成六个一份地出售。一个人能够买到价值一厘钱的鱼或是大米。"③

广商经商务实重信誉，较少贪图一时小利而置长远大利于不顾。如叶权《贤博编》还说："广城货物市与外江人，有弊恶者，五七日持来

---

① 雷梦水、潘超、孙忠铨、钟山编《中华竹枝词》，北京古籍出版社，1997，第2816页。
② 中国社会科学院历史研究所明史室编《明史资料丛刊》第一辑，江苏古籍出版社，1981，第198页。
③ 约翰·斯塔德：《1897年的中国》，山东画报出版社，2004，第62~63页。

皆易与之。非若苏杭间转身即不认矣。"① 这种讲信誉的做法就使得外省人比较放心与广商交易。《圣朝鼎盛万年青》里的方德,历年在南京城内朝阳门大街开设万昌丝绸店,因是老店,人又诚实,童叟无欺,所以生意极为兴旺。小说《鬼才伦文叙全集》中的朱意盛虽仅在省城经营一间规模不大的金铺,但因为他为人忠厚,对待顾客童叟无欺,所以生意越做越旺,三年后便开设分店,后更成为驰誉三百余载的名店。可见商铺能自始至终地诚信待客,自然"回头客"就多,"回头客"多了,口碑就好,信誉名气等就慢慢培养出来了。这可能也从一个方面解释了为何广府地区有很多世代相传的百年老店、百年商标吧。

广商的务实还反映在其平易近人、少摆架子上。像《发财秘诀》的区丙,虽然一年比一年富起来了,"然而他还是乡人本色,平日只穿的是蓝布短打、黑布裤,脚上穿的一双细蓝布袜,除了拜年、贺节、赴席之外,轻易不穿长衣白袜,所以上中下三等人他都交处得来。那上等人虽然见他穿了短衣,然而人家都知道他是个发财人,就和他招呼,也不失了自己体面。那下等人见他,虽是财主,却是打扮朴素和气迎人,乐得亲近亲近他,不定从中还想叨他点光呢"。

而广商对待顾客,也常常是春风满面的,不会因为贸易不成就翻脸恶色。《清稗类钞》写道:"京师、广州各肆,凡值交易而不成者,亦怡悦其颜色以对之。如交易已成,则于买主临行时,必致声道谢,虽数十钱之微,亦然。其意殆谓吾既设肆以求利,则无论买者出钱购物之多寡,皆为我获利之源,衣食之本,故虽一钱之贸易,亦不可不谢也。"② 清末游历港穗的英国人约翰·汤姆森就回忆道:"我一走进一家广东人的商店,就受到店主本人——一个讲英语的广东绅士的欢迎;他身穿一

---

① 中国社会科学院历史研究所明史室编《明史资料丛刊》第一辑,第200页。
② 徐珂:《清稗类钞》,中华书局,1984,第2291页。

件汕头绸布上衣，黑色绉绸马裤；脚登一双天鹅绒镶面的精致布鞋，白色的长袜像绑腿一样。他的谈吐显示了中国人特有的深思熟虑和落落大方。他的助手穿着也很得体，站在带有玻璃柜橱的乌木柜台后面，明净透亮的玻璃上映照着他充满好奇神色的脸庞。商店的一边放满了成卷绸布和草编织品，所有的商品上都标明价钱；地板上摆着精心布置的各种青铜器、瓷器、乌木家具和漆器制品。这些人通常来说是他们本民族的典范、买卖公平，哪怕你只买一件很便宜的玩具，他们也视同你订了一整船绸子那样彬彬有礼地对待你。"①

他还说："当你走进广州的商店，经常可以看见店主一手拿着书，另一只手拿着烟袋或扇子，在全神贯注地读书。如果你期望他们会马上站起来，面带微笑地迎上前来，摩挲着双手，一面猜测着，一面拿出你可能想要的东西，根据判断来决定对你是卑躬逢迎，还是粗蛮无礼的话，那你肯定会大失所望。恰恰相反，你的出现不会引起他的注意，除非你正巧拿起什么东西；那么你会听到扇子折起来的声音，同时感到店主那犀利的目光始终关注着你的一举一动。但是，一直要等到你开口询问商品，那位先生确知你是要买货的时候，他才会不慌不忙地从椅子上站起来，介绍他的商品，非常有礼貌但又漫不经心地说出售价；那分明是在说：'如果你觉得合适，那咱们就成交。'"②

广府商人之热情好客、有礼有节，于此可见一斑。

（四）广府商业习俗

广府人向来迷信神权风水，而经商者在这方面则尤其严重。清代十

---

① 约翰·汤姆森：《镜头前的旧中国》，中国摄影出版社，2001，第18~19页。
② 同上。

三行富商伍秉鉴历年用在风水迷信方面的花销就达 110 万元。[①] 广府商家，多在正堂供奉关帝，将关帝奉为武财神。清末来穗的英国人约翰·汤姆森就留意到："招牌对面是一个小神坛，供奉的神主宰着商人和他的生意。只要商店开门，就要供奉神。在神像前摆放的青铜香炉里，插上点亮的小棍香烛。"[②]

　　神像上方一般横批"乾坤正气"，两旁对联则是"精忠昭日月，义勇贯乾坤"之类。饮食业更是奉关圣帝君为守护神，还安奉土地神位，逢初二、十六"祃祭"或关帝诞、土神诞等，店里都要备办酒荤拜祭一番。[③] 不少小说都提及了与财神有关的商俗。如许指严的《十叶野闻》称："某年，粤东有某买卖行，因生理不佳，相对愁叹。时且岁暮矣，静夜无聊，小伙有悬红灯为戏者，挂于竿首，以照江中，俗亦谓之'照财神'。"许啸天《清宫十三朝演义》则将之改编成："广东省珠市上有一买卖行，主人姓梁，连年买卖不佳，亏折已尽。店主人和伙计们终日愁眉不展，坐在店堂里发怔。看看已到年关，债户四逼，这姓梁的无法可想，吩咐小伙计到江边照财神去。原来这'照财神'是广东商家的风俗，倘有营业不振，便在江边树一杆旗杆，杆头挂一盏红灯，名叫'照财神'。"这里讲的"照财神"商俗，笔者虽未见到其他相关记载，不过其所写应该不会是无中生有，其所云"照财神"，当即取其"招财神"的谐音。还有《九命奇冤》，写韶关南雄某客栈在一座小楼上供奉财神菩萨。除了平日供奉，商家每逢经营获得厚利后还要酬神。像《发财秘诀》里，南海人区丙发了财，就让妻子去买一副猪头三牲回来酬神，并说："菩萨多享受我点，自然保佑我再发财"。于是他妻

---

① 章文钦：《从封建官商到买办商人——清代广东行商伍怡和家族剖析》，《近代史研究》1984 年第 3 期。

② 约翰·汤姆森：《镜头前的旧中国》，第 59 页。

③ 广州市地方志编纂委员会：《广州市志》（卷十七），万方数据电子出版社，年份不确，第 30 页。

子买了一副猪头三牲，及神福、纸马、香烛等回来，夫妻两个一齐动手，煮熟了。当天点了香烛，区丙恭恭敬敬地叩了三个头，妻子则捣蒜般叩了无数的头，方才起来，奠过酒，焚了纸马。

此外，广府的商铺对选址、动工、开张等都大有讲究，常常请风水先生来测方位、择吉日、选吉时。民初小说《鬼才伦文叙全集》云，朱意盛新铺准备在广州状元坊开张，便到城隍庙附近的先知子择日馆，打算取个黄道吉日来开张。谁知那先知子却替他选了一个诸事不宜的闭日兼三煞日，再去问先知子，却说当日自有文曲星冲散煞星云云。老伙计老坑洪嫌三煞日开张不吉利，竟然马上辞职。到了正月十三日三煞日那天，全铺上下人等都为之惴惴不安。朱意盛先去请南无先生旺过土。到了午时，"即命伙计打开店门拜神，拜毕，即烧起那条长长的大爆丈，一面烧一面命人挂起那块黑字底，金字写着朱意盛三个字大招牌，那块招牌是参花挂红的，大约五十斤重，谁知此时那招牌，却好像暗中有人聚（当为"坠"）着一样，三个伙计，出了全身之气力，亦不能拉起分毫，又加多两个人，依然动也不动，并且挂招牌的五个伙计，个个都觉得头晕眼花，登时举座失色，有如大祸将至"。在全店纷乱之际，有个年方十八的小童进店，"各人突觉一阵阴风，向店外冲出，阴风之中，好像有几只形容鬼物，四散逃走，而正在头晕之全店上下等人，当堂为之精神一振，那金字招牌，参花招牌'朱意盛'，竟不费各伙计多大气力，轻轻挂起，一时人既惊且喜"。① 原来此小童不是别人，正是神童伦文叙。自此之后，朱意盛生意兴隆，又开了多间分店，金漆招牌绵延三百余载。这个故事极富传奇色彩，把日后朱意盛生意兴隆和开张择日功劳扯上关系，明显是不可信和片面的，但我们透过这个故事，却可以大致看出广府商人的迷信程度及新铺开张的过程。新

---

① 衬叔：《鬼才伦文叙全集》，香港陈湘记书局，年份不确，第20页。

店开张前，店东都会请人择定吉日良辰，到了开张之日，先旺过土，到了吉时，则让伙计打开店门，然后拜神，拜毕，就放长鞭炮，边放鞭炮边挂起招牌，挂起招牌后，开张礼便告完成。

关于广府人的一些商业习俗，约翰·斯塔德在《1897 年的中国》中也有记述："在每年元旦的时候结清所有的往来账目，几乎是中国商人固定不变的习俗，这样在来年就不会遗留任何问题。而且我听说，如果哪个商家在那个时间没有偿清自己的债务，他就会被视为违约者，而且他的信誉也就此彻底丧失了。英国和德国的商人告诉我们说，中国的商业信誉是最高等级的，而且在这个方面和日本人比较起来，他们并不喜欢日本人。"[①]

（五）广州的商业街巷

广州的商业发达还体现在成行成市的商业街巷遍布城内。过去，老广州的街道大多比较狭窄，众多商业店铺则排列在两侧，外挂的招牌几乎遮蔽了天空。有一首《广州行业旧韵》，颇为流行，其词曰：

> "高第"纱绸和布草，"濠畔"好鞋云集铺。
>
> "泰康"竹篓人知道，"小市街"沿多金铺。
>
> 生果批发永兴街，蔬菜栏集长堤路。
>
> 鱼栏秤货高声报，南堤猪栏"巴巴"嘈。
>
> "新桥"海鲜活跳跳，越秀南路猪牛"屠"。
>
> "东鬼"冥衣纸扎坊，"永曜"南北道教徒。
>
> "光雅"堂倌抬轿佬，南华东路孵鸡铺。

---

① 约翰·斯塔德：《1897 年的中国》，第 79 页。

惠福"发水"欧阳戊，状元"朱二盛"镶金。

长塘街集打剪刀，"寿板棺材"长庚路。[①]

其时，广州商业内部分工细化，相对集中经营，成行成市，形成了众多的商业街。计有：沙基（今六二三路）、大同路、东堤的大米业；梯云路、一德路、仁济路的食油业；沙面、长堤的洋酒业；光复南路、仁济西的南北药材业；上九路、杨巷、高第街的丝绸业；上九路、高第街的鞋帽业；上矣路的土布业；状元坊的顾绣业；太平北、丰宁路（今人民中路）的汽车零件业；南华东路的船上用具业；文德路的旧书古董业；大新路、长寿路的玉器业；惠爱路、文明路的杂木家具业；大新路的象牙业；抗日路（今和平路）、长乐路的爆竹业；一德路的京果海味业；濠畔街的皮革制品业；西来初地的酸枝家具业；泰康路的山货藤器业；汉民北路（今北京路北段）的新书业。这些成行成市的商业区街，人烟凑集，即使在台风到来之前，还是那样的人头涌涌。

1897年游历广州的美国人约翰·斯塔德也写道：

这里的街道黑暗、弯曲、没有人行道，4至8英尺宽，在蛇形弯曲迂回的巷子里挤满了阴暗的店铺。街道上几乎透不进一丝阳光，不仅是因为路面的狭窄，更由于所有的过道都被大量挤占，就在人们的头顶上，也用木条制作成了广告的招牌。它们以蓝红白或是绿等颜色居多，表面装饰着图案，展现各自的特色。阴暗之中一眼望去，拥挤狭窄的街道就像是一长列的广告招贴。[②]

---

① 转引自《金羊网—羊城晚报》（http：//news. QQ. com），2009年10月25日。

② 约翰·斯塔德：《1897年的中国》，第41页。

虽然街道狭窄，但店铺内却相当宽敞：

　　街面大多不过 4 英尺宽，但是里面的店铺却截然相反。很多店铺有 80 英尺的深度，在中间的地方直通到房顶。在每家的角落里，摆放着神龛。二层上环绕着长廊，在这一层或是建筑的后半部分，是店家的住所。有些店铺里还用精致的木雕和青铜灯具做漂亮的装饰，柜子里陈列着大量各色物品，通常包括了不同的丝和棉的工艺品、扇面、珠宝、雨伞、滴漏钟表以及中式鞋子等等。①

　　清代，广州的零售商业中心有两个：一是城内惠爱街和双门底，为衙署官府集中地和官员从天字码头登陆入城的主要通道，沿街设有出售书籍文具、古董金石、衣饰杂货等的店铺及惠如楼、福来居、太平馆等茶居食肆，是广州最早形成的商业中心；二是第十甫和上下九甫，位于城外西关。鸦片战争后，富商巨贾在此兴建华庭大宅，西关人口逐渐密集，于是就陆续开了众多商铺作坊、茶楼戏院，形成第二个商业中心。民国后，随着民族资本商业的发展，新式轮渡码头和马路在长堤西堤一带兴建，往来商旅大增，沿路渐渐建起了一批较大型的商场、酒楼，形成了长堤西濠口第三个商业中心。②

　　双门底即今天的北京路一带。因此地旧有双门拱北楼，故称"双门底"或双门大街。双门底数百年来都是广州众多繁华的商业街之一。从清中叶开始，双门底就以花市闻名粤省。民国梁鼎芬等纂修的《番禺县续志》载："花市在藩署前，岁除尤甚。"清同治壬申（1872）《南海县志》则说："花市在藩署前，灯月交辉，花香袭人，炎夜尤称丽景。"潘贞敏《花市歌》的《小序》也说："粤省藩署前，夜有花市，

---

① 约翰·斯塔德：《1897 年的中国》，第 45~46 页。
② 广州市地方志编纂委员会：《广州市志》卷八，万方数据电子出版社，第 39~40 页。

游人如蚁，至彻旦云。"① 朱九江《消夏杂咏》诗则有句："苎衣蒲簟妙年华，约买承宣坊下花。"②"藩署前"及承宣坊都在双门底附近。从这三则材料可知，清时双门底花市是常年摆设的，到了岁暮则尤其繁盛，而且入夜仍照常营业。那么花市卖什么花呢？张心泰《粤游小记》记曰："每届年暮，广州城内双门底卖吊钟花与水仙花成市，如云如霞，大家小户，售供座几，以娱岁华。水仙名色甚夥，与他省布置不同，有形如蟹爪者，以人事为之，嫌近戕贼。"③ 清道光年间江仲瑜亦有诗云："双门高耸五云中，列肆东西宝货充。种得水仙成蟹爪，果然人巧夺天工。"④ 清代徐澄溥《岁暮杂诗》则赋云："双门花市走幢幢，满插箩筐大树秾。道是鼎湖山上采，一苞九个倒悬钟。"⑤《岭南杂事诗钞》也说："双门岁暮最繁华，冷艳寒芳灿若霞。入市人归携欲遍，水仙花与吊钟花。"⑥ 可知清代时双门底花市主要售卖吊钟花和水仙花。

双门底除了花市，还有书市。清同治壬申《南海续志》云："双门底卖书坊，阮文达公督粤时弥盛，曾以命山堂课士题。"⑦ 清乾隆时藏书家李文藻《苏瑞一先生传》则记："予入粤，求先生遗集不得，闻所蓄书尽鬻于双门底书肆曰'蠹鱼堂'者，属友人物色之。"⑧"蠹鱼"即书籍中的蠹虫。杜工部《归来》诗云"开门野鼠走，散帙壁鱼干"是也。蠹鱼堂是较早见于记载的双门底书坊。这段记载反映了双门底书市不仅是粤城众士子的买书之所，也是他们生活无继时的卖书之所。清代学者侯康是广东番禺人。他曾以诙谐笔调写过一首《双门底卖书坊

---

① 黄佛颐：《广州城坊志》，广东人民出版社，1994，第219页。

② 同上。

③ 同上。

④ 雷梦水、潘超、孙忠铨、钟山编《中华竹枝词》，北京古籍出版社，1997，第2750页。

⑤ 黄佛颐：《广州城坊志》，第219页。

⑥ 雷梦水、潘超、孙忠铨、钟山编《中华竹枝词》，北京古籍出版社，1997，第2857页。

⑦ 黄佛颐：《广州城坊志》，广东人民出版社，1994，第220页。

⑧ 同上。

拟白香山新乐府》，道尽爱书贫士逛双门底书市的心境。

> 双门底，双阙峙。地本前朝清海楼，偃武修文书肆启。东西鳞
> 次排两行，庋以高架如墨庄。就中书客据案坐，各以雅字名其坊。
> 偶有新书未入目，拟取一缣售一轴。致令措大倾空囊，典衣典琴犹
> 未足。夙闻江浙多赐书，金题玉躞伴石渠。书舶搜罗亦渊博，欲敌
> 茂先三十年。吾粤繁华甲天下，玛瑙砗磲积如瓦。坐拥书城能几
> 人？得毋重利轻儒雅。我愧敏悟非王充，遨游洛市能淹通。又惭家
> 世非李泌，三万牙签那可必。只应作计借荆州，涉猎终嫌览未周。
> 国书偶从秦宓假，论衡难向蔡邕求。安得书仓有人筑，七略艺文广
> 收蓄。大供寒士尽欢颜，万卷书如万间屋。山堂桃李皆新栽，春风
> 花放越王台。君不见文翁化蜀学校盛，鲁丕相赵经术开。由来此事
> 在提倡，莫谓天南竟乏才。①

双门底书市还有兼卖文房四宝、古董字画的。"陈昙《海骚》称邝
湛若砚，道光十三年得之双阙市中。《补南海百咏诗》自注称，宋方信
孺双砚，道光戊子亦得之双门书市。是当时双阙下，更有古董市也。"②
清末羊城竹枝词也说："骨董铺从双阙开，茄牛茧虎又泥孩"③，"夜夜
双门广市开，货收骨董杂琼瑰"。④ 如《蜃楼志全传》里的时邦臣就在
双门底附近开了一个杂碎古董铺。广州有句歇后语叫作"双门底卖古
董——擘大口要钱"，就诙谐地反映了双门底古董商出售古董常常漫天
要价的情况。清代小说家宋永岳在《亦复如是》里还记录了一个和双
门底有关的故事。一个疍户在海中得到一个六七寸的黑物，以一斗米的

---

① 广州市越秀区政协：《商海千年说越秀——越秀商业街巷》，花城出版社，2009，第8页。
② 黄佛颐：《广州城坊志》，第220页。
③ 雷梦水、潘超、孙忠铨、钟山编《中华竹枝词》，北京古籍出版社，1997，第2935页。
④ 同上书，第2993页。

价钱卖给了小榄村的裁缝店。裁缝店又以五百文钱卖给了旁边经营织布的某某。某某把此物用来磨布，久则黑色渐退，露出晶莹玉质，知道是玉圭，于是缀于衣内朝夕不离身。某某本有麻风病，自从佩了玉圭，病也没再发了。但他以为是自己病好了，并不知道是玉圭的功效。后他因年老不能织布了，便到省城双门底摆摊贩卖小物，玉圭也杂陈在诸货中。最后"擘大口要钱"，以三百两的价格把玉圭卖给了一个苏州客。但不久他的麻风病就复发了，这才醒悟到玉圭的神奇功效，后悔不已，不久就死了。① 撇开故事的神异色彩不谈，这个故事可能颇为真实地反映了清时商贩转卖货品谋利的过程。清代羊城竹枝词说："珠玉奇珍列万般，书坊书店任盘桓。怡情争说双门底，不让京都大栅栏。"② "异宝奇珍集百蛮，双门夜市物烂斑。买将彼美西洋镜，若个蛾眉似妾颜。"③ "茶商盐贾及洋商，别户分门各一行。更有双门底夜市，彻宵灯火似苏杭。"④ 这些竹枝词形象地反映了双门底的繁忙商业活动。

大新街从清代起就是广州牙雕、玉雕、珐琅、瓷画、木雕、乐器的集散地，汇聚了众多经营岭南工艺品的店铺。清乾隆时流寓粤东的叶詹岩在其《广州杂咏》中咏及大新街时说："珍奇多聚大新街，翡翠明珠次第排。买得玉鱼归未晚，双门才挂午时牌。"⑤ 清末竹枝词也说："才入波斯便不同，珍奇多聚大新东。一枝斜傍鸳鸯好，翡翠珊瑚绿衬红。"⑥ 可以想象，当时行人走在大新街上，映入眼帘的是两旁鳞次栉比店铺的琳琅珍宝，当会有目不暇接之感。安和的小说《警富新书》第二十三回，写商人蔡显洪曾与朝大任在大新街合伙开店，贩卖珍珠，

① 黄佛颐：《广州城坊志》，第 220 页。
② 杏岑果尔敏：《广州土俗竹枝词》，清同治十年刊本。
③ 雷梦水、潘超、孙忠铨、钟山编《中华竹枝词》，第 2921 页。
④ 同上书，第 3002 页。
⑤ 黄佛颐：《广州城坊志》，第 502 页。
⑥ 雷梦水、潘超、孙忠铨、钟山编《中华竹枝词》，第 2973 页。

店名叫做"奇珍"。后二家分伙，各人获利数万。清人何大佐在《榄屑》里还记述了一个关于大新街上数量众多的大小店铺的故事。

> 何巩道，号越巢，生有异质，过目成诵。南海叶符，字虎竹，乃其甥也。一日甥舅戏赌，二人携手向省城大新街步行，记诵各铺招牌各号，自街口至街尾，默识背写，两人俱不差。惟越巢并店内各联俱能记诵，叶为之拜服。①

甥舅俩在广州的众多街道中唯独选中大新街作为考验记忆力的地方，正好从侧面反映了其时大新街商号之众多、商贸之繁华。

状元坊本名通泰里，因南宋时出了状元张镇孙而改名状元坊，不过坊间传说常常把它与明朝状元伦文叙扯上关系。明清时，状元坊就开有很多戏服作坊和顾绣作坊。乾隆年间，状元坊、新圣街等地的绣坊绣庄就多达五十余家，从业者三千多人。② 民初小说《鬼才伦文叙全集》里就写道："且说省城太平桥对面，有条街叫做状元坊，虽然不甚宽阔，但两旁店铺栉比鳞排，人行亦众，其中多做顾绣、檀香、金饰生意，相当繁盛，也说是全城精华所在。"③ 顾绣，是源自上海的一种刺绣工艺，因源于明代松江府顾名世家，故名顾绣。因为顾绣名声大，所以很多刺绣作坊都以其名做广告招徕顾客，实质上却不一定是真正的顾绣。像状元坊中的顾绣店，实际上是典型的粤绣风格。④ 而状元坊的金饰店中，最著名的则要数在广州无人不晓的"朱意盛"。朱意盛是人名也是店名，坊间对于其人其店的传说版本众多。其中一个版本是这样说的：

---

① 黄佛颐：《广州城坊志》，第 501～502 页。
② 广州市越秀区政协：《商海千年说越秀——越秀商业街巷》，花城出版社，2009，第 48 页。
③ 衬叔：《鬼才伦文叙全集》，第 19 页。
④ 广州市越秀区政协：《商海千年说越秀——越秀商业街巷》，第 48 页。

其中有间朱意盛金铺，老板名朱意盛，初时在安里打金银首饰工人出身，因为矢勤矢做，略有积蓄，以寄人篱下，终非久计，自己便在状（原书误"状"作"红"）元坊开了一间朱意盛金铺，初时状元坊本叫做青云坊（原书误"青云坊"为"青离坑"），朱意盛规模不甚大，惟是朱意盛（原书误"盛"作"成"）为人忠厚对待顾客，真个童叟无欺，生意便越做越旺，不上三年，已经赚钱唔少，俗语说得好，富贵心头涌，既然生意旺，又捞了钱，自然便想将所业扩充，以原有座铺狭小，不能发展，便大兴土木，把那店铺改新改建，未几新铺落成，专候择吉开张。①

朱老板于是到城隍庙的先知子择日馆讨个黄道吉日，谁知先知子帮他选了个三煞日。"开讲有话：'撞着煞星，破财损丁。'"朱意盛于是再次前往先知子处请教，但先知子告诉他当天必有文曲星驾临将煞星冲散云云。这文曲星，指的便是伦文叙。开张当日，年方十八的伦文叙去朱意盛新店打造银牌，果然将店中煞气一冲而散。朱意盛大喜过望，于是"送了大帮金银宝器给亚叙"。"后来亚叙中了状元，朱意盛（原书误"盛"作"成"）生意亦发大达，分设极多支店，便将青云坊，改名状元坊，朱意盛（原书误"盛"作"成"）历三百余年至现在，此是后话。"② 其实伦文叙是明朝弘治年间人，朱意盛则相传是清朝道光年间人，两人相距三百余年。③ 不过由于这些民间传说讲得神奇曲折、娓娓动听，故而流传甚广，老百姓也不辨真假地将故事一代传一代了。

晚清广州流行的地水南音《大闹广昌隆》，也提到了许多广州的商

① 衬叔：《鬼才伦文叙全集》，第 19 页。
② 同上书，第 21 页。
③ 广州市越秀区政协：《商海千年说越秀——越秀商业街巷》，第 49 页。

业街巷，形象地再现了当时广州热闹繁华的商业风情，俨然一幅广州版《清明上河图》。一曲韵尽，仿佛带听者回到了晚清的羊城：

刘生举步瞒过店内人，一离旅店佢就快抽身，一直取路入城为要紧。

佢来到沙基海滩望见好多人。嗰啲水上男女河边近，声声就话："叫艇啊？呢位先生？"刘生看罢就忙转过，好等我入去德兴街，德兴街嗰边快些行。入到靖远街，嗰时就来细看紧，又见两旁雀鸟极好声音。一到嗰边就有人将鼓打，制造嗰啲狮鼓响频频。一到嗰边系鸣扬街近，来到十三行快些奔。故衣街嗰啲洋货鲜明甚，桨栏街嗰边就继续向前行，一路到打铜街太平门渠贴近。又到系太平门嗰处真系拥挤十分，抬轿之人声喧震，佢系高声嗌叫，叫来往人，声声就叫："你地啊，嗰个堂客着紧，快些拖埋啦个细蚊。"左碰右碰声喧震，真系吐气扬眉甚惊人。好啊好啊，忙转左，转过处濠畔街前，归德城门在嗰边，又见好多招牌，挂满一串串。暂讲到城啊楼上面系有一段古言，往啊常城楼上面系有一个铜壶滴漏系确新鲜。呢种古啊代既科学人把人欺啊骗，实系真啊理来到用啊水管住，所以佢系报啊时。我四牌楼直上如支箭，看见买卖滔滔在两边，转过清风桥个条渠个边，又见广府既衙门在目前，三八巡期人立啊乱。

直到城隍庙，真系条路好掂，又见灯笼一大对挂在庙前。我忙看下，看下庙前甚喧哗，两边排到密卖紧凉茶，狮子在庙门一双就如似白马啊，又听得庙前有一档佢话开字花，十二点午时就炮仗声中将字挂。系果然开到呢系蛤蟆，果然惊动老友极堪夸啊，一众系甘争先来睇下，有人话我求字啊求得系手拿。慢唱呢班孩童来乐要，我抬头观看个边买菠萝卖西瓜，又听到卖武之人系将鼓打啊，锣鼓喧天佢话玩棍共靶。墙边个边有睇相算命拆字同占卦，又见有人话脱痣包你无癞，又见有档排九话公平声声就全无假。又见开边有人就把幻术耍，鲤鱼能变蛤姆架，两文钱睇到包你笑咔咔。有人批脚甲就墙边来坐下，果然有人坐下系帮衬他。又见有红毛镜揸住有几把，话影出南洋外面个啲点样既繁啊华，庙前各样我都忙看罢，又见有一个奶妈下跪求字花，手执一个签筒系甘摄摄下，当堂求出个只银肉崩沙，个班幼童系争先来睇下，见佢果然高兴就笑口咔咔。（《大闹广昌隆之城隍庙前》）

曲中的主角刘生，从西关的沙基，经过德兴街，靖远街、十三行、故衣街、桨栏街、打铜街，从太平门进城，沿着濠畔街，穿过归德门，来到四牌楼，北上跨过清风桥，途经广州府，最终来到城隍庙前。沿途买卖遍地、招牌林立，尽显省城商贸风光。曲中所提及的几条街道都是当时广州的繁华商业街道。

故衣街，位于十三行北，是一条南北走向的街道。清康熙二十四年（1685）后，十三行一带被辟为洋行区，于是附近就有了相应的商业街巷。最初，故衣街大概是贩卖旧唐装等中国服饰给洋人的。十三行风光不再后，故衣街则将旧衣物、二手日用品卖给普通老百姓。旧衣旧货市场凋零后，故衣街曾转为伞行。

桨栏街，也在十三行附近。初期集中售卖船桨，故称"桨栏街"（"栏"在粤语中有"集市"之意）。渡轮出现后，船桨的需求大大减少，桨栏街就改营药业、海味，洋人因而称之为药品街（Physic Street）。清末，约翰·汤姆森到过桨栏街，他说：

这里的商店几乎同样规模，灰砖界墙使每一家商店与邻点分隔开。所有商店都有一间前店堂，门朝向大街。在花岗岩或灰砖砌的柜台上，陈列着他们经营的商品。竖立在花岗岩基座上那高高的招牌，是每一个中国商店必不可少的典型特征。招牌对面是一个小神坛，供奉的神主宰着商人和他的生意。只要商店开门，就要供奉神。在神像前摆放的青铜香炉里，插上点亮的小棍香烛。①

然后，他描述了店铺内景：

商店里通常摆放着大小合适且光洁的木制柜台和带雕刻图案的货架。柜台后面是账房，用一扇木制屏风与前面的柜台隔挡开来，屏风上雕刻的图案像攀缘植物一般。一架黄铜天平和砝码放在显眼的地方，天平擦得锃亮并用红布衬垫，是用来称银币、银锭，以及其他作为货币流通组成部分的贵金属物的。当货物需称重出售时，顾客总是带着自己的称来，以保证他买的货物数量公平，足斤足两。他们拿来的秤有点像带着一个滑动重砣的码尺竿，这是水平理论的简单应用。像其他当地组织那样，一次次不懈地反对不公平交易的斗争已经成了老调重弹。②

他还饶有兴致地对桨栏街店铺的招牌研究一番。

广东人商店里的招牌，不仅是店主人的骄傲，同时也是中国学生们的兴趣所在。这些招牌都选用夸张了的古典诗句般的词语，以吸引公众对各家商店的注意。在大多数情况下，你很难从招牌上看出商店经营何物的寓意。于是，一个销售做汤用的"燕窝"的店主，仅仅在他的招牌上写着简单的"永记"二字，意为永恒。下

---

① 约翰·汤姆森：《镜头前的旧中国》，中国摄影出版社，2001。
② 同上。

面可以列举出许多这方面的例子：

"乾记号"——这是经营徽墨笔料的招牌名称，确实是赋予了太多的文学色彩。

"张济堂"（张氏家族中的"济"字支脉），经营精加工的蜡封药丸。张的名字使他的族人、亲戚都感到骄傲，并且还成为其药丸质量可靠保证的象征。

"天益"（意为天之优势），专营桌布、各种椅垫。顾客们如何能从这些桌布和椅垫想起"天的优势"，除非他想象着使用这些靠垫时所得到的柔软舒适之感超越了地球那边人们的享乐。对于那些经营与家具或家居装饰品有关的商店，其招牌上往往有所体现。下面是这类具有夸张意味且含有小常识的招牌。

"天益慎"，是一家销售靠垫和藤编制品的商店。

"永记"，销售燕窝的商店，同时还传授伪币鉴别技术。

"庆文堂"（颇有颁发奖学金的礼堂之意），是专刻美术图章的店子。①

打铜街（光复南路），顾名思义，就是这条街集中了很多打铜铺。据说早期广州的打铜技术传承自江浙。有谚语说："苏州样，广州匠"。这句话似乎有这样的意思：苏州师傅的设计造样很好，广州工匠的来样加工技术很强。据说，清末广州打铜行繁盛时工人逾 2000 人。广州老百姓习惯使用铜煲、铜盆、铜锁、铜水烟筒等。1927 年，打铜街易名为光复南路，其时很多打铜店仍存在。

濠畔街，因位于明代广州城南护城濠畔而得名。明末清初，屈大均写道："广州濠水，自东西水关而入，逶迤城南，迳归德门外。背城旧

---

① 约翰·汤姆森：《镜头前的旧中国》。

有平康十里，尚临濠水，朱楼画榭，连属不断……隔岸有百货之肆、五都之市，天下商贾聚焉。屋后多有飞桥，跨水可达曲中，宴客者皆以此为奢丽地。有为《濠畔行》者曰：'花舫朝昏争一门，朝争花出暮花入。背城何处不朱楼，渡水几家无画楫。五月水嬉乘早潮，龙舟凤舸飞相及。素馨银串手中灯，孔雀金铺头上笠。风吹一任翠裙开，雨至不愁油壁湿。'是地名濠畔街。当盛平时，香珠犀象如山，花鸟如海，番夷辐辏，日费数千万金，饮食之盛，歌舞之多，过于秦淮数倍。"① 《南海县志》也写道："归德门外濠畔街，富贵巨商列肆栉居，舟楫运货由西水关入，至临蒸桥络绎不绝。"清中期，濠畔街之繁华更盛于前。诗人吴应逵《南濠诗》即云："前明风俗最繁华，一路珠帘夹岸花。十里管弦吹作雨，三更灯火散成霞……繁华逐渐膏腴竭，风流毕竟成销歇。凄绝秦淮旧日春，萧条水榭前时月。廓清海甸来皇师，安居乐业苏民痍。濠水平流自潮汐，濠边百货皆瑰奇……"此可见濠畔街在清代的变化。清代乾隆、嘉庆年间，濠畔街的西段是广州金融商业中心。外省商人在此街纷设会馆，如浙绍会馆、山陕会馆、湖广会馆、金陵会馆、四川会馆等，均占地广阔，建筑华丽。各会馆前多建有戏台，故歌舞之多胜秦淮。

民国时期，广州服装业较兴盛，尤以昌兴街、新民路、永汉路（即今北京路）最为集中，而且当时流行洋服，有名气的洋服店有"怡安泰""信孚""金城""国泰""文华"等。民初小说《珠海仙踪》写民国时八仙下凡羊城的故事。八仙因下凡时皆穿古装，怕进城后引来途人注目，便委托汉钟离一人先进城购买时服。于是就上演了汉钟离与新民路服装店伙计讨价还价的一幕：

---

① 屈大均：《广东新语》卷十七《宫语·濠畔朱楼》，中华书局，1985，第519页。

钟离却凑巧的踱进那条新民路了，新民路的服装摊子正是星罗棋布，有男装的，有女装的，钟离正在一个摊位旁边凝望着，那摊位的小伙子，已向着钟离殷勤地招呼道："老伯，你想购些什么衣服呢？有中式，也有西式，这里是价廉物美的。"钟离道："我是中国人，当然喜欢着中国装啦！"当下那个小伙子便拿出几套唐装衣服来，让钟离选择。钟离选了一会儿，大大小小的一共选了七套男的，一套女的，并问道："这八套衣服咸龙计算，共价多少呢？"小伙子道："这里虽然是国币本位，但你给咸龙，我们是更加欢迎，价钱是很相宜的。"小伙子拿着算盘，左敲右推的算了一会，才把价钱报上："八套衣服，其价一百廿元咸龙，真是用来当也值得了！"钟离道："八套并非纱罗绸缎，仅是粗衣麻布罢了。价钱这般贵，我是买不起的。"小伙子道："这价钱并不算贵了！假如你有心购买的话，你可以还一个价，多少是不成问题的。"钟离笑道："那我就给你五十元咸龙！"小伙子听着，先盯（原文作"钉"）钟离一眼，便把八套衣服收回去，也不再和钟离打话了！钟离道："你不愿把这八套衣服出卖吗？"小伙子却大为负气道："这里不是双门底卖古董呀，六十元咸龙买八套纸制的衣服，就可以买得到了！"钟离以这个小伙子根本是一个凡人，他的出言虽是有点侮辱，但不便和他斤斤计较，只好没精打采的离开这个摊子，走到别一档去。钟离心里细想，大概目前的一般凡人，买卖都是公平而不会大索价的，否则，刚才这一半价钱给那小伙子，小伙子怎会如斯负气？

这里讲的"咸龙"是当时广州人对港币的俗称。从民初开始，港币就是广州的流通货币之一。因为当时全国经济颇不稳定，国民政府发行的国币贬值较快，这种情况到了1945年后尤其严重，所以其时广州的老百姓不喜欢收国币而喜欢收港币，港币较保值故也。诗人廖恩焘写过一首叫《广州即事》的粤语诗，就说到这种情况："盐都卖到咁多钱，点怪咸龙跳上天。官府也收来路货，贼公专劫落乡船。剃刀刮得门眉烂，赌棍扒多席面穿。禾米食完麻雀散，留番光塔伴红棉。"[①]"来路货"指的是外币，这里可能也是指"咸龙"。"剃刀门楣"则指当时专门从事外币（主要是港币）兑换的小店摊档。因其"出又刮，入又刮"（购进卖出皆刮一笔），故广州市民戏称其为"剃刀门楣"。《珠海仙踪》里店小伙对汉钟离说给咸龙是更受欢迎的，就是因为其时国币不稳定的原因。

（六）广州十三行

1. 十三行贸易兴盛

广州十三行是清代半官半商性质的中西贸易的中介商行，因其专门负责对外贸易业务，故又称洋行。洋行的前身是牙行。牙行是替买卖双方说合交易、承担代客买卖、信用担保等业务的中介店铺或机构。明代"广东牙行独盛，广、泉、徽等商皆争趋若鹜"[②]。明末拟话本小说集《喻世明言》第一卷《蒋兴哥重会珍珠衫》里就提及当时的广东牙行：

> 话中单表一人，姓蒋，名德，小字兴哥，乃湖广襄阳府枣阳县人氏。父亲叫做蒋世泽，从小走熟广东，做客买卖。因为丧了妻房罗氏，止遗下这兴哥，年方九岁……原来罗家也是走广东的，蒋家只走得一代，罗家倒走过三代了。那边客店牙行，都与罗家世代相

---

① 廖恩焘：《嬉笑集》（校正本），自印本，没注明出版日期，后跋作于 1970 年冬。
② 梁嘉彬：《广东十三行考》，广东人民出版社，1999，第 45 页。

识，如自己亲眷一般。

梁嘉彬据此描写推断明英宗时广东已有集天下商贾之势。① 明万历后，广东牙行还出现了所谓的三十六行，但真实数目长期在十三家左右。② 梁氏认为清代的广东十三行产生于康熙二十四年（1685）之前。③ 清初屈大均曾撰《广州竹枝词》云：“洋船争出是官商，十字门开向二洋。五丝八丝广缎好，银钱堆满十三行。”④ 据此诗，可知“当时十三行行商称为‘官商’，外舶之停驻地为澳门内之十字门，贸易货物之大宗为五丝、八丝之牛郎、云光广缎，而堆积于十三行者累累皆黄白物云”⑤。

康熙二十五年（1686 年），清廷正式委托十三行协助粤海关管理广东的对外贸易，所有进出口商品都要经由十三行买卖。而乾隆二十二年实行广州一口通商后，十三行更臻于全盛。正所谓“番舶来时集贾胡，紫髯碧眼语暗呜。十三行畔搬洋货，如看波斯进宝图”⑥。清中叶鲍鉁亦有诗曰：“海珠寺前江水奔，诸洋估舶如云屯。十三行里居奇货，刺绣何如倚市门。”⑦ 清代江仲瑜亦有《羊城竹枝词》曰：“夷商交易用洋钱，万里来瞻上国天。货物到关齐纳税，海珠湾泊火轮船。”⑧ 清人潘兆铿《珠江竹枝词》说：“十三行货总堪夸，新到东洋漂海艖。奇货独推英吉利，争先挑取贡官家。”⑨ 这些诗歌形象地再现了，清中后期洋

① 梁嘉彬：《广东十三行考》，第 59 页。
② 吴仁安：《明代广东三十六行初探》，载《中国史研究》1982 年第 3 期。
③ 梁嘉彬：《广东十三行考》，第 59 页。
④ 屈大均：《广东新语》，中华书局，1985，第 427 页。
⑤ 梁嘉彬：《广东十三行考》，第 69 页。
⑥ 广州市地方志办公室编《广州话旧——〈羊城今古〉精选（1987-2000）》，广州出版社，2002，第 1229 页。
⑦ 雷梦水、潘超、孙忠铨、钟山编《中华竹枝词》，北京古籍出版社，1997，第 2747 页。
⑧ 同上书，第 2754 页。
⑨ 同上书，第 2896 页。

商尤其是英吉利商人，不远万里舶着奇货，络绎不绝地来到海珠湾十三行，纳税之后，用洋钱与中国人交易的动人情景。

清代嘉庆时期，由番禺"禺山老人"编写的小说《蜃楼志》开篇也这样写道："广东洋行生理，在太平门外，一切货物都是鬼子船载来，听凭行家报税，发卖三江两湖及各省客商，是粤中绝大的生意。"太平门是广州新城（明嘉靖时所筑）的八个城门之一，位于城西，门外有太平桥，通往西关太平街。十三行便位于太平门外西关一带。"行家"即行商，从这段话中可知十三行行商负责为外国夷商报纳关税，并承接进口的洋货再发卖到全国各地。因垄断了外贸往来，所以是"粤中绝大的生意"。

2. 十三行夷馆

清末樊封《夷难始末》记载："于是总商六家，副商七家，在河干建立夷馆，居集远人，名之曰十三行。官斯土者，以商人为外府，开斯行者，即以漏税为利源。"① 谓十三行在河边建设了夷馆，而行商则具有半官半商的性质，且多在货税差价上谋利。

关于十三行夷馆的占地面积和建筑风格，有三种文献提及。

《华事夷言》："十三行夷馆，计有七百忽地，内住英吉利、弥利坚、佛兰西、领脉（丹麦）、绥林（瑞士）、荷兰、巴西、欧色特厘阿、俄罗斯、普鲁社、大吕宋、布路牙等国之人。"②

阮元《广东通志》："皆起重楼台榭，为夷人居停之所。"③

---

① 黄佛颐编纂《广州城坊志》，广东人民出版社，1994，第 615 页。
② 黄佛颐编纂《广州城坊志》，第 618~619 页。
③ 黄佛颐编纂《广州城坊志》，第 616 页。

沈复《浮生六记》卷四《浪游记快》："十三洋行在幽兰门之西，结构与洋画同。"①

幽兰门当为油栏门之误。② 油栏门也是广州新城城门之一，约在今海珠南路一带。沈复说十三洋行的建筑和西洋画里画的一样，即西式风格。而十三行建筑中，比较有名的又似乎是"碧堂"。清人李斗到过广州，他后来在《扬州画舫录》里写道："盖西洋人好碧，广州十三行有碧堂，其制皆以联房广厦，蔽日透月为工。"③ 扬州四桥烟雨中的澄碧堂就是仿广州十三行碧堂而建。

如果觉得上面的几种文献记载得比较简略，仅给人留下一个模糊的影像，那么我们还可以看看一些刻画比较细致的诗作，从而为这个影像勾勒出清晰的轮廓并添上缤纷的色彩。如清代文学家乐钧在游历广州后作的《岭南乐府·十三行》中有句云："楼蓝粉白旗杆长，楼窗悬镜望重洋。"④ 说的是蓝色洋楼与旁边白色的旗杆相映生辉，洋楼窗前还悬置着望远镜，人们可以凭此远眺重洋。又如清人叶詹岩《广州杂咏·十三行诗》云："十三行外水西头，粉壁犀帘鬼子楼。风荡彩旗飘五色，辨他日本与琉球。"⑤ 此诗同样注意到了夷馆前旗杆上飘扬的各国国旗。而曾任官广东的清代诗人张九钺则提供了更丰富多彩的描述。他写于乾隆三十五年（1770）的《番行篇》这样描述："广州舶市十三行，雁翅排城蜂缀房。珠海珠江前浩淼，锦帆铁缆日翱翔。蜃衔珊树移瑶岛，鲛织冰绡画白洋。别起危楼濠镜仿，别营奥室贾胡藏。危楼奥市多殊式，瑰卉奇葩非一色。鞣鞨丹穿箔对园，琉璃绿嵌窗斜勒。莎罗彩

① 沈复：《浮生六记》，上海古籍出版社，2000，第 98 页。
② 黄佛颐编纂《广州城坊志》，第 617 页。
③ 李斗：《扬州画舫录》卷十二，中华书局，1960，第 285 页。
④ 张应昌：《清诗铎》（下），中华书局，1983，第 923 页。
⑤ 黄培芳：《香石诗话》卷二，上海书店，1985，第 26 页。

矗天中皛，碧玉栏干云外直。"①

一般中国人参观十三行，大多只能在建筑物外面观瞻，很少有人能进入夷馆内一窥究竟。清人曾七如是少数能进入十三行夷馆内里参观的人之一。他在乾隆四十七年去了十三行，除了描述夷馆的外观外，还少有地记载了夷馆的内部布置。

> 五月十三日，早晴，饭后，暴雨，点大如粟，俗呼为"磨刀雨"。逾时霁。出归德门，同许姓能通使者，看十三行。
>
> 屋临水，粉垣翠栏，八角六角，或为方，或为圆，或为螺形，不可思议。前则平地如坡，门仿□式，开于旁侧，白色雕镂，金碧焜煌，多缦缋。……其户重以绣帘，窗棍悉用滨铁为之，既壮观，且可守御。内嵌琉璃大瓦。当屦满时，皆铿锵作应山谷响。地铺洋氍毹，腥红如滟滪波，几不能履，恐袜生尘也。几为月形，或半圭，层层凿萎蓉攒花。②

清代翰林院编修李钧在道光八年典试粤东时，也曾进入其中一间夷馆参观，并将其见闻写进日记：

> 广州府请，饭后登鬼子楼。楼在海岸，以白石瓷成，莹然玉洁，凭栏一眺，极目清苍。室中满贮经卷，字横列而右行，瞪目不识。③

今人倪文君认为从"白石瓷成，莹然玉洁，凭栏一眺，极目清苍"

① 陈永正编《中国古代海上丝绸之路诗选》，广东旅游出版社，2001，第293~294页。
② 曾七如：《小豆棚》，荆楚书社，1989，第322页。
③ 李钧：《使粤日记》，道光十四年刻本。

这一叙述中,可以推测这是新英国馆的阳台;而所谓"室中满贮经卷"当是指馆中的小型图书馆。①

沈慕琴《小匏庵诗话》中也有一首《登洋鬼子楼》诗,写到夷馆内部景观:

> 踏梯登楼豁望眼,网户宏敞涵虚明。复帐高卷红靺鞨,科苏斗大悬朱缨。华灯四照铜盘贰,虬枝蜷曲蚖膏盛。丈余大镜嵌四壁,举头笑客来相迎。氍毹布地钉帖妥,天昊紫凤交纵横。佉卢小字愧迷目,蛛丝蚕尾纷殊形。鹅毛管小制不聿,琉璃碗大争晶莹。器物诡异何足数,波斯市上嗟相惊!②

诗中所写器物,可谓"诡异"难测,令人叹为奇观。令人叹惋的是,如此繁华富丽的十三行夷馆,却经历了两次大火、一次小火的无情焚噬,终至气息奄奄。第一次大火发生在乾隆年间。诗人罗天尺月夜泛舟,不期然地在江上目睹了这次大火,触目惊心之余,遂赋长诗《冬夜珠江舟中观火烧洋货十三行因成长歌》云:

> 广州城郭天下雄,岛夷鳞次居其中。香珠银钱堆满市,火布羽缎哆哪绒。碧眼蕃官占楼住,红毛鬼子经年寓。濠畔街连西角楼,洋货如山纷杂处。我来珠海驾孤舟,看月夜出琵琶洲。素馨船散花香揭,下弦海月纤如钩。探幽觅句一竿冷,万丈虹光忽横亘。赤乌飞集雁翅城,蜃楼遥从电光隐。高如炎官出巡火伞张,旱魃余威不可当。雄如乌林赤壁夜鏖战,万道金光射波面。上疑尧天卿云五色拥三台,离火朱鸟相喧豗。下疑仲父富国新煮海,千年霸气今犹

① 倪文君:《西方人塑造的广州景观》(1517~1840),复旦大学 2007 年博士论文,第 119 页。
② 广州市荔湾区地方志办公室编《别有深情寄荔湾》,广东省地图出版社,1998,第 107 页。

在。笑我穷酸一腐儒，百宝灰烬怀区区。东方三劫曾知否？楚人一炬胡为乎。旧观刘向陈封事，火灾纪之凡十四。又观汉史鸢焚巢，黑祥亦列五行态。只今太和致祥戾气消，反风灭火多大燎。况云火灾之御惟珠玉，江名珠江宝光烛。扑之不灭岂无因，回禄尔是趋炎人。太息江皋理舟楫，破突炊烟冷如雪。"①

从诗中所写"高如炎官出巡火伞张，旱魃余威不可当；雄如乌林赤壁夜鏖战，万道金光射波面"来看，乾隆年间的这次十三行大火火势是很猛烈的，因而"扑之不灭"，终致"香珠银钱堆满市"的十三行转眼化为灰烬。第二次大火发生在道光二年（1822）。钱泳《履园丛话》曰："太平门外大灾，焚烧一万五千余户，洋行十一家，以及各洋夷馆与夷人货物，约计值银四千余万两，俱为灰烬。"② 汪鼎《雨韭庵笔记》则说："烧粤省十三行七昼夜，洋银熔入水沟，长至一二里，火息结成一条，牢不可破。"③ 当时的民谣也如此慨叹、惋惜道："火烧十三行，里海毅兰堂，一夜冇清光。"

十三行的衰落与这两次大火，显然是有直接关系的。

3. 十三行行商

清代以来的文学作品中，除了上述对十三行的贸易及其夷馆等进行描写外，还有一些对十三行行商的描写。如清代小说《蜃楼志》的男主人公苏吉士，就是十三行行商苏万魁之子。这部小说虽然以描写苏吉士的情爱生活为主，但部分内容还是对乾嘉时期十三行行商的商业活动有所反映的。如小说第一回写到当时洋商的社会地位："这洋商都是有体面人，向来见督抚司道，不过打千请安，垂手侍立，着紧处大人

① 陈永正编《中国古代海上丝绸之路诗选》，第 277 页。
② 钱泳：《履园丛话》卷十四《祥异》，中华书局，1979，第 391 页。
③ 黄佛颐编纂《广州城坊志》，第 619 页。

们还要留茶赏饭，府厅州县看花边钱面上，都十分礼貌。"而书中介绍苏万魁道："一人姓苏名万魁，号占村，口齿利便，人才出众，当了商总，竟成了绝顶的富翁"，"他有五十往外年纪，捐纳从五品职衔，家中花边番钱整屋堆砌，取用时都以箩装带捆，只是为人乖巧，心计甚精，放债七折八扣，三分行息，都要田房货物抵押，五月为满，所以经纪内如兄若弟的固多，乡邻中咒天骂地者亦不少，此公趁着三十年好运，也绝不介意"。

当时的行商常常受到中国官府的勒索。如《蜃楼志》第一回就如此描写了粤海关监税官赫广大拘集洋商勒索钱财的情景：

赫公问道："你们共是几人办事？"万魁禀道："商人们共十三家办理，总局是商人苏某。"赫公道："我访得你们上漏国课，下害商民，难道是假的么？"万魁禀道："外洋货物都遵例报明上税，定价发卖，商人们再不敢有一点私弊。"赫公冷笑道："很晓得你有百万家财，不是愚弄洋船、欺骗商贾、走漏国税，是那里来的？"万魁道："商人办理洋货一十七年，都有出入印簿可查，商人也并无百万家资，求大人恩鉴。"赫公把虎威一拍，道："好一个利口的东西！本关部访闻已实，你还要强辩么？掌嘴！"两边答应一声，有四五个人走来动手。万魁发了急，喊道："商人是个职员，求大人恩典。"赫公喝道："我那管你圆扁！着实打！"两边一五一十，孝敬了二十下。众商都替他告饶。赫公道："我先打他一个总理，你们也太不懂事，我都要重办的！"分付行牌，将一伙商人发下南海县，从重详办。

"对于一个已经开业的行商，官吏们可以透过两种方式向他们榨取金钱。其一是借着将行商罗织到涉外的走私或刑事案件，造成他们种种的不方便与不安，迫使他们不得不花钱贿赂以求免。其二则是纯粹的勒索。……以上两种榨取加起来，整个行商团体在十八世纪末叶以后，一年多达二三十万两。"① 《蜃楼志》中，苏万魁就被关部勒索六十万两，后托得广粮厅说情，才得以三十万两银了事。经此磨折后，苏万魁痛定思痛，觉得"开这洋行，跟着众人营运，如今衣食已自有余，一个人当大家的奴才，真犯不着！况且利害相随，若不早求自全，正恐身命不保"，于是急流勇退，假托捐班实则辞商，结束了在十三行的生意。"众商见万魁告退，也就照他的样式，退了几个经纪人名字；要想充补的，因进才唆弄，揸勒多钱，也都不敢向前。有人题于海关照壁：'新来关部本姓赫，既爱花边又贪色。送了银仔献阿姑，十三洋行只剩七。'"由此可见，粤海关衙门对洋行商人大肆敲诈勒索，也是十三行衰落的主要原因之一。

十三行行商因富可敌国，就中不乏济困扶危、热心慈善者。如《蜃楼志》写苏万魁看见姚霍武因拖欠饭钱被众人追打，虽然萍水相逢，但马上施以援手。还有苏吉士，对于花田穷苦乡户的欠债，连本带利全部免还，对于稍为有余的乡户，则只需还本不需算利，并且将乡户的抵押之物全部给还，所有借券全部烧毁。广中亢旱时，米价腾踊。"江西、湖广等处打听得风声不好，客商不敢前来，斗米两银，民间大苦。"苏吉士"将积年收下的余剩粮食，细算一算，约十三万石有零，因于四城门乡城之交各设一店，共四处，每店派家人六名，发粮米二万石，平粜每石收花边银五圆，计司马秤银三两六钱。看官听说，若讲那时米价每石十两，不是已少了六两四钱一石么？若依着平时平价，却还多了一两六钱一石，八万石米还多卖了十二万八千银子。这虽是吉士积善之处，仔细算来，还是他致富的根基。"积善赚钱两不误，实在是善

---

① 陈国栋：《论清代中叶广东行商经营不善的原因》，载《经济脉动》，中国大百科全书出版社，2005。

为商者的聪颖之处呢。

除了虚构的行商苏万魁苏吉士父子，小说中出现的十三行行商还有真实可考的人物，这就是伍怡和家族。"怡和"指的是怡和行。怡和行的前身是元顺行。行商伍国莹在乾隆年间把元顺行改名为怡和行，以后人们就把历任怡和行的行商通称为伍怡和，也有人把怡和行称作伍怡和的。伍国莹之子伍秉鉴接手怡和行后，扩展了怡和行的业务，把怡和行经营得越发成功，其后更跃居行商第一位。据伍家自己估计，至道光十四年（1834），伍秉鉴积累的财产达 2600 万白银，相当于清廷近半年的财政收入，俨然是洋人眼中的"世界首富"。美国商人亨特的《广州番鬼录》就说，那时"伍浩官（伍秉鉴）究竟有多少钱，是大家常常辩论的题目"。嘉庆十八年清廷在行商中设总商，伍秉鉴在次年就接任了总商一职，往后的总商几乎都由伍氏后人接任。所以当时说起伍怡和，大江南北几乎没有不知道的。如黄世仲的《洪秀全演义》第二回就说："且说当时海禁初开，洋货运进内地，已日多一日，因此以洋务起家的还自不少。就中单说一家字号，名唤怡和。这'怡和行'三个字，妇孺通统知得，确算得岭南天字第一家的字号！"[1] 又如吴沃尧的《发财秘诀》第三回写区丙发了一注大财后，"就有那一班发财人和他往来，所以他就得了门路，把二、三万现银存放在十三行第一家字号'伍怡和'里生息。顺便就托他带点洋货来，自己却在藩台衙门前开了一家'丙记'洋货字号，又到香港中环地方开了一家'丙记'杂货店。"[2]

《清稗类钞》也写了伍怡和以商致富的故事：

> 粤东富人，有南海伍氏。先是，嘉庆时，广州十三行有开怡和

---

[1]　黄世仲：《洪秀全演义》，人民文学出版社，1984，第 14 页。
[2]　吴沃尧：《发财秘诀》，《吴趼人全集》（3），北方文艺出版社，1998，第 17 页。

号之伍某，本闽人而居粤。故事，西人至广州通商者，必由十三行交易，额定饷银，皆由十三行承认，十三行有中落者，由他数家分认其饷。时诸行多衰落，伍独巍然存。有伍敦元者，为其疏族，自闽来，伍之家长谓之曰："汝来殊不幸，不能有以润汝，姑居此可也。"无何，制军阮文达公元以欠饷故，召伍入见，惮不敢入。敦元自请代往，乃入见。阮诘欠饷故，敦元曰："非敢欠饷也，实以商业方疲，而上督饷益急，则力益不支，是官商两困之道也。"阮曰："既如是，免汝家数年饷，好自为之。"敦元归，以报。时伍商既屡困，有厌倦意，乃悉收故业，而独以商号畀敦元。敦元既得之以营业，业大进，不十余年，可千万，遂大富。①

伍敦元即伍秉鉴。不过这里的伍秉鉴是怡和行伍某疏族的说法明显有误。这里的伍某应是伍国莹，伍国莹和伍秉鉴是亲父子关系，并非远亲。虽然《清稗类钞》的记述有误，但上述这件伍秉鉴自动请缨去见官府的事，无疑显示了他的过人胆识。陈徽言的《南海游记》里则记了另一位伍怡和的轶事：

珠江十三行，海外诸蕃互市之所。道光某年，蕃人夤缘得以巨石甃址，设栅置守，一若厥土为所有者。秣陵朱公桂桢巡抚广东。一日，命驾至海关署，声称欲入洋行观自鸣钟，拉监督同往。比至，降舆周视，勃然怒见于面，趣召洋商伍某甚急，辄指地问曰："此何为者？"答曰"鬼子马头也。"公顾监督大言曰："内地安容有鬼子马头！我知是皆若辈嗜利所为，我将要伊等几颗头颅乃已！"伍某惶惧，长跪于地。于时石工毕集，公喝令毁之，顷刻而

---

①　徐珂：《清稗类钞》，中华书局，1984，第2331页。

尽。旁观万众惊怛咋舌，无有敢发一言者。①

　　这里的伍某就是另一位伍怡和——伍受昌。伍受昌是伍秉鉴的第四子，又名伍元华。这里讲他被时任广东巡抚的朱桂桢斥责了一番，吓得长跪于地。《南海游记》里记的这件事在《粤海关志》里也找得到相关的记载：

　　　　道光十一年四月，洋商伍受昌等禀称，本月初一日，抚宪会同关宪亲临英吉利夷馆，谕令将馆前西边道光七年所筑墙一度计长一十一丈六尺、东边木板一度计长一十一丈六尺、南便海边马头木栅栏一度计阔一十一丈，又馆前淤积余地一段悉照丈尺掘毁。兹商等遵谕于本月初二日雇匠兴工，已于本月初十日一并遵限掘毁完讫。

　　比较两个不同文体的记载，《粤海关志》连拆毁码头建筑的长宽度都精确列明，在数据上比《南海游记》详尽。而且，对比来看，《南海游记》上说鬼子马头"顷刻而尽"，明显是夸张的艺术写法，《粤海关志》上就写得很清楚，施工日期是从四月初二到四月初十，总共用了九天才把鬼子马头"掘毁完讫"。不过若论故事性，《南海游记》的行文倒明显比《粤海关志》的更生动有趣。

　　"伍怡和"作为十三行第一家字号，其兴衰似乎与发售鸦片有一定的关联。《洪秀全演义》第二回中就这样写道：

　　　　那行里东主，本姓伍氏，别号紫垣，生得机警不过，本是个市

---

① 黄佛颐：《广州城坊志》，第 617~618 页。

廛班首。所有外商运来的货物，大半由他怡和行居奇；且外商初到，识不得内地情形，一切价目倒由该商订定。因此年年获利，积富至一千万有余。内中货物本以鸦片为大宗，都是通商条约里载得很明白的。巨耐林则徐虽知得爱民，还不懂得通商则例，以为鸦片是害人的，便把那鸦片当作仇人一般，这时不免迁怒洋商去了。果然追本穷源，查鸦片进口，都由华商发售。以为拿办一二家售鸦片的大行店，尽法惩办，那怕华商不畏惧？好歹没人代售鸦片，岂不是不禁自绝，还胜过和外人交涉。想罢，便把这一般孩子气发作出来，先把个怡和行东主伍商查办起来了。

这里讲的伍紫垣，指的是伍秉鉴的第五子伍崇曜。伍崇曜，原名元薇，字良辅，号紫垣，商名绍荣。他在兄长伍受昌去世后接任怡和行行商，从道光十三年一直做到同治二年去世，是继其父伍秉鉴后最著名的一位伍怡和。《洪秀全演义》里讲伍崇曜被林则徐拘禁了起来，历史上确有其事。史载林则徐到广州后，在道光十九年二月初四日传讯了伍崇曜等行商，指斥他们包庇外商的鸦片交易，并责令他们传谕外商烟贩缴烟具结。三天后，伍崇曜将外商烟贩缴出的 1037 箱鸦片送呈官府。林则徐认为这是行商与外商串通，企图上呈少量鸦片就蒙混过关，于是在二月初九日把伍崇曜革职拘禁。清末小说《林公案》第四十八回也写及此事，不过说法又有不同：

> （林公）一面传令外商，须待趸船鸦片尽行缴出后，方准开舱交易。一面传集广东十三洋行商人伍绍荣到辕，面加训勉，不追究既往，劝他们以后勿再为虎作伥，包庇奸夷，以鸦片偷运内地，使奸夷获厚利，使同胞受短命丧财的大害。这班洋行商人，都是广东籍，经林公善言开导，个个激发天良，誓不再为奸夷经售，倘食此

言，愿受新律治罪。

林公见人心归化，令他们传谕各夷商，估计烟土存贮实数，即日来辕禀复，听候点验，准作自首，免于论罪。又向他们追问历年贩烟奸商查顿、颠地，现在可在商馆中？伍绍荣答称："查顿于去年残冬请牌，避到澳门去了。颠地于前日随义律同去的。"林公道："你们回去送信给义律，写明本大臣将派兵严搜商馆趸船，查获烟土，当场烧毁，叫他们从速回来处理一切，否则本大臣自行办理，不等他们的。"洋行商人唯唯退出。

林公发过两次照会，催他答复，他竟置之不理。林公只好传令洋行商人伍绍荣，向义律当面催促。义律就把上文回答夷商的话备述一遍。绍荣见他胸有成竹，劝之不理，只好据实禀复。林公接阅来禀，暗吃一惊，心想："可恶的刁夷，竟用冷待手段对付，我如不给一些上国的威仪他们看，如何肯甘心受降呢！但是我不便冒昧地派兵抢入商馆与趸船上抄没烟土，焚毁投海，若请旨准予入馆查抄，恐怕皇上也未必俯允，若然持久办不了，穆奸必然要请旨申饬，这便如何是好？"定神默忖了一会，即传伍绍荣到行辕。林公延入花厅，以宾礼相待，向他问明义律所居商馆中共有多少中国人？绍荣答道：除他老婆外，其余烹调给役，都是中国人，共计六名。林公又叫他把各商馆中的沙文姓名，及西崽大司务一一开明。绍荣照实书写呈上，告辞而归。林公立传海关监督来辕，面谕他封闭各夷商货船；各商馆雇用的华人，自买办以及大司务西崽，一律勒令他们辞歇，如有私自为洋人给役者，查明监禁。①

在这里伍崇曜充当了林则徐的传话人，将林则徐的命令传达给夷

---

① 佚名：《林公案》，北京燕山出版社，1996，第 147~148 页。

商，并因对夷商的熟知而作为林则徐的主要顾问，史载其被捕之事却没有涉及。

鸦片战争打响后，伍崇曜并没有就此退出历史的舞台。英军兵临广州城下时，当时负责广州军事的奕山无力抵抗，便派行商前往调停。作为调停代表之一的伍崇曜又有什么还价的能力呢？最终以清廷赔偿英方600万两银了事，而在这600万两银中，仅伍崇曜的怡和行就出了110万两。[①] 广州的老百姓将此事总结成一首民歌："一声炮响，义律埋城，三元里被困，四方炮台打烂，伍子桓顶上，六百万讲和，七七礼拜，八千斤未烧，九九打吓，十足输晒。"[②] 于嬉笑怒骂中发泄了对清政府的强烈不满。

---

① 广州市越秀区政协编《商海千年说越秀——越秀商业名人》，花城出版社，2009，第12页。
② 阿英：《鸦片战争文学集》（上册），北京古籍出版社，1957，第247~248页。

二
明清以来文学中的广府饮食风情

自古有言，"食在广州"。民初小说《珠海仙踪》里，下凡的汉钟离在品尝了广州美食后就说道："广州有名食城，酒楼茶室多得很，酒菜也特别弄得好吃，我们天国的名厨，总是望尘莫及，这无怪世人有着'食在广州'的那句话儿了！"① 这虽然是作者借神仙之口所说的夸张语，但也可见广州美食在中华大地的确是深入人心的。广府人的饮食，有着悠久的历史传统和独特的文化风情。《晋书·吴隐之传》云："广州包山带海，珍异所出，一箧之宝，可资数世。"② 《广东新语》则云："计天下所有之食货，东粤几尽有之，东粤之所有食货，天下未必尽有之也。"③ 清修《广州府志》也说："盖其地富而与巨海相接，鱼盐之利，水陆之产，珍物奇宝，非他郡所及。"④ 地理位置造就的得天独厚

---

① 何可笑：《珠海仙踪》，民智书店大成书局，年份不详，第51页。
② 《晋书》，中华书局，1974，第2341页。
③ 屈大均：《广东新语》，第304页。
④ 《广州府志》卷十五《舆地略七》，清同治年间刊本。

丰富食材，再加上广府人对饮食的精讲细究，使得广府菜在大江南北声誉渐隆，在清中叶至民国一段时间更是达至全盛。到了现当代，广府菜除了在国内保持良好的口碑外，也逐渐走向世界、享誉海外。广府菜（或称广州菜）作为粤菜大系中的主角，汇聚了南（海）、番（禺）、顺（德）、中（山）等地的风味特色，也吸收了（北）京、苏（州）、扬（州）、杭（州）等外省菜和西菜的一些优点，博采众长却不失自我本色，卓然独立，自成一系。[①] 生长于粤东的文学家，年年月月浸润在家乡美食之中，其文学作品对广府饮食文化大多有所述及。而对于到访粤东的外地文学家，广府美食亦或多或少的在其作品中留下了印记。透过明清以来的文学作品，我们可以领略到广府地区丰富多彩的饮食文化。

（一）"无鸡不成宴"与广式烧腊

清代袁枚在《随园食单》中说："鸡功最巨，诸菜赖之。如善人积德而人不知。"[②] 广府人尤其喜欢吃鸡，"鸡在粤菜中是用途最广、制作品种最多的原料之一"[③]，计有两百多种炮制方法。[④] 无论家常便饭还是在外宴客，席中一般都会有鸡作主菜。故广府俗语有云："无鸡不成宴"。小说《蜃楼志全传》里，苏吉士清远峡遇劫，在乡间借宿，村民卜明便"杀鸡为黍"招待他；《洪秀全演义》里，洪家兄弟留钱江在花县家用晚饭，"都是鸡鸭蔬菜之类"；《陶斋志果》记一洋商之子"好食鸡，以肉糜饲鸡百十头，日食其二"。[⑤]《发财秘诀》里，陶庆云领着阿

---

① 钟征祥：《食在广州》，花城出版社，1980，第 8 页。
② 袁枚：《随园食单》，广东科技出版社，1983，第 64 页。
③ 广州市地方志编纂委员会：《广州市志》（卷六），万方数据电子出版社，第 863 页。
④ 广州市地方志编纂委员会：《广州市志》（卷十七），万方数据电子出版社，第 33 页。
⑤ 广州市海珠区人民政府编印《海上明珠集》，1990，第 260 页。

牛到一香港咸水妹家里，吃饭时就有一大碗加利鸡（"加利鸡"疑似咖喱鸡）；《珠海仙踪》里，汉钟离下凡广州，看见饭店内的白酒黄鸡，就垂涎欲滴；欧阳山小说《三家巷》里，区家端午节吃过节饭，就吃了栗子炖鸡等；《苦斗》里李子木和周炳去饭馆吃饭，则叫了一碟草菰蒸鸡。比起家常菜，食肆中鸡的炮制法就更多了。很多有名气的饭店酒楼，都有自己的招牌鸡以招徕食客。如广州酒家的"文昌鸡"、大三元酒家的"太爷鸡"、东江饭店的"盐焗鸡"、大同酒家的"脆皮鸡"、清平饭店的"清平鸡"、南园的"豆酱鸡"、北园的"花雕鸡"，等等。19世纪来广州的俄国人就说："第一美食是盐焗雏鸡、特制烤鸭、甜汁鱼、孟买鱼翅炖鸡汤。"[1] 这"盐焗雏鸡"即盐焗鸡。还有"文昌鸡"，本是海南特产。清代《岭南杂事诗抄》曰："阴化阳生五德禽，苍苍海气感来深。雄飞雌伏寻常事，饕餮何劳苦用心。"诗下注："文昌县属有一种鸡，牝而若牡，肉味最美。盖割取雄鸡之肾，纳于雌鸡之腹，遂不生卵，亦不司晨，毛羽渐殊，异常肥嫩。以其法于他处试之，则不可，故曰文昌鸡。"[2] 这种文昌鸡后为西南酒家（广州酒家的前身）名厨梁瑞采用制菜，成为广州酒家一大名菜。[3]

而一顿饭里除了鸡，广府人最常吃的可能要算广式烧腊了。广式烧腊按照制作方法的不同，一般可以分为烧味类、卤味类、腊味类和白切熏类。烧味类有烧乳猪、烧鹅、烧鸭、烧鸡、烧乳鸽、叉烧、烧排骨等品种。其中，烧乳猪一般在节庆时或祭祖后食用。清同治年间《番禺县志》说："最盛礼惟烧猪，凡供神及大吉庆，以烧猪相遗；郡城婚嫁回门，必送烧猪；凡新补诸生归家，设烧猪宴之；贺者亦送烧猪。"[4] 即所谓"人情嫌简不嫌虚，土俗民风不可涂，不论冠婚与丧祭，礼仪

① 伍宇星编译《19世纪俄国人笔下的广州》，大象出版社，2011，第232页。
② 雷梦水、潘超、孙忠铨、钟山编《中华竹枝词》，北京古籍出版社，1997，第2861页。
③ 广州市地方志编纂委员会：《广州市志》（卷六），万方数据电子出版社，第864页。
④ 《番禺县志》，清同治年间刊本。

第一用烧猪"①,"致敬从来尚捭豚。终朝千百付枭燔。糟糠面目殊乖甚,风味犹堪佐一尊"是也。② 小说《鬼神传》里写惠州尹恒升为了酬谢城隍,就于吉日"虔备金猪、匾额、五生五熟、五果五菜诸般等物"送供。《廿载繁华梦》里写黄家为新媳回门置办的礼物中,其中就有金猪三百余头。金猪即烧猪,因烧猪外皮烧至金黄色,故美名之。上等烧猪选材讲究,制作费时,食时不腻,皮酥肉嫩,至今仍是广府筵席的一大名菜。不过乳猪因价格较昂贵,平时不常吃,反而烧鸡、叉烧等更常吃一点。小说《负曝闲谈》里写田雁门与朋友在紫洞艇小酌到四更吃夜宵,除了稀饭外,就还有八碟排骨、叉烧肉、香肠、咸鱼之类。小说《六壬王荒唐镜》里写潘陆早午晚三餐都带上一瓶酒、一枝旱烟杆和一包烧味在村中榕树下设一酒局。炮制得法的烧味观之色泽金黄,闻之浓香扑鼻,尝之皮脆肉腴,本身就令人食指大动,若见者恰好腹中打鼓、又可望而不可即,那就真是一可怜人了。《扭计祖宗陈梦吉》里写陈梦吉就当了一回这种可怜人。陈梦吉首次赴县城考试,准备不周,午饭无处着落。同乡老童生老秦入场时却带来"成只烧鸭,大碗猪肉,又酒又饭,正在轻拢慢捻,饮口酒,叹件鸭,够晒滋油"。老秦只顾自吃自喝,一点没有请陈梦吉吃的意思。出名"扭计"的陈梦吉为了分得老秦的美馔,于是略施小计骗老秦说等会儿请他吃白斩鸡,到头来,当然是"扭计王"吃了老秦的烧鸭,老秦却连鸡影都未见一只。又如小说《讼棍王刘华东》里写到省城的万兴烧味店,其明炉乳猪挂炉鸭因有京都风味,故生意鼎盛,竟然规定光顾五十文钱以上的才可找零,刘华东施一小计才令万兴栈破例。《虾球传》里写饿着肚子却又身上无钱的虾球,就只能在玻璃橱柜外望着肥美的挂炉鸭而垂涎欲滴。清末胡子晋有一首《广州竹枝词》,就提

---

① 杏岑果尔敏:《广州土俗竹枝词》,清同治十年刊本。
② 雷梦水、潘超、孙忠铨、钟山编《中华竹枝词》,第2862页。

及当时声名甚响的万栈烧鸭，其诗云："挂炉烤鸭美而香，却胜烧鹅说古
冈。燕瘦环肥各佳妙，君休偏重便宜坊。"并注云："西关宝华正中约街
口万栈，以挂炉烧鸭驰名，比古冈州之江门烧鹅为美。北京米市胡同便
宜坊，挂炉鸭异常肥，常有重五、六斤者，万栈之鸭，却以瘦胜。"① 这
万栈烧鸭不仅味道美，而且包装也很见心思。凡顾客来买烧鸭，无论数
量多寡，均将切件整齐的烧鸭盛于钵内，淋上鸭汁，再外包以荷叶，挽
以草绳。这样既外表美观又方便顾客携带，一举两得，人们称之为
"钵仔烧鸭"。时人有粤语诗赞曰："万栈烧鸭红夹灿，引得人家鬼咁
馋。一钵烧鸭带返屋，家人边食边称赞。"② 可见只要真正好味道，实
在不愁没有文人雅士为之写广告诗的。

　　卤味类则有豉油鸡、卤水乳鸽、卤水扎蹄、卤水猪肚、卤水猪肠、
卤水牛脷等品种。卤味一般是将食材用卤水慢火浸腌数小时而成的，这
样做成的卤味既渗透进了卤汁的浓香，又保持了食材肉质的嫩滑。烧味
多吃容易上火，但卤味大多未经烧烤，多吃也不易上火，所以老少咸
宜，颇受欢迎。《三家巷》里，陈文雄约朋友重阳节登白云山，也不忘
买了"许多油鸡和卤味"做野餐；周炳等人有一次则围着裁缝师傅的
工夫案板吃卤味和花生下酒。《苦斗》里，周炳在上海经过一广东铺
子，就"买了两毛钱叉烧、卤味"；陈文英有次就叫使妈去新雅茶室买
了卤水油鸡回家招呼周炳。

　　腊味类则有腊肉、腊肠、腊鸭、腊鸭肝等品种。广州俗语有云
"秋风起，食腊味"。以前广府地区的老百姓，多有于秋冬季自己在家
腌晒腊味的。后来则出现了专门生产腊味的著名厂家品牌，如"皇上
皇"、"八百载"和"沧州"等。上等的腊味，需做到酱香、腊香、酒
香三味俱全，肠衣要脆薄，条子要均匀，还要色泽鲜艳，咸甜适中，相

① 雷梦水、潘超、孙忠铨、钟山编《中华竹枝词》，第 2910~2911 页。
② 罗雨林：《荔湾风采》，广东人民出版社，1996，第 79 页。

当讲究。小说《俗话倾谈》里写香山县的明克德在家招呼朋友畅饮，就吩咐弟弟"快的赶去炙烧酒、杀鸡，唔得及，将廿只鸭蛋打破，湿半斤虾米，切一两腊肉丝，发猛火，洗锅仔，快的炒熟来!"用腊肉丝与虾米混合来炒蛋，想必很和味可口。《发财秘诀》里写陶庆云领着阿牛到一香港咸水妹家里，吃饭时除了前面提过的加利鸡，还有"四五样香肠、叉烧之类"。这香肠便是腊肠。《扭计祖宗陈梦吉》里写吉仔婶母在厨房指点工人烹调家常菜，其中也有一味腊肠蒸腐竹。《劫余灰》里写名医黄学农给生病的婉贞送精致肉食，食物放在一个海南红木攒盒里，"揭开一看，里面七个精致瓷碟，盛着一样是腊鸭肫，切成薄片；一样是去了皮撕细的腊鸭腿；一样是火腿；一样是肉松；还有那虾米、鱿鱼丝、卤肫肝等，共是七样"。鸭肫就是鸭胃。腊鸭肫肉质紧韧耐嚼，广府人至今仍常用来熬粥、煲汤，风味甚佳。

白切、熏类则有白切鸡、熏香鸡、茶香鸡等品种。《蜃楼志全传》里写壮士霍武来到惠东平山一客店，就和小二有如下对话：

> 霍武坐下道："有好酒好肉多拿些来，做一斗米饭，一总算账。"那汉道："有上好太和烧，是府城买来的；猪肉有煮烂的、熏透的两样；牛肉只有咸的；大鱼、龙虾都有。"霍武道："打十斤酒，切五斤熏肉、五斤牛肉来，余俱不用。"那汉暗笑而去，叫伙计捧了两大盘肉，自己提了一大瓶酒，拿进房来。（第十回）

霍武居然切了五斤熏透的猪肉下太和烧酒，今人恐无如此食量矣。

据传清末才子何淡如曾有妙联云："风肠焗熟堪佐饭，云耳切开好炆鸡。"① "风肠"即腊肠，以其制作讲求风热而名之也。腊肠佐饭，云

---

① 舒饭：《无钱哪得食云吞》，《中山商报》2007 年 10 月 16 日 B3 版。

耳炆鸡，正是广府人家常便饭的真实写照。

（二）茶楼风情与精美点心

广府人喜欢饮茶，而"饮早茶"更是从明清以来就成为广府饮食文化之一大特色。民谚有云："清晨一壶茶，不用找医家。"广府人认为早上喝茶可以健脾清胃、有益健康。此饮茶风尚，自明清绵延至今，长盛不衰。在广州，亲友邻里早上见面互相打招呼，第一句通常都会问："饮咗茶未（喝过茶了吗）？"人们聚亲会友、洽商谈文、消闲遣兴，都喜欢上茶楼。清末胡子晋《广州竹枝词》云："桂香品茗或祥珍，久坐谈天度早晨。"[①]　这"桂香"与"祥珍"都是茶居名。小说《讼棍王刘华东》里，刘华东在省城时，每日得闲便跑到明月楼里"叹其一盅两件，谈天说地，消遣日子"。《虾球传》里也十多次提到书中人物上茶楼饮茶。即使是经济不景气，其他生意黯淡的时候，广府的茶楼似乎也不受影响。像民初就有竹枝词说："百行生意近俱淡，惟有茶林独拥挤。不爱茶新爱茶旧，座中佳客真品题。"[②]　正因为广府人如此喜欢饮茶，所以广府地区茶楼林立，而尤以省城广州为盛，可说是五步一楼、十步一阁。广州的茶楼一般分早、午、晚三市，早市从早晨约五点开始，晚市到第二天凌晨结束，从早到晚营业几乎达 20 个小时，足以满足各类茶客不同时段的饮茶需求。20 世纪 30 年代以前，茶楼和酒楼的分工比较明确，茶楼不设饭市，酒楼不设茶市，且两者分属不同的职业工会。20 年代，陶陶居主要创办人谭杰南认为当时茶楼不做饭市太保守了，决定跨行业经营，想把陶陶居办成一家综合性饮食企业。谁知此举却令茶居工会（茶楼饼饵业职业工会）出动"打手"阻止，后

---

① 雷梦水、潘超、孙忠铨、钟山编《中华竹枝词》，第 2903 页。
② 同上书，第 3006 页。

经双方调解才平息了事件。① 随后慢慢的，茶楼也兼营饭市，酒楼又兼营茶市，两者才逐渐合二为一。所以现在广州的茶楼也是酒楼，酒楼也是茶楼。

《三家巷》中，周炳兄弟逃出广州前，在珠江南岸上岸，就找了"一间叫做'二厘馆'的那种炒粉馆"喝茶、吃宵夜。这种二厘馆，因茶价收费二厘（清朝币值一银毫等于七十二厘）而得名，是广州较早出现的一种低级茶馆，大部分设在码头、市场、墟集等地方，陈设简陋，顾客以劳工小贩等低收入阶层为主。② 坊间有民谣唱道："去二厘馆饮餐茶，茶银二厘不多花。糕饼样样都抵食，最能顶肚不花假。"③二厘馆到 20 世纪 40 年代后期基本绝迹。④

比二厘馆高档的就是茶室和茶楼。茶室和茶楼又略有不同。茶室供应的茶比茶楼更讲究，其食点也不像茶楼的食点那样由店员捧出沿座叫卖，而是开列出食点单，供客人圈选，点即送上。也正因为这样，所以茶室的环境一般要比茶楼清静雅洁。但若逢茶市黄金时间，恐怕就是茶室也难以清静了。像《三家巷》里，陈文雄与李民魁、宋以廉一道去了十八甫的天龙茶室饮茶，这茶室就"非常拥挤"，"顾客都是上、中流人物，依然弄得人声嘈杂，烟雾弥漫"。"他们站在二楼过道上等了十几分钟，好容易才找到了一个那种用柚木雕花板障间隔，像火车上的座位一样的'卡位'。"这种卡位设计，是当时广州茶室的普遍特色。而广州著名的老茶楼则有陶陶居、惠如楼、成珠楼、莲香楼、文园、南园、北园、西园、谟觞、玉醪春、泮溪酒家、大三元酒家和西南酒家（今广州酒家）等。《三家巷》里，陈文雄有天就拖了周榕到玉醪春茶

---

① 广州市政协文史资料委员会编《广州文史》（第四十一辑），广东人民出版社，1990，第47~48 页。
② 广州市地方志编纂委员会编《广州市志》（卷六），万方数据电子出版社，第 894 页。
③ 梁达：《广州西关古仔之三西关七十二行》，广州出版社，1996，第 25 页。
④ 广州市地方志编纂委员会编《广州市志》（卷六），万方数据电子出版社，第 894 页。

室去喝早茶，"他们跑上楼去，找了一个最好的房座，泡了一盅上好的白毛寿眉茶，一盅精制的蟹爪水仙茶，叫了许多的虾饺、粉果、玫瑰酥、鸡蛋盏之类的美点，一面吃，一面谈"。不少文人墨客光顾这些老茶楼之余都留下了吟诵诗篇。如书法家麦华三咏成珠楼诗曰："成珠高阁会天孙，绿蚁新醅酒令传。醉傲天台左右顾，漱珠桥畔海幢园。"①该诗简洁地写出了成珠楼的高阁建筑特色及其坐落漱珠桥畔、毗邻海幢寺的地理位置。又如郭沫若到访南园时曾赋诗两首，其中一首曰："此是工人天外天，解衣磅礴坐高轩。层楼重阁怡宫殿，雄辩高谈满四筵。万盏岩茶千盏酒，三时便饭四时鲜。外来旅客咸瞠目，始信中华是乐园。"② 既描绘了南园的典雅环境，又写出了顾客觥筹交错的热闹气氛。除了南园，郭沫若还到过泮溪酒家，宴后亦欣然赋诗："盘中粒粒皆辛苦，槛外亭亭入画图。齐国易牙当稽颡，随园食谱待秕疏。隔窗堆就南天雪，入齿回轮北地酥。声味色香都俱备，得来真个费工夫。"③诗中对泮溪酒家如画图般的园林美景和连易牙也要稽颡的粤菜美味大加赞赏。小说家老舍亦曾作客泮溪并留下诗作："南北东西任去留，春寒酒暖泮溪楼。短诗莫遣情谊薄，糯米支红来再游。"④ 意谓待明年荔熟之时当再次来访。

《怪才陈梦吉》里，陈梦吉有次就去了位于省城中心、当时很有名气的惠如楼饮早茶。惠如楼建于清光绪元年，创始人是陈惠如。除了惠如楼，陈惠如后来又在省城各处开设了八间以"如"字命名的茶楼，像三如、太如、东如、南如、福如等，与惠如楼合称"九如茶楼"。早期的茶居茶楼，一般只有三层。铺面部分，第一层要高，要让人有宏大

---

① 广州市政协文史资料委员会编《广州文史资料》（第四十一辑），广东人民出版社，1990，第57页。
② 沈海宝：《饮茶诗话》，甘肃人民出版社，1986，第153~154页。
③ 钟征祥：《食在广州》，花城出版社，1980，第15页。
④ 同上书，第16页。

宽敞的感觉，同时也方便悬挂宣传招牌①。像《荒唐镜》里，潘陆带儿子荒唐镜去饮茶的陆卢居就是这种建筑格局。"走进大门举头望，楼面竟高达廿尺，进深六十余尺，真是个宏大宽敞。"当时茶楼的装潢设计，则大多雕梁画栋、古色古香。陆卢居也是如此。"门面是四柱三拱券，门罩隔扇，彩绘灰饰，装饰华丽，所绘田园山水，甚是闲适雅致。一幅陆羽品茶图，惟妙惟肖，栩栩如生。'陆卢居'三字横匾高悬大门之上，两侧门柱挂一副对联，笔法龙飞凤舞，写的是：人喜陆羽之风，常临此地；客具卢同之癖，独试茶乎。"老字号的茶室茶楼，悬挂的对联是十分讲究的。像清末陶陶居新张伊始，司理陈伯绮就以"陶陶"两字鹤顶格征联，头名奖白银二十大元，依次设有不同数目奖金，顿时引起不少骚人墨客的雅兴，其时珠玉纷投，不一而足。最后选出的头奖是："陶潜善饮，易牙善烹，饮烹有度；陶侃惜分，夏禹惜寸，分寸无遗。"这副联用了四个历史人物、四个典故，对仗工整，嵌字自然不见斧凿，而且联意与茶居经营紧密结合，甚有特色，至今传为佳话。②

人们上茶楼除了"叹茶"，不可少的当然是品尝茶楼供应的精美点心了。广式点心品种繁多，如有号称点心"四大天王"的虾饺、烧卖、蛋挞和叉烧包，还有粉果、芋角、凤爪、莲蓉包、荷叶饭、糯米鸡、马蹄糕、萝卜糕等。《六壬王荒唐镜》里，荒唐镜有次为人调解纷争，就将双方请到海天茶楼品茗，"洗埋茶杯，斟埋茶，叫埋大包虾饺烧卖之类相待"。这虾饺可能是最有广州特色的茶点了，20世纪20年代始创于广州五凤乡某茶楼。③它以澄面为皮，鲜虾、猪肉、笋丝等作馅，一般捏成弯梳形，蒸熟之后饺皮呈半透明，外观晶莹通透，入口鲜美爽

---

① 广州市政协文史资料委员会编《广州文史资料》（第三十六辑），广东人民出版社，1986，第192页。
② 广州市政协文史资料委员会编《广州文史资料》（第四十一辑），广东人民出版社，1990，第39页。
③ 广州市地方志编纂委员会编《广州市志》（卷六），万方数据电子出版社，第869页。

嫩，很受茶客欢迎。烧卖，北方叫"烧麦"，广式烧卖又叫"干蒸烧卖"，是很传统的茶楼点心。它的制作是以鸡蛋、水和面作皮，猪肉、虾肉、冬菇作馅，捏成石榴花形，有的还在顶上点缀蟹黄，蒸熟后皮软肉爽，汁液鲜美。[1] 到了《三家巷》描写的民初，茶楼点心的品种更多了，制作也更考究。陈文雄与李民魁、宋以廉去天龙茶室饮茶，就写了好几样咸甜点心，像"鸡批"、虾盒、粉果、蟹黄酥、奶油蛋盏、冰花玫瑰卷等，又写了一盘上汤鸡茸水饺和一盘鲜菇蚝油拌面。这里面比较传统的是粉果，著名的有"娥姐粉果"，据说是清末一名叫娥姐的女佣改良的。[2] 而像虾盒、奶油蛋盏、冰花玫瑰卷等都是当时比较新式的点心。除了这些精致点心外，茶楼有时还会出售一些地方小食，如荷叶饭就是其中一种。有《羊城竹枝词》曰："葫芦载酒荷包饭，三八墟期趁燕塘。"[3] "泮塘十里尽荷塘，妹妹朝来采摘忙。不摘荷花摘荷叶，饭包荷叶比花香。"[4] 这说的便是人们采摘荷叶用以炮制荷叶饭。至于其做法，《广东新语》载："东莞以香粳杂鱼肉诸味，包荷叶蒸之，表里香透，名曰荷包饭。"[5] 选用上等香米，米中杂以鱼肉猪肉，外包以清香荷叶，然后用水蒸熟，就成了这风味独特的荷叶饭了。荷叶饭选米上乘，粒粒晶莹通透的米饭本身就透着扑鼻饭香，再加上饭中又渗进了鱼肉猪肉的鲜香和荷叶的清香，品尝时三香融汇，实在是广府一大美食。这道美食后来成为茶楼酒家颇受欢迎的星期美点。

在环境优美、装潢古雅的茶楼里，品着清茶佳茗，尝着精致点心，话着家常，有时还可欣赏曲艺，实是人生一大乐事！正如民初羊城竹枝词写道："米珠薪桂了无惊，妆饰奢华饮食精。绝似升平歌舞日，茶楼

---

① 广州市地方志编纂委员会编《广州市志》（卷六），万方数据电子出版社，第870页。
② 同上。
③ 雷梦水、潘超、孙忠铨、钟山编《中华竹枝词》，第2753页。
④ 同上书，第3004页。
⑤ 屈大均：《广东新语》，中华书局，1985，第380页。

处处管弦声。"① 前广州市长朱光亦有歌云："广州好，茶室且清宜，名点山泉常品赏，楼头风月约相知，共话太平时。"②

（三）"粤菜三绝"与河鲜海味

早在南宋时期，粤人就已"不问鸟兽蛇虫，无不食之"③。明谢肇淛在《五杂组》中说："南人口食可谓不择之甚。岭南蚁卵、蚺蛇，皆为珍膳。水鸡、蛤蟆，其实一类。"④ 清吴锡麟《岭南杂咏》亦云："长蛇腐鼠总堪烹，翻笑熊鱼漫擅名。闻说邻家司夜犬，有人分得一杯羹。"⑤ 清代杏岑果尔敏《广州土俗竹枝词》也说："风干耗子肉通红，高挂檐边为过风。寄语家猫休窃取，野猫留着打馋虫。"⑥ 清徐珂《清稗类钞》则说："粤东食品，颇有异于各省者。如犬、田鼠、蛇、蜈蚣、蛤、蚧、蝉、蝗、龙虱、禾虫是也。"又说："粤肴有所谓蜜唧烧烤者，鼠也。豢鼠生子，白毛长分许，浸蜜中。食时，主人斟酒，侍者分送，入口之际，尚唧唧作声。然非上宾，无此盛设也。其大者如猫，则干之以为脯。"⑦ 这种食俗在北方人看来尚且有点难以接受，在欧洲人眼中就更是令他们瞠目结舌了。

18世纪中叶，约翰·洛克曼在《耶稣会士书简集》中引用了某神父对广州的描述后补充道："中国人什么肉都吃，他们吃青蛙，这在欧洲人看来是很恶心的，但他们认为味道很好。吃老鼠似乎也很正常，蛇

---

① 雷梦水、潘超、孙忠铨、钟山编《中华竹枝词》，第3009页。
② 朱光：《广州好》，广东人民出版社，1959，第48页。
③ 周去非：《岭外代答》，中华书局，1999，第68页。
④ 谢肇淛：《五杂组》，辽宁教育出版社，2001，第191页。
⑤ 吴锡麟：《岭南诗抄》卷一《惠连居》，清嘉庆年间刊本。
⑥ 杏岑果尔敏：《广州土俗竹枝词》，清同治十年刊本。
⑦ 徐珂：《清稗类钞》，中华书局，1984，第6447页。

羹甚至享有盛名。"① 这里说的中国人其实主要指粤人。19 世纪游历过港穗的英国人约翰·汤姆森描述在港见闻:"再有就是在肉食店里,那些为欧洲人所不知的各式精美食品随处可见。一串串尾巴捆在一起的小老鼠,诱人的水鸟,一串串的活青蛙,都是当地人最喜爱食用的,也使那些美食家们流连忘返。到处你都会看见卖狗排骨和狗腿的,通常中国人在食用的食物种类方面并不挑剔,但在备料时却十分讲究干净。"② 19 世纪访穗的俄国人则提及:"广州的食肆卖猫头鹰和蜥蜴、马肉和水蛇、风干的老鼠、猫和专门养肥的狗。"③ 1897 年,美国人约翰·斯塔德写道:"走进广州街头的一家专门吃猫肉的饭店,阿来把门前招牌上的内容翻译如下:'今日特供美味黑猫,立等即好。'……顺便要说的是,在中国,黑色的猫咪要比其他颜色的价钱高,因为中国人认为黑猫的肉对人的气血有益。""更有甚者,他们把上百只的死老鼠风干之后,尾巴扎在一起吊起来,也陈列在广州的街头叫卖。此外,鲨鱼鳍、腌鸭蛋,还有海参同样被当成是美味佳肴。"④ 1900 年,一名访穗的美国摄影师写道:"(广州有)各种各样的市场,包括猫市狗市。在那里人类的朋友被作为肉食出售。"⑤ 当然,粤人私下里也会讥笑外国"那些看不上开煲香肉、讥笑鼠肉饼的人,是多么可怜"。⑥

广府菜在食材选择方面,的确素来是"飞潜动植皆可口,蛇虫鼠鳖任烹调"的,而声名远播的"粤菜三绝"正是最佳体现。何谓"粤菜三绝"?一曰炆狗,二曰焗雀,三曰烩蛇羹。

广州人吃狗肉由来已久。明朝嘉靖年间到过广州的外国传教士克

---

① 罗伯茨:《东食西渐》,当代中国出版社,2008,第 25 页。
② 约翰·汤姆森:《镜头前的旧中国》,中国摄影出版社,2001,第 19 页。
③ 伍宇星编译《19 世纪俄国人笔下的广州》,大象出版社,2011,第 232 页。
④ 约翰·斯塔德:《1897 年的中国》,山东画报出版社,2004,第 54~55 页。
⑤ 詹姆斯·利卡尔顿:《1900,美国摄影师的中国照片日记》,福建教育出版社,2008,第 23 页。
⑥ 亨特:《旧中国杂记》,广东人民出版社,1992,第 40~41 页。

路士在《中国志》中写道:"广州沿城墙外还有一条饭馆街,那里出卖切成块的狗肉,烧的煮的和生的都有,狗头摘下来,耳朵也摘下来,他们炖煮狗肉像炖煮猪肉一样。这是百姓吃的肉,同时他们把活的狗关在笼里在城内出售。"① 到了清代,屈大均《广东新语》则记载:"夏至磔犬御蛊毒。"② 陈坤诗亦曰:"日方长至一阴生,浊气乘时律不清。狡兔何曾三窟尽,纷纷屠狗作新烹",并注云:"夏至日磔犬烹食,以辟阴气。"③ 可知早期广府人是习惯在夏至吃狗肉的。清代羊城竹枝词说:"是谁遗孽不堪论,狗肉蒸来任客吞。却似太平臻上治,月明无犬吠花村"④,"怪底年年逢夏至,市中屠狗有生涯"⑤。其时《时事画报》更载粤讴云:

  夏至狗,真正有地收藏,和尚话我要开斋,父老又话你抵当。落刀刮毛,有阵哈落错刀背钢,你睇个班剃头佬,至少一日勿忙。我想一些咁长,大餐只有两趟,冬至食过鱼生,又到夏至,正有狗肉香。狗肉纵唔得食,捞啖汁亦心头爽,见狗肉唔哈流涎,个个食野就未入行。(叶杭)狗你知到走为上着,乜又入错条穷巷,随处撞,有瓦忱你又唔识路上,咁就铸定你条命系应俾人当,不是我地丧良。⑥

这首粤讴诙谐夸张地描绘了夏至日广府人吃狗肉的热情,说是连

①　博克舍:《十六世纪中国南部行纪》,中华书局,1990,第94~95页。
②　屈大均:《广东新语》,第298·页。
③　雷梦水、潘超、孙忠铨、钟山编《中华竹枝词》,第2803页。
④　杏岑果尔敏:《广州土俗竹枝词》,清同治十年刊本。
⑤　雷梦水、潘超、孙忠铨、钟山编《中华竹枝词》,第2930页。
⑥　广东省立中山图书馆编《旧粤百态:广东省立中山图书馆藏晚清画报选辑》,中国人民大学出版社,2008,第177页。

和尚在那天都要破戒开斋呢。真是"可怜红豆相思地，输与随风狗肉香"① 了。后来，大约在晚清，广府人才逐渐改在冬天吃狗肉，以之进补。食谚云："清明虾、深秋蟹、隆冬狗。"不过，也有粤人喜欢吃狗肉到了不分时令的地步。清人梁恭辰《北东园笔录》卷二记载：

> 东粤徐星溪总戎（庆超），虎头燕颔，辟易万夫，而说礼敦涛，居然儒将。以乾隆甲寅举于乡，故与家大人叙文武同年谊甚笃。仁擘窠书，所到名山，辄有磨崖大字。有《涤研图画卷》，名流题咏殆遍，每出必以自随。惟性嗜狗肉，厨中无日不烹狗，如常人之屡鸡豚，所过辄有群狗噪之。官建宁镇时，以巡阅至崇安，登武夷山。适日晴，宿于九曲舟中，营弁杀狗以供，遂呼觞大嚼。次日，登天游观，甫入殿门，瞥见金光一道，口仆地不语。众弁掖之起，则浑身瘫软如无骨者。视之，气已绝矣。观中道士蔡元莹曰："此座上王灵官显威也。凡食狗肉者，从不敢入此殿。某以大员，故不敢阻耳。"旧传被王灵官鞭者，全身骨节皆碎，睹此乃信。

这位徐星溪实在是太酷爱吃狗肉了，居然到了"无日不烹狗"的地步，并且"所过辄有群狗噪之"。

狗肉的做法最常见的是开煲狗肉，正所谓"狗肉滚三滚，神仙企唔稳"。近年还有人写竹枝词曰："开煲狗肉隔墙香，禾秆陈皮配老姜。三滚醉倾天外客，浓醇香味赛琼浆。"② 陈皮、老姜、禾秆草是传统的广东"三宝"。禾秆草是用来生火炙狗去毛的，把狗炙至金黄色后连皮斩件入锅。而陈皮、老姜则是煲狗的必备佐料。这首诗既交代了开煲狗

---

① 朱膺：《知多一点："然"与狗肉》，金羊网 www.ycwb.com/gb/content 2006-02-10
② 廖锡祥：《狗仔菜》，《美食》2004 年第 4 期。

肉的烹制法，又生动地写出了狗肉香味的浓郁野异。1897 年，美国人约翰·斯塔德来到广州，看见这样一个情景："在一条挤满黄皮肤中国人的脏乱的街道上，我们看见烧着木柴的炉火上，吊着一个吉普赛式样的大锅，里面正在炖着狗肉。在炉火边的竿子上还挂着未及加工的狗后臀，尾巴仍然保留在上面，这是要告知食客们这家路边餐馆所卖狗肉的种类。因为据说各种不同的狗肉的特性存在着极大的差异，例如，公犬就可能被认为是益于强身健体。在炉火的四周，围站着一群苦力，每人手里都端着盘子和勺子，正在迫不及待地狼吞虎咽，仿佛像火车发车的铃声响过之后，那些在铁路餐馆匆忙吞咽三明治着急赶车的旅客。一些饥饿的路人，像是在面包店外的孩子，正在旁边眼巴巴地望着。"①

民初，广州有一段时间禁止出售狗肉。于是很多狗肉店就搬到了郊区，一时间广州市民到郊区吃狗蔚然成风。当时更有人在《越华报》上刊登一篇仿《陋室铭》的《肉肆铭》反映此风，其辞云："郊不在远，有狗则名。寮不在雅，有花则灵。斯是肉肆，气味芬馨。蒜蔬当户绿，炉火正纯青。投怀有婴宛，踢档无兵丁。可以快朵颐、讲性经。有参茸之滋补，无宴捐之加征。黑狗宰肥壮，女侍选娉婷。大兄云，何厌之有！"② 除了围炉而食，狗肉的其他做法还有白切狗、腊狗等。白切狗以湛江的最出名，腊狗则以清远东陂的为佳。腊狗就是将狗洗净后拆骨，再腌制后风干而成。《虾球传》里，虾球来到沙溪赌窟附近，就见到一列数十家狗肉店，有的店铺就把腊狗悬挂起来叫卖。"女招待在店内娇声嚷叫：'食香肉的请进！'虾球看见那些吊挂起来的腊狗，涂得油亮亮的。"可见当时广府地区狗肉店的开设确实是盛行城市的。

"粤菜"另一绝是"焗雀"。焗雀所用之"雀"，多为禾花雀，"色黄，小如瓦雀"，其学名叫黄胸鹀，是一种候鸟，故为时令野味。初秋

① 约翰·斯塔德：《1897 年的中国》，第 55 页。
② 《越华报》1937 年 2 月 27 日。

时，禾花雀从西伯利亚群迁南来。每到一处，它们必定饱餐一顿禾穗，补充体力。禾花雀抵达南方，广东三水一带正值禾穗成熟之时，故禾花雀抵粤后首先落脚三水县一带，采食正在扬花灌浆的稻穗。禾花雀啄饱禾穗之后，变为肥硕，故秋天三水所出之禾花雀骨软肉肥，是最佳食物。广府食谚有云："宁食天上四两，不食地上半斤。"而这肥美且有滋补作用的禾花雀，更是被广府人美誉为"天上人参"。1983年，广州出土的南越王墓后藏室的陶器内就有200多只禾花雀残骨，经考证是依古"八珍"中的制法而制作的菜肴，证明古时粤人即食禾花雀并视为上品。宣统《南海县志·舆地略》记载禾花雀"出产时，恒数百成群。喜栖蔗园、禾苗茂密中。土人以网得之。一网恒数百。但入网即死，罕能生致者。人多去其毛，而后入市"。

禾花雀的烹调法有烧、炸、焗、卤等，但以焗为佳，焗成的禾花雀香脆鲜嫩，十分可口。清人有诗赞曰："野芋山姜杂土薯，田螺垾蚬软虾葅。只须一味禾花雀，不数珠江马鲚鱼。"[1] 意谓禾花雀之味美，就是江鲜马鲚鱼也比不上。

至于"粤菜"三绝之一的烩蛇羹，也是源远流长。西汉《淮南子》曰："越人得蚺蛇以为上肴，中国人得而弃之无用。"[2] 东汉时南海人杨孚的《南裔异物志·蚺蛇赞》甚至记载了一首关于食蛇的诗："蚺惟大蛇，既洪且长。采色驳荦，其文锦章。食豕吞鹿，腴成养创。宾享嘉宴，是豆是觞。"[3] 南宋《萍洲可谈》则记曰："广南食蛇，市中鬻蛇羹"。[4] 元朝时到过广州的意大利传教士鄂多立克也说当地"有比世上任何其他地方更大的蛇，很多蛇被捉来当作美味食用。这些蛇［很有香味并且］作为如此时髦的盘肴，以致如请人赴宴而桌上无蛇，那客

① 雷梦水、潘超、孙忠铨、钟山编《中华竹枝词》，第2927页。
② 刘安：《淮南子》第七卷《精神训》，吉林文史出版社，1990，第335页。
③ 郦道元：《水经注》卷三十七《淹水》，时代文艺出版社，2001，第277页。
④ 梁廷楠：《南越五主传及其它七种》，广东人民出版社，1982，第103页。

人会认为一无所得"①。清代吴震方《岭南杂记》亦云:"岭南人喜食蛇,易其名为茅鳝。"② 徐珂《清稗类钞》也说:"粤人嗜食蛇,谓不论何蛇,皆可佐餐。"③ 肥美的蚺蛇实为难得的佐餐佳肴。故粤地民谚曰:"秋风起矣,三蛇肥矣。嗜蛇者,食指动矣。"

清末广州最著名的私家蛇馔,可能要算"太史蛇羹"了。"太史",指的是清末绅商、美食家江孔殷,因他曾点翰林,故人称"江太史"。江太史广交游,喜宴客,且精研饮食。"太史蛇羹"就是江府的宴客名菜。胡子晋《广州竹枝词》有句云:"烹蛇宴客客如云,豪气纵横白不群。游侠好投江太史,河南今有孟尝君。"④ 说的就是江太史常常在府中以蛇羹宴客的事。香港剧作家杜国威采访江氏后人而编成的话剧《南海十三郎》,里面就提及了"太史蛇羹"的制作。

九姨太:啲蛇羹边个厨房整嘅!唔好失礼人嘛!

春花:係大厨阿才哥亲手整嘅,蛇汤同上汤都係分别炮制。蛇汤加咗远年陈皮同竹蔗熬汁,再加入火腿老鸡同瘦肉做汤底。

秋月:啲鸡丝、吉滨鲍丝、花胶丝、冬笋丝、冬菇丝同陈皮丝都係新大少奶带嚟嗰个近身六婶切嘅,才哥都赞佢刀工幼细,个茋同水律蛇丝係才哥自己加上去。

春花:柠檬叶同菊花瓣係我哋两个拣嘅,全部浸过盐水,瓣瓣

① 何高济译《海屯行纪、鄂多立克东游录、沙哈鲁遣使中国记》,中华书局,2002,第71页。
② 吴震方:《岭南杂记》,商务印书馆,1936。
③ 徐珂:《清稗类钞》,中华书局,1984,第6495页。
④ 雷梦水、潘超、孙忠铨、钟山编《中华竹枝词》,第2898页。

都娇嫩新鲜嘅。(《南海十三郎》)

可见这道"太史蛇羹"从选料到制作皆十分讲究。此菜当时远近闻名,很多人都以得尝为荣。民初政要唐绍仪与江孔殷约晤沪上,也不忘嘱咐江孔殷准备好蛇餐。江孔殷还写了首《唐少川约晤沪上属备蛇餐》记述此事:"海上相酬各一筐,蛇肥偏值蟹多黄。行厨南北鱼徐共,当道东西赤白妨。青竹毒须防妇口,白花木不入儿肠。胆尝只合疗风疾,莫误容成作秘方。""青竹"与"白花"说的都是蛇名。还有个小故事,江孔殷有次宴请一美国人,席上的蛇馔,把美国人吓得要退席。江孔殷笑着向他作保证,并签上个"吃蛇安全保证书",那位老外才战战兢兢地吃了,吃过之后,啧啧称赞。

不过蛇羹的制作费用较昂贵,工夫亦较繁复,普通家庭不易烹调,而最适合平常人家制作的蛇馔则莫过于用蛇肉来"打边炉"。小说《柳暗花明》中,何应元与太太、姨太太就用蛇来"打边炉",蛇烫熟后蘸着蚝油、胡椒来吃,蛇肉既鲜嫩又爽滑。除了自家炮制,广州还有不少专门吃蛇的食馆。如始创于1885年的"蛇王满"蛇餐馆就是当中最著名的一个。"蛇王满"常年供应"菊花龙虎凤""烧风肝蛇片""五彩炒蛇丝""煎酿鲜蛇脯""蒜子南蛇腩""龙虎凤生翅"等30多种精美蛇菜。20世纪50年代,广州市市长朱光撰写的《广州好》系列中,就有一首赞及名菜"龙虎会"的词:"广州好,佳馔世传闻,宰割烹调夸妙手,飞潜动植味奇芬,龙虎会风云。"[①] 广东剧作家陈风更曾以"蛇王满"为原型而创作了话剧《蛇王泰传奇》。

除了上述"粤菜三绝"外,广府人还喜欢吃一种外省人听来可能会毛骨悚然的传统田基美食——禾虫。陈璋竹枝词曰:"此土向来多怪

---

① 朱光:《广州好》,广东人民出版社,1959,第50页。

味，禾虫今亦列南烹。"① 江都人吴绮在《岭南风物记》里说："禾虫出广州，禾熟时有之，长数尺，土人断之，亦复成形。形如蚂蟥，以治馔甚鲜，畏而远之，正恐不能下咽也"②。小说《岭南逸史》里写小姐派小婢送饭菜给贵儿，食盒里就有"一碗荷花饭，一篓禾虫菜，一个小小水晶壶满贮罗浮春"。小说《铁冠图全传》里写阎法更因为在广东吃了太多禾虫，加上在路上受了瘴气而染病。

禾虫，顾名思义，是生长在稻田中的一种小虫。这种小虫"大者如箸许，长至丈，节节有口，生青，熟红黄"③，以腐烂禾根为食。广府地区稻田满布，故每年禾虫产量甚丰。不过禾虫上市也是讲时节的，分春造（约立夏至小满）和秋造（约寒露至霜降），并非常年皆有，所以广府又有句俗语叫作"禾虫过造恨唔返"。屈大均《广东新语》说："霜降前，禾熟则虫亦熟，以初一二及十五六，乘大潮断节而出，浮游田上"，"采者以巨口狭尾之网系于杙，逆流迎之，网尾有囊，囊重则倾泻于舟"④。有首民间歌谣正好与屈大均的记载相印证："小虫出禾根，潮退游莘莘；误投薯莨网，农家席上珍。"⑤ 而且据说当雨季天泛红云时，禾虫便会大量游出。有诗为证："明朝又有禾虫出，傍晚红云散碧天。"⑥ "笑指天红云色艳，明朝相约买禾虫。"⑦ "夏云积雨暮天红，落网安兜趁晚风。晨早埋街争利市，满城挑担卖禾虫。"⑧ 最后一首诗，更生动真实地描绘了农家趁天雨红云在晚上网捕禾虫，并在第二天清早担至城中叫卖的一幅风俗图。至于禾虫的烹调方法，屈大均

① 广东文物编印委员会编《广东文物特辑》，1949，第 127 页。
② 吴绮：《岭南风物记》，收入《清代广东笔记五种》，广东人民出版社，2006，第 23 页。
③ 屈大均：《广东新语》，中华书局，1985，第 595 页。
④ 同上书，第 595 页。
⑤ 区达权：《岭南风物：禾虫过造恨唔返》，《羊城晚报》2003 年 9 月 10 日。
⑥ 雷梦水、潘超、孙忠铨、钟山编《中华竹枝词》，第 2957 页。
⑦ 同上书，第 2955 页。
⑧ 同上。

《广东新语》说："（禾虫）得醋则白浆自出，以白米泔滤过，蒸为膏，甘美益人，盖得稻之精华者也。其腌为脯作西酱者，则贫者之食也。"① 其味道如何呢？陈坤《岭南杂事诗钞》说："飘飘影弱柳花萍，熠熠光寒腐草萤。生长禾中禾不害，益人味美胜秋螟。"② 南海黄廷彪《见食禾虫有感》则说："一截一截又一截，生于田陇长于禾。秋风鲈鲙寻常美，暑月鲥鱼亦逊他。庖制味甘真上品，调来火候贵中和。王侯佳馔何曾识，让与农家鼓腹歌。"③ 这鲈鲙与鲥鱼都是河鲜极品，宋人就有句云"秋风鲈肥美无价"，而明清两代都曾把鲥鱼列为宫廷贡品。但黄廷彪说这秋季鲈鲙和当造禾虫比起来味道也变得平常起来了，就是五月鲥鱼这样的贡品，比起禾虫来也要略逊一筹，王侯贵族的所谓佳馔实在比不上这农家珍肴好吃呢。

关于禾虫，清何大佐在笔记《榄屑》里还记载了一个叫作《魏忠贤禾虫油》的故事。故事说南海某是明朝的大司空，奉旨去滇南册封藩王。滇地以前出产蛋油，官人都以蛋油进献当朝权贵。南海某回京复命，当时正是魏党用事，向他索要蛋油甚急。这南海某没有蛋油上献，情急之下派家人连夜至粤，适逢禾虫当造，便买了数十坛禾虫油赶运到京充作蛋油。北方人从不知道禾虫的味道，尝了禾虫油后很高兴，说这果然是真品，以前进献的都不及这个味道好呢。由此看来，黄廷彪的禾虫诗一点也没有夸张。

广府地区濒临南海，境内珠江水系纵横，故河鲜海味取之尤便，一年四季皆不乏食材。屈大均《广东新语》卷二曰："茭塘之地濒海，凡朝虚夕市，贩夫贩妇，各以其所捕海鲜连筐而至。疍家之所有，则以钱易之。蛋人之所有，则以米易。予家近市亭，颇得厌饫，尝为渔者歌

---

① 屈大均：《广东新语》，第595页。
② 雷梦水、潘超、孙忠铨、钟山编《中华竹枝词》，第2865页。
③ 广东文物编印委员会：《广东文物特辑》，1949，第126页。

云：'船公上樯望鱼，船姥下水牵网。满篮白饭黄花，换酒洲边相饷。'又云：'鳝多乌耳，蟹尽黄膏。香粳换取，下尔春醪。'"清末羊城竹枝词亦云："春水船多卖海鲜，小姑停棹绿杨边。江乡最是多风味，紫蟹红鱼不论钱。"① "水国鱼虾总等闲，朝朝入市足盘餐。两家各饱江湖味，郎在蚝栏妾蟹栏。"② 小说《蜃楼志全传》里苏吉士赴宴竹家，酒筵上"无非是海味水鲜、精洁果品"。《珠海仙踪》里，下凡的汉钟离在广州某饭店用膳，"接过菜牌，打开一看，只见内面写着的海鲜肉类，琳琅满目，美不胜收"。广府地区盛产的河鲜海味品类繁多，其中石斑、龙利、鲟龙、嘉鱼、桂鱼、虾、蟹、鳊鱼、鲈鱼、响螺在传统粤菜中有十大名品之誉③，正是"出网鲟鳇鱼几尾，厨娘商略添盐豉"④，"响螺脆不及蚝鲜，最好嘉鱼二月天"⑤，"西风报道明虾美，还有膏黄蟹更优"⑥。广府老百姓在长期吃鱼的过程中还总结出一些食谚。例如"春鳊秋鲤夏三黎"，指出什么季节适宜吃什么鱼；"鲭鱼头，鲩鱼尾，三黎肚，鲤鱼鼻"，指出吃什么鱼的什么部分最佳。可见其对食时、食材的讲究。《蜃楼志全传》中，理黄与光郎至品芳斋吃饭，其中就叫了一碗走油鳝鱼。袁枚在《随园食单》中也说自己到粤东"食杨兰坡明府鳝羹而美"。鳝，有黄鳝、白鳝（即河鳗）之分。《广东新语》中说黄鳝小者为佳，白鳝则产塘中乌耳者为佳。走油鳝鱼，就是将鳝鱼放入滚油之中迅速拖过。这样做能保持鳝鱼的鲜嫩爽脆，直至现在也是广州菜中的常见做法。人们认为"鳝属水滋阴，故患痰火者宜食之"。北方以之为名贵滋补美食，曾有"北来要作尝鲜客，一段鳗鱼一段金"之

① 雷梦水、潘超、孙忠铨、钟山编《中华竹枝词》，第2927页。
② 同上书，第2979页。
③ 广州市地方志编纂委员会：《广州市志卷》，万方数据电子出版社，第865页。
④ 广州市海珠区人民政府编《海上明珠集》，1990，第20页。
⑤ 雷梦水、潘超、孙忠铨、钟山编《中华竹枝词》，第2950页。
⑥ 同上书，第2954页。

说。除了鳝鱼，《蜃楼志全传》还提到了龙虾。店小二向霍武介绍店中美食时说："大鱼、龙虾都有"。《广东新语》曰："龙虾，巨者重七八斤，头大径尺，状如龙，采色鲜耀，有两大须如指，长三四尺。其肉味甜，稍粗于常虾。"① 龙虾是名贵的海鲜，可生吃可熟食。曾朴的小说《孽海花》里写唐常肃在广州替胜佛开宴洗尘。胜佛在席间就"尝到些响螺、干翅、蛇酒、蚝油南天的异味"。小说《扭计祖宗陈梦吉》里则提到一味煎虾碌。小说《珠海仙踪》里，四仙在中上等食店汇聚的西濠口吃晚饭，其中汉钟离就点了一味"酥炸虾球"。欧阳山《三家巷》里，张子豪等人租了一只花艇游荔枝湾，到了宽阔的珠江江面，他们就吃了油爆虾和炒螺片。舒适地安坐于船上，吹着习习清爽河风，欣赏着两岸美景，还品尝着风味河鲜，难怪张子豪也会慨叹道"生活多么美好"了。欧阳山《苦斗》里，陈文英叫人去茶室买外卖，其中便有鲜菇虾仁冬瓜盅和凉瓜鲗鱼，这些都是用本地河鲜炮制的小菜。

鱼鲜除了熟食，还有生制的。广府人吃鱼生，由来已久。有竹枝词云："每到九江渐落后，南人顿顿食鱼生。"② 屈大均《广东新语》也记载："粤东善为鱼脍。有宴会，必以切鱼生为敬。"③ 又说："粤俗嗜鱼生，以鲈、以鱼奥、以鳝白、以黄鱼、以青鲚、以雪龄、以鲩为上。鲩又以白鲩为上。以初出水泼刺者，去其皮剑，洗其血腥，细剑之为片，红肌白理，轻可吹起，薄如蝉翼，两两相比，沃以老醪，和以椒芷，入口冰融，至甘旨矣。"④ 张心泰《粤游小识》还说："广人喜以生鱼享客，小菜碟数十，不同样，谓之吃鱼生。吃余，即以生鱼煮粥，谓之鱼生粥，谚云冬至鱼生是也。"⑤ 鱼生佐物，还有"以莱菔为君，芫荽次

---

① 屈大均：《广东新语》，中华书局，1985，第565页。
② 雷梦水、潘超、孙忠铨、钟山编《中华竹枝词》，第2744页。
③ 屈大均：《广东新语》，第394页。
④ 屈大均：《广东新语》，第558~559页。
⑤ 张心泰：《粤游小识》卷三，清光绪年间刊本。

之，而菊花为使，更和之以姜、椒、盐、醋"的。这样的鱼生"五色相宜，五味相和，洵为适口，故嗜之者恒多"①。屈大均就很喜欢食鱼生，认为"鲥与嘉鱼尤美"，"尝荡舟海目山下，取鲥为脍"，并且诗兴大发，留下多首诗作。如"雨过苍苍海目开，早潮未落晚潮催。鲥鱼不少樱桃颊，与客朝朝作脍来"；"羚羊峡口嘉鱼美，不若鲥鱼海目鲜。黄颊切来纷似雪，绿尊倾去更如泉"；"刮镬鸣时春雪消，鲥鱼争上九江潮。自携脍具过渔父，双桨如飞不用招"。② 从中不难体会诗人当时的兴奋之情。清末《时事画报》则曾刊一《食鱼生》图，图上题粤讴曰："真好食，系鱼生，试睇的人食鱼生，总系一大棚。萝葡系丝，恰可系不软不硬，什锦捞齐，不许有一样争（欠也）。不请自来，无谓嘅礼数尽省，断冇话睇住食鱼生，重去第处行。鱼要慢慢嚟煎，唔好火猛，点似总唔过火，唔系话将口角撑（去声），狗肉虽香，亦要把牙镰挣，怎似佢可以顺喉吞，当番塔打横。"③ 此粤讴生动有趣地描写了广府百姓对食鱼生的喜爱。广府人吃鱼生，一般在秋深至寒冬一段时间。究其原因，盖有二焉：一者"海国秋深水族增"且此时鱼较腴美；二者天寒地冻可大大减少鱼肉细菌滋生。所以有诗云："屈指菊花天气近，小锣响处卖鱼生"④，"冬至鱼生处处同，鲜鱼脔切玉玲珑"⑤。

而讲到在广州品尝河鲜海鲜的好地方，很多竹枝词都不约而同地提到一个地方——漱珠桥畔。"漱珠桥，在河南桥畔，酒楼临江，红窗四照，花船近泊，珍错杂陈，鲜羹并进，无日无之。初夏则三鳖、比目、马鱼膏、鲟龙；当秋则石榴、米蟹、禾花、海鲤，泛瓜皮小艇，与

---

① 雷梦水、潘超、孙忠铨、钟山编《中华竹枝词》，第2863页。

② 屈大均：《广东新语》，第559页。

③ 广东省立中山图书馆编《旧粤百态：广东省立中山图书馆藏晚清画报选辑》，中国人民大学出版社，2008，第185页。

④ 雷梦水、潘超、孙忠铨、钟山编《中华竹枝词》，第2752页。

⑤ 同上书，第2946页。

二三情好薄醉而回，即秦淮水榭，未为专美矣。"① 乾嘉年间李遐龄有诗曰："疍女风中捉柳花，漱珠桥畔绿家家。海鲜要吃登楼去，先试河南本色茶。"② 道光时陈其锟有《忆江南》词曰："珠江好，最好漱珠桥。紫蟹红虾兼白鳝，蜀姜越桂与秦椒。柔橹一枝摇。"另一首署名雪里芭蕉馆的竹枝词则写道："斫脍烹鲜说漱珠，风流裙屐日无虚。消寒最是围炉好，买尽桥边百尾鱼。"③ 还有周隐琴的"酒旗高插罩斜晖，脍出银丝玉屑霏。鲜艳明虾肥绝蟹，漱珠桥畔醉人归"④ 其他类似的诗句还有"蟹作羹汤鲈作脍，尝鲜舟泊漱珠桥"⑤ "正好鲥鱼三月暮，泊舟来傍漱珠桥。"⑥ "买棹漱珠桥畔醉，沉龙甘美鳜鱼鲜"⑦ "买醉击鲜来往熟，一篙撑过漱珠桥"等。这些诗作，创作年代从清中叶一直延续到清末，可见漱珠桥畔海鲜酒楼之盛时间跨越近百年。而且从中可知，人们一年四季无论何时去到漱珠桥畔，总是可以品尝到最新鲜当造的河鲜海味。难怪有人说："广州海鲜以漱珠桥为第一"了。

漱珠桥横跨漱珠涌。1928年修建南华路时漱珠桥被拆毁，成为南华路的一部分。1966年又把漱珠涌改造成暗渠，成为一条污水排泄枢纽。旧址在南华中路与南华西路交界处。⑧ 当年盛况，于今不再。

而鲍鱼、海参、鱼翅、花胶等海味干货则因有滋补价值且难得而被推为上品。鱼翅即鲨鱼鳍的干制品。李时珍说鲨鱼"背上有鬣，腹下有翅，味并肥美，南人珍之"⑨。徐珂《清稗类钞》云："粤东筵席之

---

① 黄佛颐：《广州城坊志》，广东人民出版社，1994，第702页。
② 广州市地方志办公室编《广州话旧——〈羊城今古〉精选（1987-2000）》，广州出版社，2002，第1227页。
③ 广州市地方志办公室编《广州话旧——〈羊城今古〉精选（1987-2000）》，第1227页。
④ 同上。
⑤ 雷梦水、潘超、孙忠铨、钟山编《中华竹枝词》，第2752页。
⑥ 广州市地方志办公室编《广州话旧——〈羊城今古〉精选（1987-2000）》，第1227页。
⑦ 同上书，第1228页。
⑧ 《蓬船画舫过如鲫 漱珠桥畔醉人回》，《广州日报》2008年11月17日A4要闻版。
⑨ 胡世安：《异鱼图赞笺》卷二，文渊阁四库全书本。

肴，最重者为清炖荷包鱼翅，价昂，每碗至十数金。"① 广州酒楼出售的鱼翅"长数寸，盛以海碗，入口即化，鲜美酥润，兼而有之"②。清末胡子晋有竹枝词云："由来好食是广州，菜式家家别样味。鱼翅干烧银六十，人人休说贵联升。"并附注云："干烧鱼翅每碗六十元。贵联升在广州西门卫边街，乃著名之老酒楼，然近日如南关之南园，西关之谟觞，惠爱路之玉醪春，亦脍人口也。"③《三家巷》里两次提到吃鱼翅，一次是陈家为出征的大姑爷张子豪饯行而举行的家宴，一次是何家为了何守仁和陈文娣的婚礼在西园大摆筵席。到了 20 世纪 30 年代，广州制翅最出名则要数大三元酒家，其红烧大裙翅仍然要价六十大洋，为一时名馔。④ 当时的六十大洋可买十四担上等白米，真应了那句俗语——"要食海上鲜，莫惜腰间钱"。

（四）坊间小食与特产瓜果

广府地区的坊间小食也甚具地方特色。小说《负曝闲谈》第二十一回里，田雁门到广州谷埠的紫洞艇赴宴，船上侍者"献上一道乌龙茶，又是八碟糖食，什么莲子糖、冬瓜糖、生姜糖、荸荠糖、杏仁糖、糖金桔、糖藕、糖佛手之类，摆满了一桌"。这里提到的糖食都是著名的广式蜜饯，其原材料几乎都是广州本地的土特产，像莲藕与荸荠就是"泮塘五秀"之二。《广东新语》也提及"有曰橙者，皮厚而皱，人多以白糖作丁，及佛手、香橼片为蜜煎糁，货之"⑤。清代《岭南杂事诗钞》则有句咏佛山盲公饼云："适人口腹动人深，徼幸浮名盛至今。一

---

① 徐珂：《清稗类钞》，中华书局，1984，第 6470 页。
② 胡朴安：《中华全国风俗志》（下编），河北人民出版社，2011，第 372 页。
③ 雷梦水、潘超、孙忠铨、钟山编《中华竹枝词》，第 2898～2899 页。
④ 陈梦因：《粤菜溯源录》，百花文艺出版社，2008。
⑤ 屈大均：《广东新语》，中华书局，1985，第 632 页。

饼精粗犹辨味，诚然盲目不盲心。"① 《三家巷》里，周杨氏很疼爱胡杏，"总爱买点香、脆好吃的东西，像咸脆花生、蚝油蚕豆、鸡蛋卷子、南乳崩砂之类，放在茶食柜子时，见了她，就塞给她吃"。这里提到的香脆小食大多是炒或炸的。蚝油蚕豆中的蚝油，并非生蚝炼成的油，而是用蚝熬制的蚝汁。南乳崩砂中的南乳，是用红曲发酵而成的豆腐乳，表面是枣红色的。崩砂，又写作"碰砂"。南乳崩砂是用面粉拌和南乳、猪油、白糖等配料再油炸而成的传统小食，以顺德的大良崩砂最出名。《三家巷》里还提到"河南'成珠茶楼'的南乳小凤饼"。小凤饼，俗称鸡仔饼，据说始创于清咸丰年间，甘香酥脆，咸中带甜，而成珠楼的小凤饼更是远近驰名。1946 年成珠楼开业二百周年庆典，书法家麦华三的赠诗中就有句云："小凤饼，成珠楼，二百年来誉广州。酥脆甘香何所从，品茶细嚼似珍馐。"② 除了上面提到的这些，类似的油器小食尚有煎堆、"油炸鬼"、南乳花生、"萨骑马"、牛耳酥，等等。

领略过香脆油器，再来品尝一下滋润甜品吧。早期的很多广府小食都是小贩挑着担子，或敲铜铛或高声沿街叫卖的。像《三家巷》里对小贩兜售豆腐花和绿豆沙的场景描写就非常真实。广式的豆腐花一般是甜的，像周炳就在舀好的豆腐花上浇上糖浆。在夏天，吃一碗清甜的豆腐花，十分可口宜人。小家伙何守礼见到又香又甜的、滑溜溜的嫩豆腐就已经"心神飘荡"，也顾不得家教，端起小碗，一口气咕噜噜地就喝了下去。

小说《苦斗》里还提到胡杏会烧百合冰花糖水。其他常见的广式甜品还有红豆沙、双皮奶、姜撞奶、芝麻糊、龟苓膏、番薯糖水，等等。

接下来我们看看粥粉面类小食。《蜃楼志全传》第四回里春才就曾

---

① 雷梦水、潘超、孙忠铨、钟山编《中华竹枝词》，第 2847 页。
② 广州市政协文史资料委员会编《广州文史资料》第四十一辑，广东人民出版社，1990，第 57 页。

坦言道："最爱闻，家人来请吃馄饨。"馄饨即"云吞"，北方人多称"馄饨"，广府人多称"云吞"。在食法方面，外省的"馄饨"很少与面掺在一起吃，广东的"云吞"却常常同面条同盛一碗，成为云吞面。① 《怪才陈梦吉》里就写到久香云吞面铺制作的云吞面又爽又香，其牌匾甚至夸口"食过翻寻味，驰名省港澳"，并悬挂一联云："宇内江山，如是包括；人间骨肉，同此团圆"，口气颇大。另外，广式的云吞和北方的馄饨还是有所不同的。广式云吞早期以肥三瘦七的猪肉为馅，后来则在猪肉里加上鲜虾仁，现在食肆常常忽略掉猪肉而称"鲜虾云吞"。《六壬王荒唐镜》里写到惠爱街有间天然居，这天然居出售的滑鸡面好味又抵食，但每日限卖五十碗，售完即止。《扭计祖宗陈梦吉》里，吉仔曾拉着舅父带他去三楚馆吃鸡翅面。《珠海仙踪》里，八仙与郑安期游白云山毕，商议到何处用饭时，韩湘子便说："据传说，白云山下有一个沙河墟，那里的沙河粉是广东特产之一，这些特产，早已名驰天下，我们不是可以乘便的到那里吃一大顿吗。"② 《虾球传》里，虾球与牛仔走到沙河，便进沙河茶楼炒了一份牛肉沙河粉吃，吃得津津有味。③ 这里提及的沙河粉，其讲究的是制粉所用水的水质。沙河位于白云山脚下，"有人认为该地水质含有多种有助于改善粉质的微量元素，用这些水所制作的粉特别薄、韧、爽、滑，所以称为'沙河粉'"④。《虾球传》里，在香港红勘船坞摆档卖果酱面包、奶油面包的虾球，就被一担牛腩粉担的生意抢了风头。对手"一毫有净粉，二三四毫有牛腩牛杂粉"。"不久这牛腩粉担的生意又给一个白粥摊抢去了，白粥半毫起计，油条、牛腼、油香饼、松糕也是半毫一件，猪肠粉、白

---

① 钟征祥：《食在广州》，花城出版社，1980，第 235 页。
② 何可笑：《珠海仙踪》，民智书店大成书局，年份不确，第 84 页。
③ 黄谷柳：《虾球传》，广东人民出版社，1979，第 132 页。
④ 广州市政协文史资料委员会：《广州文史资料》第五十一辑，广东人民出版社，1997，第 90 页。

糖糕、豆沙角是一毫起计，工人们有一毫钱就解决早点了。"① 这牛腩粉、牛杂粉、猪肠粉、油条白粥等都是广府地区随处可见的街头小食。《三家巷》里，张子豪等人泛舟荔枝湾，除了吃了前文提过的虾螺河鲜，还吃了"艇仔粥"。"艇仔粥"因最初在艇仔（小船）上售卖而得名。这种粥以新鲜的鱼片、炸粉丝、海蜇皮、花生仁等配料烹调而成，因材料多，故入口口感丰富，而且价廉物美，深受大众欢迎。据说有些卖粥的艇户还会边卖边唱："艇仔粥，艇仔粥，爽口鲜香唔使焗。一毫几分有一碗，好味食到耳仔煜。"② 诗人黄节 1928 年游荔枝湾，在品尝了艇仔粥后，曾赋诗一首道："东去珠江水复西，江波无改旧西堤。画船女士亲操楫，晚粥鱼虾细断蕹。出树远禽忘雨后，到蓬残日与桥齐。重来三月湾头路，蔽海遮天绿尚低。"③ 后来，艇户多上岸定居，艇仔日少，"艇仔粥"渐渐变成了街头小食，并进入茶楼食肆。④ 其他特色粥品还有及第粥、坠火粥、鸡粥、柴鱼花生粥、瑶柱粥等。

广府地区地处亚热带，有种类繁多的特产瓜果。正所谓"海南果熟不知霜，五角羊桃触鼻香。丹荔黄蕉都过了，热橙热蔗满街尝。"⑤ 利玛窦也曾赞叹广东及其他南部省份产的荔枝和龙眼相当甜美可口。⑥ 明朝到过中国的葡萄牙传教士曾德昭则更详细地记述了广东的水果："广东的橘子，称得上橘中的皇后，有人认为与其说是橘，不如说是赓香葡萄，不过外貌形状似橘。南方诸省，特别是广东，生产印度所有的好水果，如菠萝（Anans）、芒果（Manghas）、香蕉（Bananas）、波萝蜜（Giachas）和香波（Giamhas），当时有些水果特别优良，如广东的

---

① 黄谷柳：《虾球传》，第 143 页。

② 罗雨林：《荔湾风采》，广东人民出版社，1996，第 61 页。

③ 马以君：《黄节诗集》，中国人民大学出版社，1989，第 225 页。

④ 广州市地方志编纂委员会编《广州市志》卷六，万方数据电子出版社，第 874 页。

⑤ 徐珂：《清稗类钞》，中华书局，1984，第 6083 页。

⑥ 利玛窦：《利玛窦全集》第一卷，光启出版社，1986，第 9 页。

Licie（这是葡萄牙人的称呼，中国人称之为荔枝［Lici］）。荔枝的外皮是橘色的，成熟后很漂亮地挂在生长的树上。它像栗子的心形，去掉紧连的皮，果实如珍珠的颜色，好看更好吃。还有一种相似的水果，叫Longans，中国人称之为龙眼（Lumien），也就是龙的眼睛，形状和大小类似小坚果，但果肉很少而且不同，皮和核之间的肉，甜而富有营养，这种水果产于广东和福建。"① 两位外国传教士都特别提到荔枝和龙眼，可见这两种水果给他们留下了特别深刻的印象。《蜃楼志全传》里，某日秋凉天气，苏吉士与众妻妾聚于园中，"小霞应做主人，备了些黄柑白橙，及晚出的鲜荔枝，鲜龙眼等物"。《三家巷》里，某天晚上，陈文雄、周炳、何守仁等就在陈家客厅里，一边吃着饱满、鲜红、喷香的糯米糍荔枝和滚圆、澄黄、蜜甜的石硖龙眼，一边谈论演戏的事。荔枝青花朱实，果实肉白如肪，甘而多汁，位列岭南四大名果之首，有"果王"之称，很早就成为上贡朝廷的贡品。荔枝较集中种植在广州东北郊的萝岗、从化、增城一带，著名的品种有糯米糍、桂味、挂绿、尚书怀等。在葛洪的《西京杂记》中就有南越王赵佗把鲛鱼（即鲨鱼）和荔枝献给汉高祖的记载。② 《蜃楼志全传》第十六回中，苏吉士令众妻妾以荔枝为题赋诗，其中便有"纤手分来色味清，冰盘捧出玉晶莹；休嫌岭海无珍异，仙果曾夸第一名"之句。而历朝历代吟咏荔枝的诗词更是数以千百计。如清初屈大均的《广州荔枝词》就有诗五十四首，其中不乏佳作。如"后皇嘉树产番禺，朱实离离间叶浓。珠玉为心君不见，但将颜色比芙蓉"③，讲人们通常只注重荔枝表面可与芙蓉媲美的颜色，却没有留意到荔枝如珠似玉的内里。又如"六月增城百品佳，居人只贩尚书怀。玉栏金井殊无价，换尽蛮娘翡翠钗。"④ "尚书怀"是

---

① 曾德昭：《大中国志》，上海古籍出版社，1998，第6页。
② 李昉：《太平御览》卷九三八，中华书局，1960，第4168页。
③ 王一洲、王李英：《历代荔枝诗词选》，广东旅游出版社，1987，第20页。
④ 同上书，第22页。

荔枝的一个品种，据传是明朝尚书湛甘泉从福建枫亭怀核而归种育而成，所以称作"尚书怀"。这首诗形容"尚书怀"的名贵，说是南方妇女把翡翠钗全用来交换。又如清道光年间谭莹创作的《岭南荔枝词百首》，名为百首，实为六十首。其中有一首写道："粟米香瓜并熟时，村南村北子离离。儿童共唱新蝉叫，四月街头卖荔枝。"① 写四月荔枝丰收时人们在街头叫卖荔枝的热闹情景。龙眼相对来说名声不及荔枝，不过咏诗也不少。屈大均就有诗云："陈村果木多龙眼，一一花头饱露华。翁欲酒香还有法，春时兼与荔支花。"② 另外据说龙眼多食能益智，故屈大均又咏云："采摘日盈筐，香生比目房。食多能益智，本草有仙方。"③ 除此外他还有诗曰："渔舟曲折只穿花，溪上人多种树家。风土更饶南北估，荔支龙眼致豪华。"④ 记载了当时农民因种植荔枝龙眼而致富。不过，荔枝虽然好吃，但吃多了也会身体不适。像《南越游记》的作者陈徽言就是这样。他在《南越游记》中写道："予所嗜者惟挂绿、黑叶，他非所好也。初来南时，一日啖三升许，夜间头眩卧病，经旬始起。医来，皆言啖多荔枝，热毒所致。予自是不敢贪馋矣，后游荔园，见荔子丹，辄戚戚有戒心，然终不能恝然割舍，及熟，必取三五颗尝之口乃已。"⑤ 可见，要是像苏东坡《惠州一绝》所夸张的那样"日啖荔枝三百颗"，不病才怪呢。

　　如果说荔枝是文人骚客吟咏最多的岭南佳果，那么槟榔可能就是最富于岭南民俗特色的一种佳果了。宋朝周去非《岭外代答》云："（广州）不以贫富长幼男女，自朝至暮，宁不食饭，唯嗜槟榔。富者以银为盘置之，贫者以锡为之。昼则就盘更啖，夜则置盘枕旁。觉即啖

① 陈永正：《岭南历代诗选》，广东人民出版社，1993。
② 屈大均：《广东新语》，中华书局，1985，第387页。
③ 同上书，第626页。
④ 同上书，第44页。
⑤ 张渠、陈徽言：《粤东闻见录·南越游记》，广东高等教育出版社，1990，第179页。

之。中下细民，一家日费槟榔钱百余。有嘲广人曰：'路上行人口似羊。'言以蒌叶杂咀终日嚼饲也，曲尽啖槟榔之状矣。"① 可见当时广州啖槟榔之风颇盛。清初《广东新语》则云："粤人最重槟榔，以为礼果，款客必先擎进。"② 明朝孙蕡的《广州歌》云："扶留叶青蚬灰白，盆饤槟榔邀上客。"③ 清朝李调元《南海竹枝词》云："见客纤纤红指甲，一方洋帕献槟榔。"④ 正反映了粤人用槟榔招待客人的风俗。《蜃楼志全传》里时邦臣就用槟榔招呼苏吉士。可见槟榔在清朝一段颇长的时间里都是作为敬客佳果的。槟榔"入口则甘浆洋溢，香气薰蒸，在寒而暖，方醉而醒，既红潮以晕颊，亦珠汗而微滋，真可以洗炎天之烟瘴，除远道之渴饥。"屈大均并有竹枝词云："日食槟榔口不空，南人口让北人红。灰多叶少如相等，管取胭脂个个同。"⑤ 道光年间也有人作竹枝词云："入市槟榔远近宜，海南风味此中思。添将一片扶留叶，染得香唇半点脂。"⑥ 除了用作敬客，还有用作嫁娶聘礼的。《广东新语》云："聘妇者施金染绛以充筐实。女子既受槟榔，则终身弗贰。"⑦《东莞县志·风俗》也提到："聘用槟榔茶果之属，曰过礼。"清朝查慎行的《珠江棹歌词》写道："生男不娶城中妇，生女不招田舍郎。两两鸳鸯同水宿，聘钱几口是槟榔。"⑧ 甚至儿歌中也唱道："麻雀飞来做亲家。问你亲家点样做？大盒槟榔细盒茶，大盒揭开金介指，细盒揭开金锁匙。阿嫂出来捞一个，打办阿姑嫁秀才。"⑨ 可见槟榔在广府地区的

---

① 周去非：《岭外代答》卷六，文渊阁四库全书本。
② 屈大均：《广东新语》，第 629 页。
③ 杨资元、黎元江：《英雄花照越王台——历代咏广州作品选》，广州出版社，1996，第 50 页。
④ 雷梦水、潘超、孙忠铨、钟山编《中华竹枝词》，第 2743 页。
⑤ 同上书，第 2736 页。
⑥ 同上书，第 2751 页。
⑦ 屈大均：《广东新语》，第 629 页。
⑧ 雷梦水、潘超、孙忠铨、钟山编《中华竹枝词》，第 2739 页，
⑨ 东莞县政协文史组编《东莞文史——风俗专辑》，第 192 页。

婚嫁礼俗中的长期应用。

其余岭南佳果还有香蕉、柑橙、木瓜、芒果、菠萝、甘蔗、杨桃等。清李调元曾有诗曰："南越炎方带湿潮，沁心日日食甘蕉。"① 这两句诗说的是：甘蕉性寒，食之沁心凉，而岭南地区比较湿热，吃甘蕉则有清热解毒的作用。另一竹枝词则写道："村中莫种芭蕉树，空自青葱满旧丛。蕉子鲜甜难得饱，蕉衣纰缦不禁风。"② 说是蕉子虽然味道鲜甜，但多食亦难饱，不可作主粮，故劝村民莫种。陈徽言在《南越游记》里说，除了荔枝，"下此则新会黄橙，亦颇可口"。荔枝不能多吃，新会橙却"性较荔枝纯正"，多吃也没有问题。"江门赞府周君炳，岁晚尝馈予数篓，食之且尽，未尝有异也。"③ 看来新会橙正可一饱作者的馋腹。《扭计祖宗陈梦吉》里也提到著名的新会橙。有一天吉仔带了个新会甜橙回学堂，用小刀批了橙蒂，正吃得滋滋有味，冷不防被老爱欺负弱小的同学牛王炳抢了去。新会橙在底部有圆圈，果汁饱满，味甜如蜜，曾是朝廷贡品。清代胡金竹在《鸿桷堂集》中说："凡果未熟皆酸，独新会甜橙未熟先甜。"总之，有水果之乡美誉的广府地区，一年四季都有鲜果上市。增城挂绿、石硖龙眼、新会橙、四会柑、黄登菠萝、潭州白蔗、夏茅香芒，等等，实在令人应接不暇、津津垂涎啊。

（五）广府饮食中的外国元素

明清以来，广州都是中外贸易重镇。商业的交往也伴随着饮食文化的交流，部分外国的饮食文化就传播到了广府地区。美国人亨特在其《旧中国杂记》中专门写了一章《中国客人吃"番鬼"餐》。书中引用

---

① 雷梦水、潘超、孙忠铨、钟山编《中华竹枝词》，第 2743 页。
② 同上书，第 2737 页。
③ 张渠、陈徽言：《粤东闻见录 南越游记》，广东高等教育出版社，1990，第 179 页。

广州一盐商之子在品尝西餐后给亲戚写的信。信中评论西餐道："他们坐在餐桌旁，吞食着一种流质，按他们的番话叫做苏披（即'soup'）。接着大嚼鱼肉，这些鱼肉是生吃的，生得几乎跟活鱼一样。然后，桌子的各个角落都放着一盘盘烧得半生不熟的肉；这些肉都泡在浓汁里，要用一把剑一样形状的用具把肉一片片切下来，放在客人面前。我目睹了这一情景，才证实以前常听人说的是对的：这些'番鬼'的脾气凶残是因为他们吃这种粗鄙原始的食物。他们的境况多么可悲，而他们还假装不喜欢我们的食物呢！"① 可见这位首次接触西餐的广州人对西餐是不理解的、无法接受的。他还说，那天"只有这米饭本身，就是唯一合我胃口的东西"②。另外，他还提及了啤酒："这东西叫乳酪，用来就着一种浑浑的红色的液体吃，这种液体会冒着泡漫出杯子来，弄脏人的衣服，其名称叫做啤酒。"③ 对于西洋酒，与西人接触频繁的行商明显更能欣赏。十三行行商潘有度曾在其《西洋杂咏》中提及与西洋人饮葡萄酒："客来亲手酌葡萄，响彻琉璃兴倍豪。寒夜偎炉倾冷酒，不知门外雪花高。"④ 说是洋客人来到后主客共饮葡萄酒，每次饮酒以碰杯为敬更增加了兴致，冬夜偎依在火炉旁斟着洋冷酒，竟然没有觉察到门外早已雪花纷飞。清人李韵典试粤东时，曾游览十三行夷馆，也提及"饮鬼子酒数杯"，评价是"五色味甘"。⑤ 清人曾七如在《小豆棚》里记述了参观十三行夷馆的见闻，其中不仅提及了喝洋酒，还提及了吃西餐。他写道："顷设馔，器质亦豫章窑，但金碧满绘，五彩相煊，与时用者异。每器可容十升。盛难匹，悉封其头爪，囫囵以具，不脔切。用铁牙叉为箸。食用麦，杂以茴胡麻煨块内。酒具用白玻

---

① 亨特：《旧中国杂记》，广东省人民出版社，1992，第40页。
② 同上书，第41页。
③ 同上。
④ 潘有度：《义松堂遗稿》，清光绪二十年刊本。
⑤ 李韵：《使粤日记》，清道光十四年刊本。

璃，晶莹彻内外，口盎而中直。酒芳冽。余尽三器，渠啧啧喜，作指环抵唇者三，通使告余：'羡君能豪'。"① 《负曝闲谈》第二十一回里，也提及田雁门与友人在紫洞艇中共进中西合璧的晚餐，并论及洋餐与粤菜的区别。

这面船上直到十点余钟之后，方摆正席，五人重新入座。却有几种新奇的大碗，一种是西瓜烧鸭，一种是荸荠切成薄片煨鸡，大约是兼著甜咸两味。田雁门道："我们广东菜竟有些像外国大餐了。外国大餐有些都是兼著甜咸两味的。譬如一盆烤猪肉，他旁边摆上了玫瑰沙士或是苹果沙士，就是这个道理。"王占梅道："雁翁平日精于食，自然有此体验。据兄弟看起来，外国大餐所以兼有甜咸两味，其中还有化学在里头。甜主升，咸主降，一升一降适剂其平。还有一说：他们吃的果子，不取其甘而取其酸，酸能助养气以化胃中之物。"众人听了，连连点首。

张德彝于清同治五年乘搭了在香港的一艘游船，后在其《航海述奇》中详细记述了在游船上一日三餐吃西餐的经历。首先是早餐：

辰刻客人皆起，在厅内饮茶。桌上设糕点三四盘，面包片二大盘，黄奶油三小盘，细盐四办罐，茶四壶，"加非"二壶，"炒扣来"一大壶，白沙糖块二银碗，牛奶二壶，奶油饼二盘，红酒四瓶，凉水三瓶。客皆陆续饮食，有以凉水、红酒、白糖调而饮者，亦有以牛奶、茶、糖和而饮者，种种不一，各听其便。加非系洋豆烧焦磨面，以水熬成者。炒扣来系桃杏仁炒焦磨面，加糖熬成者，

---

① 曾衍东：《小豆棚》，荆楚书社，1989，第322~323页。

其色紫黄，其味酸苦。红酒系洋葡萄所造。味酸而涩，饮必和以白
水，方能下咽。面包系发面无碱，团块烧熟者，其味多酸。①

红酒要加糖、和水才能下咽，可见当时很多华人还是不太喝得惯洋
红酒的。然后是午餐：

> 至巳初早饭，桌上先铺大白布，上列许多盘碟。有一银篮，内
> 置玻璃瓶五枚，实以油、醋、清酱、椒面、卤虾，名为"五味
> 架"。每人小刀一把，面包一块，大小匙一，插一，盘一，白布
> 一，红酒、凉水、苦酒各一瓶。菜皆盛以大银盘，挨坐传送。刀、
> 插与盘，每饭屡易。席撤，另设果品数篮，如核桃、桃仁、干鲜葡
> 萄、苹果、蕉子、梨、橘、桃、李、西瓜、柿子、波罗蜜等。食
> 毕，以小蓝玻璃缸盥手。菜有烧鸡、烤鸭、白煮鸡鱼、烧烙牛羊、
> 鸽子、大鸡、野猫、铁雀、鹌鹑、鸡卵、姜黄煮牛肉、芥末酸拌马
> 齿苋、粗龙须菜、大山药豆等。未刻有茶、酒、糕点、干果。②

餐具虽全部西式，但果品中却夹杂着不少岭南佳果。最后是晚餐和
夜宵：

> 酉初晚饭，惟先吃牛油汤一盘，或羊髓菜丝汤，亦有牛舌、火
> 腿等物，末食果品、加非。子刻有晚茶点心。③

这些西式的餐具、食物、酒水等对于一个 20 世纪初的中国人想必

---

① 陈惠勋：《香港杂记》（外二种），暨南大学出版社，1996，第 208 页。
② 同上书，第 208~209 页。
③ 陈惠勋：《香港杂记》（外二种）第 209 页。

是十分新鲜，不然也不会如此花费笔墨地将一日三餐所吃之物、所用之具都记录下来。

（六）广府饮食的特色

广府由于优厚的自然条件，丰富的物产和独特的人文环境，以及浓厚的商业文化气息，其饮食文化也独具一格，具有鲜明的地域色彩。广府饮食文化历史悠久，文化内涵丰厚，它植根于广府人的生活方式，表现在广府人的饮食习惯、观念与习俗等方方面面，形象地体现了广府文化的精神风貌。

广府饮食，其选料品种繁多，几乎无奇不有，这与广州地处亚热带，濒临南海，四季常绿，物产富饶，可供食用的动植物种类繁多，蔬果丰茂，四季常鲜有关。《晋书·吴隐之传》云："广州包山带海，珍异所出，一箧之宝，可资数世。"[1] 元陈大震《大德南海志》卷七《物产》亦云："或产于风土之宜，或来自异国之远，皆聚于广州，所以奇花异果、珍禽奇兽、犀珠象贝，有中州所无者。"清初屈大均在《广东新语》中就不无自豪地说："计天下所有之食货，东粤几尽有之，东粤之所有食货，天下未必尽有之也。"[2] 清代同治《广州府志》中也说："盖其地富而与巨海相接，鱼盐之利，水陆之产，珍物奇宝，非他郡所及。"[3] 地理位置造就的得天独厚的丰富食材，再加上广府人对饮食的精讲细究，这就使得广府饮食声誉远播，名扬海内外。

广府饮食体现了开放性、兼容性、创新性、享受性、务实性、挑战性。广府人几乎什么都爱吃，吃蛇，吃鼠，吃青蛙，吃禾虫，吃水蟑

---

① 《晋书》，中华书局，1974，第2341页。
② 屈大均：《广东新语》，第304页。
③ 《广州府志》（卷十五舆地略七），清同治年间刊本。

蝻……，举凡天上飞的、地上走的、土里长的、水里游的，几乎没有广府人不敢吃的。诚所谓"飞潜动植皆可口，蛇虫鼠鳖任烹调"！而且，广府人吃这些东西是有悠久传统的。早在南宋时期，广州人就已"不问鸟兽蛇，无不食之"。到了清代，什么犬、猫、田鼠、蛇、蜈蚣、蛤、蚧、蝉、蝗、龙虱、禾虫等，几乎无不可入馔。这种食俗，在北方人看来的确难以接受，老外更是瞠目结舌。18世纪中叶，有一个叫约翰·洛克曼的神父在《耶稣会士书简集》中就说："中国人什么肉都吃，他们吃青蛙，这在欧洲人看来是很恶心的，但他们认为味道很好。吃老鼠似乎也很正常，蛇羹甚至享有盛名。"他这里说的中国人，其实就是广州人。

广府饮食的烹饪技艺多样，就拿吃鸡来说，这鸡的炮制方法竟多达两百多种，所谓"文昌鸡""太爷鸡""盐焗鸡""脆皮鸡""清远鸡""湛江鸡""豆酱鸡""花雕鸡"，等等，不一而足。广式烧腊，按制作方法，可以分为烧味类、卤味类、腊味类和白切熏类等。上等的腊味，需做到酱香、腊香、酒香三味俱全，肠衣要脆薄，条子要均匀，还要色泽鲜艳，咸甜适中，相当讲究。

广府饮食很有些学问，深合养生之道。其饮食一向注重菜肴的本色、自然、新鲜、清淡，这是很符合健康规律和养生之道的。就拿煲汤来说，著名健康专家洪昭光曾有一句名言："饭前喝汤，苗条健康。"广府人喜欢喝汤，不仅是在酒店，家家户户都常年煲汤。据说这是因为广东的水土热气大，喝汤乃是一种祛热去湿的保健之法。除了喝汤，还有饮茶。广州人认为早上喝茶可以健脾清胃、有益健康。民谚有云："清晨一壶茶，不用找医家。"又如吃蛇，吃蛇是有药补之功的，《本草纲目》即谓吃蛇有"透骨搜风，截惊定搐"的药效。广府人也认为秋后冬前吃蛇有特殊的疗效。有的食肆更宣传吃蛇有六项滋补作用：（1）增加御寒能耐，（2）杜绝来春风湿，（3）即止盗汗夜便，（4）治汗液与平日有别，（5）不再萎靡不振，（6）筋络舒畅如常。① 蛇肉既鲜美又有益处，吃蛇是寓食于疗，一举两得，无怪乎广州人要乐此不疲了。

总之，广府地区的饮食文化源远流长，繁盛至今。而明清以来文学作品中对广府美食的描写则像时光机一样带我们回到过去，带我们品尝了那数之不尽的地道美食：皮爽肉嫩的白切鸡、香脆肥美的叉烧、卖相精美的点心、鲜活生猛的鱼虾、野味可口的蛇羹、皮薄馅靓的云吞、香甜嫩滑的豆腐花、晶莹通透的荔枝、清甜爽口的龙眼、中西结合的新菜，等等，无一不令人食指大动、垂涎三尺。

---

① 陈梦因：《粤菜溯源录》，百花文艺出版社，2008，第25页。

三
明清以来文学中的广府礼仪习俗

人生礼仪是一个人一生中在不同年龄阶段所举行的各种仪式。广府地区的老百姓，从生养、婚嫁、寿辰、丧葬，都有相当繁多的礼俗。这些诸多讲究的礼俗在明清以来的文学作品中也有形象的反映。

（一）生养习俗

中国传统观念认为儿孙满堂是人生的一大福气。传统的广府人也以生儿育女为喜事，故称妇女有了身孕曰"有喜"。有喜后，孕妇除了吃些进补、安胎的食物，日常起居饮食等都略有讲究。例如禁吃兔肉，说是吃了兔肉，生出来的孩子会"兔唇"，又禁吃田鸡、无鳞鱼、章鱼、螃蟹等，还忌食生冷食物如冰水、西瓜、凉粉、香蕉、菠萝等。此外，禁忌接触"红白"事和神事。"红事"是指喜事，认为喜冲喜，对双方都不好。"白事"是指丧事，认为以凶冲喜，对孕妇和胎儿都不利。神事是指拜神祭祀等，认为孕妇不洁，参与神事会冒犯神祇。①
《廿载繁华梦》里，周庸佑伍姨太所生的男儿满月，继室马氏为了寻些
凶事来冲犯他，便怂恿周庸佑为已去世的正室邓氏到长寿寺建十来天
清醮，做好事。其实马氏当时已有身孕，按旧俗，也是不宜接触此类凶
事的，但她为了害人，早就顾不得许多了。谁知在寺庙里做法事时，周
家的一个小丫环与一个小沙弥说笑，被人看着了，哗嚷起来，损了马氏
的面子。马氏怒火归心，"忽然'哎哟'一声，双手掩住小腹上，叫起
痛来"。管家骆子棠大惊，"因马氏有了八九个月的身孕，早晚怕要分
娩，这会忽然腹疼，若然是在寺里产将下来，如何是好？便立刻叫轿班
扛了轿子进来，并着两名丫头扶了马氏，乘着轿子，先送回府上去。"
那马氏"满想乘着二姨太太有了喜事，才把这场凶事舞弄起来，好冲
犯着他。不想天不从人愿，偏是自己反要作动临盆，岂不可恨！幸而早
些回来，若是在寺里产下了，不免要净过佛前，又要发回赏封，反弄个
不了，这时更不好看了。"这就是害人终害己。

　　孕妇在家里，还有颇多禁忌。旧俗认为孕妇所居之处为"胎神"
常驻之地，故忌在屋内拆迁砖瓦、移动床铺橱柜等物，还忌在屋内钉钉
子等，怕类似举动会触犯"胎神"。②《廿载繁华梦》里，周庸佑娶了马
氏过门，那马氏生性刻薄，而且有手段，连丈夫周庸佑都要看她脸色。
没奈何，周庸佑只得把姨太太香屏安置在别处居住，但"因当时伍姨
太太已有了身孕，将近两月，妇人家的意见，恐动了胎神，就不愿搬
迁，搬时恐有些不便"，所以就留下伍姨太太和马氏同住。

　　孕妇在室外，则忌攀高、拣重物、摘果实、夜出不归等。

　　人们还认为，孕妇的言行举止会对胎儿有影响，故要求孕妇说话不

---

① 叶春生：《广府民俗》，广东人民出版社，2000，第153~154页。
② 同上。

大声、不怒、不骂、不狂笑、不远行，在家里保持柔和宁静。① 这其实就是现代人说的胎教。《廿载繁华梦》里，马氏恐怀孕的伍姨太太将来生个男儿，若是男儿，便是周庸佑的长子。所以马氏"第一是望他堕了胎气，第二只望他产个女儿，才不至添上眼前钉刺。自怀着这个念头，每在伍姨太太跟前，借事生气，无端辱骂的，不止一次。"

分娩的时候，旧俗认为孕妇必须在婆家分娩，不能在娘家或任何亲戚家生产。临产时，产妇房忌风，忌大声，男人需退避。胎儿落地时，应权其轻重，记录落地时辰。对于婴儿的出世，脐带的安置，民间很重视。接生婆接下婴儿，脐带剪断后，用布包好，将脐带以石灰渍好，红纸包妥，放入罂内，保存在母亲床下，意为"不离膝下"。并认为此举能使婴儿长命百岁。② 婴儿生下来后，称为"添喜"。《廿载繁华梦》里，周家诞下长子，还要"着丫环点长明灯，掌香烛拜神"。并准备第二天"到各庙里许个保安愿，又要打点着人分头往各亲串那里报生"。周庸佑还吩咐管家支出五百两银子，作红封，又嘱明儿寻好乳娘，说："凡是家里有了喜事，就是多花些银子，也没紧要。"众亲朋好友得知喜讯后，一般都要前来道贺。像周家添丁，便"一连几天，车马盈门"。"所有拜把兄弟，共十一位官绅，和关里受职事的人，与一切亲友，有送金器的，有送袍料的，都来逢迎巴结。"

几年后，马氏生下周庸佑次子时，周府因庆贺周庸佑升官，正在宴客唱戏，马氏便"着人传语戏班，要唱些吉祥的戏本。因此就换唱个送子、祝寿总总名目。当下宾朋个个知得马氏产子，都道是大福气的人，喜事重重，又不免纷纷出来道贺。""这一会子的热闹，比从前二房生子时，更自不同了。连日门前车马到来道贺的，纷纷不绝。"后来

---

① 叶春生：《广府民俗》，第 154 页。
② 广州市地方志编纂委员会编《广州市志》卷十七，万方数据电子出版社，第 55 页。

又因星士说"查得小孩是有根基的，但十天内要禁冷脚，月内又不宜见凶喜两事，且关煞上不合听锣鼓的声音"。于是马氏"先令后园停止唱戏，支结了戏金，再弥月后，方行再唱"。小孩出生后，有钱人家还会专门聘请奶妈来哺乳，而且奶妈的人选也颇为讲究。像马氏为周家诞下次子，便叫六姐去寻找乳娘。六姐回来复命说："已寻得一位乳娘，年纪约三十上下。这人很虔洁的，月前产了一女，因家贫，送女到育婴堂去了，放他准可过府来。他前后共产过男女五胎，抚养极为顺手，这样雇他，着实不错。"请一个奶妈，价钱不便宜，普通人家一般是请不起的。像六姐请回来的乳娘，就"要月钱十两，另要食物给他家的儿女"。

中国传统社会重男轻女，广府也不例外。19 世纪末年访穗的美国旅行家、摄影师约翰·斯塔德说："我们是否应该接近一群广州的商人，然后问他们其中的一个，'你有几个孩子吗？'我们几乎可以肯定，他可能会不考虑把女儿计算在内，或者，他起码可能这样区分——'我有两个孩子，和一个女儿。'因为对中国人来说，一生中没有比生个儿子，能够在自己死后祭祀、上坟更重要的事情了，在这样的观念下，女儿是没有能力做这些事情的。"他继续说："因此，当儿子出生时，父亲会大张旗鼓地庆祝，但是，要是生的是个女儿，就尽可能不向人提及这个不幸。孩子的出世通过在街上播撒纸条的形式通知朋友，如果是男孩子，就用黄纸，万一是个女孩，则任何颜色的纸都可以了。"①

而产妇分娩后，一般一个月内不出门，要防风，要穿得暖，有的还要包头。《廿载繁华梦》里，周庸佑的二姨太生了男儿，周庸佑便吩咐丫环等小心侍候，别受了风才好。而姜醋，则是产后必不可少的保品。

① 约翰·斯塔德：《1897 年的中国》，第 71 页。

《广东新语》说："粤俗，凡妇娠，先以老醋煮姜，或以庶糖芝麻煮，以坛贮之。既产，则以姜醋荐祖饷亲戚。妇之外家，亦或以姜酒来助，名曰姜酒之会。故问人生子，辄曰姜酒香未。姜中多母姜则香多，子姜则否。白沙诗：'隔舍风吹姜酒香。'"① 清人陈坤亦有诗曰："姜老弥辛醋好酸，岭南娩后俗宜餐。情深儿女关心切，一月前头仔细安。"② 晚清《时事画报》也说："粤妇受孕，临蓐之前数月，即预煮姜醋，醋中实以鸡蛋。多者六七埕，少者亦一二埕，分娩后则取而食之，每日数食，每食数碗。用以贮姜醋之钵，谓之'住月钵'，盖谓产妇住月时所用也。"这段文字说明后还附有一首粤讴，曰："住月钵，有多少醋和姜，如果蛋唔生只，点得的蛋来尝。食野要讲补身，还要食个样补个样，故此鸡蛋食得多时，又要食吓白肉香（鸡胸肉谓之白肉香）。男望出门，女就惟有住月可望，因为此时大食，亦不算失礼才郎。呢只分明系肉钵，你话谁唔想，有的个肚总唔争气，激到佢好心伤。住过月就冇人敢闹佢，疴笃屁都唔响，还要见谅，食过番寻断唔止三几账，我不笑君为醉酒佬，君亦咪笑我系生仔姑娘。"③

到了孩子满月，简朴户以红鸡蛋并附酸姜馈赠亲友，殷实之家则要为孩子办"满月酒"，大宴亲朋。④ 像周庸佑这等富户，就择了黄道吉日，为相继出生的长子和长女办弥月姜酌。"前两天是二房的儿子弥月，后两天就是马氏的女儿弥月，正是喜事重来，哪个不歆羡？……这时一连几天，肆筵设席，请客延宾，周府里又有一番热闹了。"几年后，周家又添了男丁，"过二十天上下，又将近弥月，是时亲朋道贺的，潘飞虎家是一副金八仙，兼藤镶金的镯子一只；周乃慈家是一个金寿星，取长生福寿之意，另金镶钻石的约指一只，及袍料果物；刘鹗纯

---

① 屈大均：《广东新语》，第 706 页。
② 雷梦水、潘超、孙忠铨、钟山编《中华竹枝词》，第 2824 页。
③ 广东省立中山图书馆编《旧粤百态：广东省立中山图书馆藏晚清画报选辑》，第 192 页。
④ 叶春生：《广府民俗》，第 156 页。

家的是一只金镯子，另珍珠缀花的帽子一件；裴县令那里更有金练子，随带一个金牌。其余李庆年、李子仪等，都来礼物相贺。"所赠之物都是金玉珍贵之类的东西，可见其隆重。

凡是添了男丁的家庭，来春就要庆灯，又叫"开灯"，这种灯叫作"添丁灯"。像周府春节庆灯就颇为铺张，"先定制一盏花灯，高约一丈，点缀纸尾的人物花草，都不计其数，先挂在神楼上"。普通人家一般没有那么隆重，但也不会不遵守旧俗，而且旧时添丁是有面子的事情，人们又怎会错过这个炫耀之机呢。

（二）婚嫁习俗

广府民间的传统婚嫁礼仪，一般有择婚、议婚、订婚、迎娶四个程序。

旧时择婚，一般要"门当户对"，俗语说："竹门对竹门，木门对木门"，即是此意。富贵人家择婚，很重视门第观念，一般不愿意找贫穷人家做亲家。而贫穷人家，一怕别人耻笑他们"高攀"，二怕成亲后会受亲家歧视，所以也一般不会轻易和富贵人家结亲家。

清欧苏《霭楼逸志》记载明朝南海人霍韬年少时家贫，但"为文优洽醋足，诗联信口皆成锦绣"。广州某富翁"偶在某绅书房会遇，绅言韬颖悟不群，翁亦见其面貌清秀，遽字以女，绅呼韬展拜以为定。"富翁后来才知道霍韬家贫，很后悔，想反悔，但碍于某绅的面子，不好发作。霍韬到了适婚年龄，霍家催婚，富翁虽然难以反悔了，但在迎亲的时候"催妆诗限以'河南村狗'之字"，以此羞辱、为难霍韬。霍韬洒翰端书："河汉浮槎到五羊，南风吹送桂花香。村中多少人争看，狗吠仙姬会阮郎。"此时，富翁才反怒为喜，"始复增益妆奁，丰其财帛以与之"。霭楼氏评曰："乡俗结姻，专求俗富，事之理也，无足怪者。"①

　　像《蜃楼志全传》第六回里，富商苏万魁为女儿向贫士李匠山提亲，李匠山就大笑回答道："弟僻处乡隅，家素寒俭，男耕女织，稍事诗书，不要说令爱小姐，闺阁名姝，难于亵渎，就是吾兄这等品格，只怕荜门圭窦，有辱高轩。此议断乎不妥。"后来苏万魁盛情难却，李匠山终于答应了这门婚事。但"这富翁与贫士结亲，旁人未免笑话"，可见世俗的门户观念也还是比较牢固的，所以苏万魁对此"转觉欣然"，作者就称赞他"实是难得"了。《廿载繁华梦》里，既为官又为富的周庸佑嫁长女，对于门当户对便有诸多要求。"这时纵有许多求婚的富家儿，然或富而不贵，又或贵而不富，便是富贵相全的，又或女婿不大当意，倒有难处。"朋友梁早田前来做媒，便推荐"香港数一数二的富户蔡灿翁的文孙"，并力言他的父亲蔡文扬中过顺天举人，身上有养父和生父的两副家资，是"富贵双全的人家"，"想尽能对得老哥的门户"。管家冯少伍也"力言蔡文扬如何好人品，他的儿子如何好才貌，在庸佑跟前说得天花乱坠。"但"在周庸佑和马氏的本意，总要门户相当，若是女婿的人品才貌，实在不甚注意"。到了周庸佑嫁次女时，便看中一个"东官姓黄的，做媒的说原是个将门之子，他的祖父曾在南部连镇总镇府，他的父亲现任清远游府。论起他父亲，虽是武员，却还是个有文墨的，凡他的衙里公事，从没用过老夫子，所有文件都是自己干来。且他的儿子又是一表人物"。但马氏却诟病他儿子"没有一点子功名，将来女儿过门，实没有分毫名色"，于是便让周庸佑"替女婿捐个官衔，无论费什么钱财，他交还也好，他不交还也好，总求女儿过门时，得个诰封名目"。后来，周家"便在新海防项下替黄家儿子捐了一个知府，并加上一枝花翎，约费去银子二千余两"。可知当时富贵人家

---

　　① 参见《明清广东稀见笔记七种》，广东人民出版社，2010，第201页。

对门当户对的观念是何等的根深蒂固。

另外，按传统，同姓不婚。《劫余灰》里写道："且说广东地方的居民，往往喜欢聚族而居。常有一村地方只有一姓，若要联婚起来，最近也要到邻村去问名纳采。他自己本姓的一村，最多有上万人口的，少的也在一二千人之数。亦有一村之中，居住两三姓的。这两三姓，便屡世联婚，视为故常，久而久之，连那亲戚辈分，都闹的颠倒错乱起来。譬如张家两个女孩子，名分是一个姑娘，一个侄女，同嫁在李家。却到了李家，就变成妯娌之类，也不一而足。此等人家，遇了婚丧等事，都互相往还。姑表母姨，混在一团，彼此男女，多不回避，这倒是风俗浑厚的好处。但不过乡村人家如此，若说到省城市镇上，又当别论了。"这里讲为了遵守同姓不婚的传统，邻村之间累世联婚，世代久了，便出现亲戚辈分错乱的情况。不过同姓不婚也不是绝对的，到了晚清，韶关某地就出现了同姓结婚的情况。光绪三十三年《时事画报》载："韶属威洸一带，黄姓族最繁衍，东西村密排雁齿，相望数十里，皆同宗也。尝见某家婆妇，其灯笼大书黄姓，而女家之门条亦书黄姓，咄咄称怪。后询其土人，始知异姓之村相隔甚远，婚嫁之事，来往维艰。居民以经济困难，措办不易，因思一节用之法，择再从兄弟，互相结婚。一人作俑于先，村众步尘于后，至今日居然道一风同矣！"《时事画报》在文字说明后还附粤讴唱道："婚姻事，彼此都系同宗，亲上加亲，又密一重。两老行埋，原是兄妹大众，婶氏就是家姑，伯氏就是阿翁，两小无猜，自小常戏弄，顽泥沙顽到大，唔忧唔见过我个娇容。你睇黄门黄氏栗主家家奉，重有黄母黄氏夫人都系咁受诰封。同姓不娶为妻，怎知古礼如此郑重，同一血统，唔慌人话系杂种。相率成风，数十里尽同。"[1]该粤讴就诙谐地反映了此地不遵传统的结婚风俗。其实择婚禁忌还有

---

①　广东省立中山图书馆编《旧粤百态：广东省立中山图书馆藏晚清画报选辑》，第 127 页。

很多。例如"'表亲婚'禁忌。'骨血不倒流',是民间针对'舅表婚'禁忌的说法。广州习俗'姑表婚'也禁忌。俗认姑母和父亲的血脉相同,娶姑家的女为媳,便是'回头婚'。"①

议婚则有聘媒、提亲、送年庚等几个步骤。聘媒就是请媒人来撮合婚姻,即是俗语所说的"父母之命,媒妁之言"。《廿载繁华梦》里,周庸佑做了海关库书后,就委托族中兄弟周有成在家乡替他请媒择配。"自那一点消息传出,那些做媒的就纷纷到来,说某家的女儿好容貌,某家的好贤德,来来往往,不能胜数。"其中就有个惯做媒的唤做刘婆,"为人口角春风,便是《水浒传》中那个王婆还恐比他不上"。这刘婆找着周有成,对他说:"附近乐安墟的一条村落,有所姓邓的人家。这女子生得才貌双全,他的老子排行第三,家道小康,在佛山开一间店子,做纸料数部的生理。那个招牌,改作回盛字号,他在店子里司事,为人忠厚至诚,却是一个市廛班首。因此教女有方,养成一个如珠似玉的女儿,不特好才貌,还缠得一双小足儿,现年十七岁,待字深闺。周老爷这般门户,配他却是不错。"周有成听得答道:"这姓邓的,我也认得他,他的女儿,也听说很好。就烦妈妈寻一纸年度过来,待到庙堂里上一炷香,祈一道灵签,凭神作主。至于门户,自然登对,倒不消说了。"(《廿载繁华梦》第二回)这"一纸年度",是指女方的生辰八字。一般由男方托媒人询问女方的年庚"八字",女方将年庚用红柬写好,由媒人送往男家,叫作"送年庚"。男家接到后,把它放在祖先案前或米缸内三至七日,如果家里没有打破器物和发生不吉利之事,就将女庚与男庚都交算命先生推算。若男女"八字"相配,随将男方年庚也用红柬写好,托媒人交给女方推算,女家一般不再推算。如彼此均合,即择日下定。若遇到年庚八字生肖有相冲,就合不成婚事。② 从20

---

① 广州市地方志编纂委员会编《广州市志》卷十七,万方数据电子出版社,第49页。
② 同上。

世纪 30 年代起，青年男女崇尚自由恋爱，有的打破了媒人问名说合的程序，而直接见面"相睇"。

双方同意婚事后，就进入订婚。订婚包括小聘和大聘。小聘又叫"过文定"，是由男家把双方的八字写在龙凤礼书上，备好礼由媒人送到女家，作为订婚的凭据。小聘的礼物没有多少规定，一般有绸缎、首饰、礼金等。女家收了"文定"后，姻亲关系就确立了，女儿不能再许配他人。至于过门的日子则另定，有时会迟至一两年后。① 过门前，男方会向女方再次送礼，这就是大聘。大聘又叫作"过大礼"，礼品要比小聘的丰厚和讲究。《蜃楼志全传》里，做官的李家就给经商的苏家送了如下聘礼："珠冠一顶、玉带全围、朝衣一裘、金钗十二事、宫缎十二表里、彩缎百端、宫花八对，还有一样稀罕之物，是别人家没有的：一个黄缎袱中包着五品宜人之诰命供在当中。"苏吉士"忙摆起香案，请母亲妹子浓妆了，叫下人回避，同到厅中叩了九个头，方才收进"。普通的大聘，应有礼金、礼联、鱼肉、鸭蛋、海味、香烟、礼饼、糖果和槟榔等。《廿载繁华梦》里，周庸佑娶正妻时，为了过大礼"所办女子的头面，如金镯子、钗环、簪珥、珍珠、钢石、玉器等等，不下三四千两银子"，"那日行大聘礼，扛抬礼物的，何止二三百人"。到了黄家迎娶周家次女时，"因周家实在豪富不过的，便竭力办了聘物，凡金银珠宝钻石的头面，统费二万两银子有余"。黄家的聘礼送到周家大厅，要先请亲家大人夫人看验。"几个盒子摆在桌子上，都是赤金、珍珠、钻石各等头面"，周庸佑瞧了一下，不觉笑了一笑，随道："这等头面，我府里房子的门角上比他还多些"。马氏听得周庸佑这句话，更加看都不看就转身回房了。黄家送聘物来的因周家未把聘物点受，不敢私自回去，只得忍了气，求周府家人代请马氏出来点收。整整

---

① 梁基永：《西关风情》，广东人民出版社，2004，第 86 页。

自巳时等候到未时，黄府家人苦求马氏点收，说无数恳求赏脸的话。马氏无奈，便勉强出来厅上，略略一看，即令家人收受了，然后打发黄府家人回去。

大聘礼物送至女家后，女家则要回敬，一般是响糖、棋子饼等及新郎所用的衣帽鞋袜等。然后，就是女家送嫁妆到男家，嫁妆一般有四季衣服、被褥帐帘、绣花枕、日用器皿等。① 如《廿载繁华梦》里，周庸佑新婚，女方邓家送来的嫁妆就有"香案高照、台椅半副、马胡两张、八仙桌子一面、火笋大柜、五七个杠箱。其余的就是进房台椅，统通是寻常衾具而已"。周庸佑嫌嫁妆清俭，好生不悦。到了周庸佑嫁女时，周家财气正是盛极之时，嫁妆的奢侈程度就更是令人叹为观止了。"那时周家妆奁也办得八九床帐，分冬夏两季，是花罗花绉的；帐钩是一对金嵌花的打成；杭花绉的棉褥子，上面盖着两张美国办来的上等鹤茸被子。至于大排的酸枝大号台椅的两副，二号的两副，两张酸枝机子，上放两个古磁窑的大花瓶。大小时钟表不下十来个，其余罗绉帐轴，也不消说了。至于木料的共三千银子上下，磁器的二千银子上下。衣服就是京酱宁绸灰鼠皮袄、雪青花绉金貂皮袄、泥金花缎子银鼠皮袄、荷兰缎子的灰鼠花绉箭袖小袄，又局缎银鼠箭袖皮袄各一件，大褂子二件，余外一切贵重衣物裙带，不能细说。统计办服式的费去一万银子上下。头面就是钗环簪耳，都是镶嵌珍珠，或是钻石不等。手上就是金嵌珍珠镯子一对，金嵌钻石镯子一对。至于金器物件，倒不能说得许多。统计办头面的费去三万银子上下。更特别的，就是嵌着大颗珍珠的抹额，与足登那对弓鞋帮口嵌的钻石，真是罕有见的。还有一宗奇事，是房内几张宫座椅子上，却铺着灰鼠皮，奢华绮丽，实向来未有。各事办得停妥，统共衾具不下六七万银子，另随嫁使用的，约备二万元上下。统共计木

① 叶春生：《广府民俗》，第166页。

料、锡器、磁器、金银炕盏、房内物件及床铺被褥、顾绣垫搭，以至皮草衣服、帐轴与一切台椅，及随嫁使用的银子，总不下十万来两了。""到了送奁之日，何止动用五六百人夫，拥塞街道，观者人山人海，有赞他这般富豪的，有叹他太过奢侈的，也不能胜纪。"当时的西关大户，横厅多有空置以待娶媳时放置厅面妆奁者，亦有将届娶媳时，预将大屋内一部分家私，搬迁到小房子去，腾出厅来以便安放妆奁者。据说当年周东生以价值数万元之妆奁送到蔡宅。蔡家亦不示弱，以滑稽双关的口吻对来宾说："佢有佢阔，我家有我家的大枝野，顶得佢住。"乃将奁物中必要用具放满新房外，所有家私台椅，都另放于毗邻一间大屋，对送奁者说："我家屋宇虽大，但名贵家私已布满全屋，未便左搬右搬来安放新娘妆奁，好在隔邻我还有一间闲置大屋，安放在那里便是。"原来周女的妆奁，摆在一间大屋，仅能容纳得来。①

迎娶的吉日，通常由男家择定。双方都同意后就最后确定下来。到了迎娶之日，场面则热闹非凡。《清稗类钞》说："粤中婚事所用之迎亲彩舆，有金翠辉煌者，有红缎平金者，以金亭翠亭陈设礼物，至其仪仗之鲜明，灯彩之富丽，诚各省所不及也。"《岭南杂事诗钞》里的"三生石上证良缘，舆仗纷陈翠羽鲜"②讲的就是粤省奢华的婚嫁仪仗。《廿载繁华梦》里，周庸佑迎娶正室时，"省、佛亲朋往贺的，横楼花舫，填塞村边河道。周庸佑先派知客十来名招待，雇定堂倌二三十人往来奔走，就用周有成作纪纲，办理一切事宜。先定下佛山五福、吉祥两家的头号仪仗，文马二十顶、飘色十余座、鼓乐马务大小十余副，其余牌伞执事，自不消说了。""周家到了是日，分头打点起轿。第一度是金锣十三响，震动远近，堂倌骑马，拿着拜帖，拥着执事牌伞先行。跟

---

① 广州市政协文史资料委员会编《广州文史资料》第九辑，广东人民出版社，1963，第50页。

② 雷梦水、潘超、孙忠铨、钟山编《中华竹枝词》，第2822页。

手一匹飞报马，一副大乐，随后就是仪仗。每两座彩亭子，隔两座飘色，硬彩软彩各两度，每隔两匹文马。第二度安排倒是一样，中间迎亲器具，如龙香三星钱狮子，都不消说。其余马务鼓乐，排匀队伍，都有十数名堂倌随着。最后八名人夫，扛着一顶彩红大轿，炮响喧天，锣鸣震地。做媒的乘了轿子，宅子里人声喧做一团，无非是说奉承吉祥的话。起程后，在村边四面行一个圆场，浩浩荡荡，直望邓家进发。且喜路途相隔不远，不多时，早已到了。这时哄动附近村乡，扶老携幼，到来观看，哪个不齐声赞羡？一连两三天，自然是把盏延宾，好不热闹。那夜邓家打发女儿上了轿子，送到周家那里，自然交拜天地，然后送入洞房。"

周庸佑长女出阁之日，则声势更为浩大。"周家是日车马盈门，周庸佑和马氏先在大堂受家人拜贺，次就是宾客到来道贺，绅家如潘飞虎、苏如绪、许承昌、刘鹗纯，官家如李子仪、李文桂、李庆年、裴鼎毓之伦，也先后道贺。便是上至德总督，和一班司道府，与及关监督，都次第来贺。因自周庸佑进衔京卿之后，声势越加大了，巴结的平情相交的，哪里说得许多。男的知客是周少西同姓把弟，女的知客就是周十二宅的大娘子。至于女客来道贺的，如潘家奶奶、陈家奶奶，都是马氏的金兰姊妹，其余潘、苏、许、李、刘各家眷属也到了。这时宾客盈堂，冯少伍也帮着周少西陪候宾客，各事自有骆子棠打点。家人小厮都是正中大厅至左右厢厅，环立伺候使唤。若锦霞、春桂两姨太太，就领各丫环，自宝蝉以下，都伺候堂客茶烟。自余各姨太太，也在后堂伺候陪嫁的女眷。不在话下。统计堂倌共二十余名，都在门内外听候领帖，应接各男女宾客。道喜的或往或来，直至午候，已见蔡家花轿到门，所预备丫环十名，要来赠嫁，也装束伺候，如梳佣及陪嫁的七八人，也打点登轿各事。""因省城向例迎亲的都是日中或午后登轿的较多。是时周家择的时辰，是个申时吉利，马氏便嘱咐后堂陪嫁的，依准申时登轿。"谁知那马氏长女周淑姬烟瘾很深，怕没有备足洋膏，临时叫人去买。"谁想那人一去，已是申牌时分，府里人等已催速登轿，马氏心上又恐过了时辰，好不着急，便欲先使女儿登轿，随后再打发人送烟膏去。只是今日过门，明儿才是探房，却也去不得。在周淑姬那里，没有洋膏子随去，自然不肯登轿，只望买烟的快快回来。"但吉时不等人。"没奈何周庸佑急令马氏把自己用的权给三五两过他，余外买回的，待明天才送进去。一面着人动乐，当即送淑姬出堂，先拜了祖宗，随拜别父母，登了花轿，望蔡家而去。"

《廿载繁华梦》里写周氏次女嫁到黄家，"向来俗例，自然送房之后，便要拜堂谒祖，次即叩拜翁姑，自是个常礼。""偏是周二小姐向来骄傲，从不下礼于人的，所有拜堂谒祖，并不叩跪，为翁姑的自然心上不悦。忽陪嫁的扶新娘前来叩拜翁姑，黄府家人见了，急即备下跪垫，陪嫁的又请黄大人和太太上座受拜。谁想翁姑方才坐下，周二小姐竟用脚儿把跪垫拨开，并不下跪。陪嫁的见不好意思，附耳向新娘劝了两句，仍是不从，只用右手掩面，左手递了一盏茶，向翁姑见礼。"出嫁次日，新娘兄弟要去新郎家"探房"。《廿载繁华梦》里，周氏长女出嫁蔡家，"周家是晚就在府上款燕来宾，次日，就着儿子们到蔡家探房。"

出嫁后的第三天，新娘要"回门"。回门又称"归宁"，即回娘家。周氏次女出嫁黄家，"到了次日，便算三朝，广东俗例，新娶的倒要归宁，唤做回门；做新婿的亦须过访岳家，拜谒妻父母，这都是俗例所不免的。"但黄家儿子想起昨日新媳的骄慢，怕母亲怒气未息，不敢过岳家去。幸亏黄家太太识得大体，着人伺候儿子过门去。回门定要备礼，多少视家境而定，但礼物中最重要的是烧猪，象征新娘的贞洁。羊城竹枝词有云："花落花开浑不管，金猪还胜守宫砂。"① 俞溥臣《荷廊笔记》载："广州婚礼，于成礼后三日，返父母家，必以烧猪随行，其猪

---

① 雷梦水、潘超、孙忠铨、钟山编《中华竹枝词》，第 2928 页。

数之多寡，视夫家之丰瘠，若无之，则妇为不贞矣！余有《岭海杂咏》，内一绝云：'闾巷谁教臀印红，洞房花烛总朦胧。何人为作青炉礼，三日烧猪代守宫'。"① 清人杏岑果尔敏有诗曰："嫁女归来忍泪痕，半忧半喜自思存。爹娘第一开心事，最早烧猪送进门。"② 陈坤亦有诗曰："鸳鸯帐暖落花殷，私语声低蹙玉颜。来日门楣光耀甚，金猪载送彩亭还。"③ 本来这作为回门礼的烧猪，象征意义大于实际意义，但人们"继而夸多斗美，有用之数百或数十者"④。《廿载繁华梦》里，黄家新媳先自往周府回门，礼物便有"金猪三百余头，大小礼盒四十余个"。"金猪"即烧猪。回门的同时，兼行新郎上厅礼。⑤ "到了午后，便有堂倌等伺候，跟随着黄家儿子，乘了一顶轿子，直望宝华正中约而来，已到了周京卿第门外。是时周府管家，先派定堂倌数名在头门领帖，周应昌先在大厅上听候迎接姊夫。少时堂倌领帖进去，回道：'黄姑爷来了。'便传出一个'请'字。便下了轿子，两家堂倌拥着，直进大厅上。除周应昌迎候外，另有管家清客们陪候。随又见周家长婿姓蔡的出来，行相见礼。各人寒暄了一会，便一齐陪进后堂，先参过周家堂上祖宗。是时周庸佑已自回港，只请马氏出堂受拜。"回门结束后，婚礼的仪式便正式完成。

此外，广州婚俗里还有一种特别礼俗——重行花烛。重行花烛即夫妻结婚满六十年，再举行一次婚礼。但必须具一定的条件，即妻子原配；儿子、媳妇、女儿、女婿、孙子、孙女、外甥、外孙必须齐全。其礼仪比初婚还要隆重。如南海冯仪部太史潜斋先生成修，"年八十余，夫妇齐眉，儿孙满眼。乾隆壬寅某月日，即六十年前新婚夕也，谓之重

---

① 俞洵庆：《荷廊笔记》，清光绪十一年刊本。
② 杏岑果尔敏：《广州土俗竹枝词》，清同治十年刊本。
③ 雷梦水、潘超、孙忠铨、钟山编《中华竹枝词》，第 2822 页。
④ 《番禺县续志》卷二《舆地志二》，清宣统年间刊本。
⑤ 叶春生：《广府民俗》，第 168 页。

逢花烛，与鹿鸣、琼林重宴，同为不数觐之事。太史与夫人白发红颜，恰值嘉会，内外戚属，咸来致贺，鼓乐喧阗，二人复当年体态，同谒宗先，子子孙孙，送入洞房，欢欢乐乐，快事而仅事也。太史有题门联云：'子未必肖，孙未必贤，屡忝科名，只为老年娱晚景；夫岂能刚，妻岂能顺，重烧银烛，幸邀天眷锡遐龄。'"①

（三）寿诞习俗

过去，广府人一般在五十岁以上才做寿，而且一般逢整十的生日，才祝寿。并且，按广府习俗，男女做寿在年岁上也有不同，通常"男做齐头，女做出一"，即男的做整十寿，如六十岁、七十岁等，女的则做整十多一岁的寿，如六十一岁、七十一岁等。做寿的仪式有简有繁，因其家底及寿星身份而定。祝寿通常由亲友发起，大家齐来庆贺。祝寿礼品习俗为寿桃、寿面、新衣；隆重的还有寿联、寿幛。古时还置寿堂，正厅墙壁中间，男寿星悬挂南极仙翁，女寿星悬挂瑶池王母，或"八仙庆寿图"、"三星图"、象征高寿之画轴或剪贴金纸大"寿"字。燃寿烛，结寿彩，寿星着新衣，坐中堂，接受亲友、晚辈祝贺叩拜。②

《蜃楼志全传》里，苏笑官进广粮厅向申公祝寿。申公将苏笑官的礼全数收了，回敬了他十匣湖笔、百幅松笺、十匣徽墨和一部诗稿。《老剑文稿》记："瑶溪杨叟椒坪，以花朝前二日生。岁遇此日，必携儿孙、招故旧，一艇载酒，溯洄花际。工画者绘《桃溪例集图》，群相赋诗为寿，盖已数数矣。"③

---

① 欧苏：《蔼楼逸志》，见《明清稀见笔记七种》，广东人民出版社，2010，第 194 页。
② 广州市地方志编纂委员会编《广州市志》卷十七，万方数据电子出版社，第 56 页。
③ 广州市海珠区人民政府编《海上明珠集》，1990，第 252 页。

《劫余灰》里写公孺九十大寿，媳妇婉贞便"率领嗣子，为之称觞。乡居的人，虽不尚浮奢，然而家庭之乐，也是不免的，况且寿跻耄耋，亲族人等，却不免前来庆祝。因此这一天虽无外客，本族及亲戚人等，也挤满了一屋子。六皆、九如、小翁，不必说都在座的了。""外面一众男客，开筵畅饮；里面婉贞接待众女眷，里外一般热闹。"老寿星更"举杯向众人让酒道：'老朽托列位的洪福，遂有今日。嗣孙已经长成，不难还可望抱个重孙。望各位今日痛饮尽醉，以助我之老兴。'""众人则道：'老寿星精神矍铄，我等今日祝寿之后，还要等建百岁坊时，再来奉扰呢。'"

《廿载繁华梦》第二十二回写周庸佑因流年不像往年好，所以祝寿一事，就没有张扬，"只在家里寻常祝寿，也不唱戏。""到了二十那一日，周家自然有一番忙碌，自家人妇子祝寿后，其次就是亲戚朋友来往的不绝。到了晚上，先在府里把寿筵请过宾客，周庸佑草草用过几杯"，"与众亲朋把一回盏，已是散席的时候。"

（四）丧葬习俗

生死乃人生大事，而人们对于丧礼甚至比其他礼仪都更为重视。旧时病人多在家中亡故，旧俗忌死于偏房，故多在病人弥留之际先为其沐浴更衣，然后移于正厅，名曰"出厅"。在正厅去世，是为"寿终正寝"。[①]《廿载繁华梦》里，周庸佑的正室邓氏在房里病死了，管家黄润生"即唤齐家人，把邓氏尸身迁出正厅上"。到了周庸佑的伍姨太病危时，"香屏姨太就着梳佣与他梳了头，随又与他换过衣裳，再令丫环打盆水来，和他沐浴过了"。"随把伍氏移出大堂上，儿子周应祥

---

① 叶春生：《广府民俗》，第172页。

在榻前伺候着。"另外，病人断气前，要为其拆去蚊帐，迷信若不拆去蚊帐则会"天罗地网，不得超生"。《九命奇冤》里，凌贵兴半夜发现妻子何氏"脸上变成不紫不黑的颜色"，吓得他魂飞魄散，喊得人来，一个仆妇在何氏心口上摸了一摸，知道何氏不行了，就喊道："不中用的了！你们快来拆帐子吧！"然后大家"七手八脚，就去拆帐子"。"却听得地下拍挞一声，是拉帐子时，在床头上带下一件东西来，掉在地下。"原来是个鸦片烟盒，人们才知道何氏是服毒自杀的。

人死后，其子孙亲属都要换上素服，放声大哭，并请喃呒先生来诵经，为其"开路"。《廿载繁华梦》里，伍氏殁了，周府"立即响了几声云板，府里上上下下人等，都到大堂，一齐哭起来"。邓氏卒后，周家则"一面寻个祈福道士喃经开道，在堂前供着牌位。可巧半年前，周庸佑在新海防例捐了一个知府职衔，那牌位写的是'诰封恭人邓氏之灵位'。还惜邓氏生前，没有一男半女，就用瑞香守着灵前。伍姨太太和香屏倒出来穿孝，其余丫环就不消说了。"

有的地方在死者入殓前要为其遗体沐浴，沐浴用的水要"买"，俗称"买水"。清代《岭南杂事诗钞》有句云："撒手红尘物外游，已将万事付东流。何须买水才清净，难与三生洗尽愁。"① 小说《绣鞋记》里，莞城陈氏的丈夫死了，她便披衣挂白，童仆提笼在前，丫环随从于后，放声大哭，双手捧住水盆一路行来，前往江边买水。"到了江边，躬身跪下，家童秉烛，陈氏手汲清泉，呼天叫地，哀哀痛哭而回。归到家中，跪在夫前，将水盆放下，用洁净布巾与夫从头至足沐浴一番，此时装裹什物俱已齐备，棺木也亦买临，四亲六眷俱皆毕至，等待时辰，以便入殓。"《警富新书》中也提及："当日张风既死，天来使人扛至天和店，嘱养福开丧，买水义服齐衰。"一般"买水"时会象征性地投一

---

① 雷梦水、潘超、孙忠铨、钟山编《中华竹枝词》，第2819页。

文钱进河水，所以叫"买水"。

除此之外，家人还要为死者置办棺木，并向亲友报丧，报丧人不能进入亲友家门，只能在门外通告。《蜃楼志全传》里写苏万魁去世了，苏府便"一面买棺成殓，一面送讣开丧"。《廿载繁华梦》里，伍氏卒后，仆妇李妈妈拉起香屏姨太来，"先着人备办吉祥板，一面分派人往各亲朋那里报丧，购买香烛布帛各件，整整忙了一夜"。而棺木以柳州出产的为贵，俗语"死在柳州"即是此意。邓氏死后次日，"就由管家寻得一副吉祥板，是柳州来的，价银八百元。周庸佑一看，确是底面坚厚，色泽光莹，端的是罕有的长生木。"这些都办妥当了，便是大殓。大殓须择吉时。周庸佑"一面着人找个谈星命的择个好日元，准于明日辰时含殓，午时出殡。所有仪仗人夫一切丧具，都办得停妥。"开丧时间的长短则因天气温度而异。像《廿载繁华梦》里周府为邓氏开丧两天就出殡。《蜃楼志全传》里苏笑官则为父亲开了五日丧，"第一日是往来乡宦及现任佐杂衙门；第二日洋行各店铺同事朋友；第三日是一切姻亲；第四日女亲；第五日是本族本支。停了五七，方才发引举殡。"

出殡，俗称"出山"，即把灵柩送到安葬地，有的即日安葬，有的则暂时寄置在庄上再择日安葬。出殡是丧礼最隆重的仪式，所以旧时不论贫富，都要尽力而为。[①]《蜃楼志全传》里，苏万魁出殡，"这各亲友的路祭，约有二十余家"，灵柩"一直出了大东门，祖茔安厝"。《廿载繁华梦》里，邓氏出殡之日，"亲朋戚友，及关里一切人员，哪个不来送殡？""果然初交午时，即打点发引。那时家人一齐举哀，号哭之声，震动邻里。金锣执事仪仗，一概先行。次由周庸佑亲自护灵而出，随后送殡的大小轿子，何止数百顶，都送到庄子上寄顿停妥而散。是晚即准

---

① 叶春生：《广府民俗》，第175页。

备斋筵，管待送殡的，自不消说了。"

丧事要做四十九天的祭祀，每七天为一祭，其中又以"头七"、"三七"、"五七"、"尾七"比较重要。做完"尾七"后，整个丧礼才告成。民间常常在此期间请僧道来做法事，以超度亡灵。《九命奇冤》里，凌贵兴的妻子死后，他"便代他妻子开丧挂孝起来，把一座裕耕堂重新收拾，延僧礼道，要做七七四十九天功德"。但这丧尽天良的凌贵兴在丧事未办完的情况下也不忘行乐，"天天那僧道礼忏之声，与那欢呼畅饮之声相唱和"。"过了三七，便把两口棺材，抬到祖坟去安葬了。"凌贵兴更随即纳了两个侍妾，"丧事之中，又带着吃喜酒，真是笑啼皆作，吉凶并行"。《廿载繁华梦》里，邓氏出殡后，伍姨太太"便欲延请僧尼道三坛，给邓奶奶打斋超度，要建七七四十九天罗天大醮"，但周庸佑道："这个是本该要的，奈现在是岁暮了，横竖奶奶还未下葬，待等到明春，过了七旬，再行办这件事的便是。"《三家巷》里，区桃牺牲了，"七月十三日是区桃的'三七'。七月十二晚上，区家请了几个师姑来给她念经。""周炳找区华和区杨氏闲谈了半天，随便吃了点饭，就坐在神厅里听那些师姑念经。约莫二更天，吹鼓手敲起铜钹和小鼓，吹起横笛和篌管；师姑们拿着手卷，念着经文；区细和区卓捧着区桃的灵牌，到门口外面去'过桥'。桥是竹枝扎成的，上面糊着金色的纸和银色的纸，一共有两座，一座叫金桥，一座叫银桥，正位师姑宣读了手卷，吹鼓手奏起'三皈依'的乐章来，师姑们齐声念唱。每唱一节，正位师姑用手卷在桥上一指，灵牌就往上挪动一级。到了桥顶，又往下降；过了金桥，又过银桥。周炳一直看到过完了桥，才告辞回家。"在尾七时，便要"点主"。

所谓"点主"，是指死者神主牌的"主"字，故意缺一笔，写成"王"字，请尊贵人物补点，谓之"点主"。点主要请当地德高望重者。大宾点主时，口赞四句："日出东方，一点红光，子孙兴盛，五世其昌。"以笔端向东方呵一口气，叫作向东方受生气。先用朱笔点上后用墨点，使"王"字成"主"字，将手中笔向后一丢，就有死者的子孙接着，叫作"接笔"。子孙叩拜，神主牌安在桌上，烧纸照一照，这叫"升旒"。大宾叩拜，孝子即递上"花红""利是"，陪宾也得奉献。贫穷人家，不易请得显贵，则由喃呒僧道包办。升座毕，孝子穿吉服，向亲友叩拜一次，仪式就告结束。① 清代笔记《蠹楼逸志》中说东莞有个举人叫陈尚文，"憨直之名满郡邑"。"邻有母丧，虞辰，请陈题主。凡主未题之先，'主'字书作'王'，以待朱笔之点。适邻母是王氏，陈误将王氏之'王'字点之，竟是'主氏孺人神王'矣。陪宾目之，陈悟，即纳主于袖，趋步而出，礼生、孝眷，并挽其袂。陈曰：'错污尊主，小弟愿陪。'一时传为笑柄。"②

过了七七四十九日后，就撤灵堂，将所有祭帐挽联等物焚化，死者神主升上神楼供奉，至百日再祭奠一次。

人们每逢致祭死者，小者焚烧元宝冥钱，大者焚烧纸制人物器具，有的还会到专营纸制物品的店铺订造。《蠹楼逸志》就写东莞人邬伍武因被纸工羞辱，便易装到那纸料铺定作葬家用物，"单录大人一尊，高余二丈；将军二个，高越寻余；及幢幡翠舆，俱要刻期备办，工竣银完"。纸工依单操作，晓暮无停，"银纸雕通，朱青填饰，金边缕衬，红绿辉煌，雄伟高人，球幡掩映，诸般尽具，塞满店间"。后来纸工才知道中了邬伍武之计，忿骂不已。③

此外，还有焚烧死者生前用过的衣物或另外新购的衣物等的。如清末流传至今的一首南音名曲《男烧衣》，就讲述一男子爱上珠江楼船上一妓女，后此妓女自尽而死，男子得知后便荡舟江中，焚烧衣物，祭奠

---

① 参阅黄国声《羊城旧话之点主》（下），《南方都市报》2011 年 3 月 17 日。
② 见《明清稀见笔记七种》，广东人民出版社，2010，第 192 页。
③ 见《明清稀见笔记七种》，第 185 页。

亡魂。唱词里就详细地提到男子焚烧了各种各样的衣物："各物呀摆齐，兼共系果品。我愿妹呀你前来，鉴领我诚心。烧叶纸钱真系珠泪恶忍咯。三杯薄酒嗟，就奠妹你孤魂。烧对童男童女，等你相亲近呀。吩咐众人使唤，至紧要听拒既酌斟。呐大棱锁匙，系交过你收紧。喂你切莫呢顽皮，就去激着个主人。烧到胭脂和水粉，仲有刨花呢兼软枕。有夹妆一个，就照住妹孤魂。烧到牙兰带，与共绣花呢鞋。唉！可恨当初我唔好，无早日带妹你埋街。至使阿你在青楼，就多呢苦捱！甘好既沉香，都当作系烂柴。呢条牙兰带，乃系小生呢亲手买，可惜对花鞋又绣得甘佳！……烧到被铺蚊帐，乃系出自在杭州。仲有香珠呢一串，搭子在妹襟头。烧到烟窗呢烟托，与共雷州斗，唉我又来烧到呢个烟屎钩呢！你睇局砂呢一盏，真是光明透，妹呀但凡灯暗，你要自己添油。呢一盒既公烟，原本系旧既。闻下清香呢旖旎，都解得下烦忧。你无事呀可以捻来，捻来谈拒几口。甘就不妨阴府，你就自己筹谋。甘多物件，烧来交过你手呀。至紧要关房门户，你就莫比罢人偷。妹你生前所用，般般都有咯。今日把火焚烧，在水面浮。等我再酌酒，就奠妹既妆台。唉我愿妹呀，你前来鉴领我一杯。等你饮过了此杯呢，离苦海呀。你咋早登仙界嗟，直上蓬莱。"焚烧的每件衣物都寄托着男子对女子的绵绵情意，再加上哀愁凄婉的南音曲调，实在是闻者伤心、听者流泪。

四
明清以来文学中的广府岁时节庆

　　广府地区的岁时节庆很多，节令方面有春节、元宵、清明、端午、中秋、重阳、冬至等。这些节令中原地区也有，但广府百姓过这些节令时，又多多少少有自己独特的风俗。此外，还有一些民间诞会，如正月生菜会、二月波罗诞、三月北帝诞、四月金花诞、五月龙母诞等，这些诞会有的其他地区也有，有的则是广府地区特有的。明清以来的文学作品，对此也有生动、具体的反映。

（一）岁时

1. 春节

　　春节是我国最大的传统节日，广府地区也不例外，只是广府地区的春节风尚秉承中原习俗外，又有其地方特色。

　　广府人又称春节曰"过年"。旧时，广府百姓从农历腊月下旬就开始忙碌着准备过年。《廿载繁华梦》第十六回里写道："过了祀灶之期，不久又是除夕，家家贴起宜春。""祀灶"又称"谢灶"，关于谢灶的日子又有"官三民四疍家五"的说法，即做官人家在农历十二月二十三日，普通平民在二十四日，水上居民在二十五日。^① 清末羊城竹枝词有"疏烧谢灶廿三天，白蔗条长金橘圆"之句。^②"宜春"即春联，传统在二十九日贴。清末羊城竹枝词曰："宜春帖子灿云霞，爆竹声喧闹岁华。"^③ 而在祀灶和除夕之间这段时间内，还包括二十五日开炸，二十六日扫屋，二十七日洗涤，二十八日蒸糕、炸油角、煎煎堆这些习俗。屈大均《广东新语》记载："广州之俗，岁终以烈火爆开糯谷，名曰炮谷，以为煎堆心馅。煎堆者，以糯粉为大小圆，入油煎之，以祀先及馈亲友者也。"《蔼楼逸志》则载："予莞中每年岁暮，各家妇女用糯米油糖，造作硬饼、软饼、糖环、糫堆、寸枣、坏枣等，汇名曰年具，待新春，亲朋拜贺，以为瀹茗点心。"^④《蔼楼逸志》还说，当时一个新婚家庭"造办齐备，妇与小姑，目不交睫者数宵矣"，一个老偷"卜是夜必停工睡熟"便乘夜去钻墙偷窃，"孰知姑嫂正虑盗穿墉，热饴以俟"，结局如何，可想而知。清末有广州竹枝词云："爆竹声声除夕近，蔴槌油角庆团年"^⑤，"糖霜和粉拌玫瑰，纤手揉成油角来。朱盒和金红络索，馈年呼婢送煎堆"^⑥，"爆竹一声到处春，何家何户不更新。油糍糕粉安排备，遣此年茶馈友亲"^⑦。

小说《苦斗》中，周家虽只剩下周妈一人在家过年，但仍然到处整整齐齐、一丝不乱，"大扫除，贴红钱，蒸年糕，炸油角，祭祖，拜

① 广州市地方志编纂委员会编《广州市志》卷十七，万方数据电子出版社，第75页。
② 雷梦水、潘超、孙忠铨、钟山编《中华竹枝词》，第2929页。
③ 同上书，第2951页。
④ 见《明清广东稀见笔记七种》，广东人民出版社，2010，第170页。
⑤ 雷梦水、潘超、孙忠铨、钟山编《中华竹枝词》，第2929页。
⑥ 同上书，第2991页。
⑦ 何文广：《广州竹枝词选》，《岭南文史》1983年第2期。

神，样样做到"。总之到除夕那天，每家每户一般都会将家里布置妥当，摆放好桃花年橘等，准备迎接新年的到来。无论普通人家或富裕人家，皆遵行这些习俗，只不过富裕人家要办得铺张豪华点而已。像《廿载繁华梦》里，作为省城巨富兼新近升官的周庸佑，其府上过年便相当辉煌奢华。"门外先悬一对金字联，说什么'恩承金阙，庆洽南陔'，又从新换的一对参赞府的灯笼；门内彩红飘扬，酸枝台椅摆满中堂及左右厢厅；自大厅至左右两廊，都在后花园里搬出无数花草，摆得万紫千红，挂得五光十色。"除夕，广府人又称"年三十晚"，一家人会聚在一起吃团年饭。清人陈坤有诗咏曰："春花秋月又团年，喧笑尊前共畅然。富贵浮云徒自扰，丰衣足食且随缘。"① 《三家巷》里，皮鞋匠区华一家人便在除夕晚其乐融融地吃团年饭。吃过年夜饭，老人在家守岁，小孩子便会到街上去"卖懒"。《广东新语》有云："岁除祭，曰送年。以灰画弓矢于道射祟，以苏木染鸡子食之，以火照路，曰卖冷。"② 有学者认为"卖冷"是口音之误，实为"卖懒"，即江浙说的"卖痴呆"。清末羊城竹枝词曰："为饯岁除酒共倾，今宵玉漏悄无声。劝郎莫把痴呆卖，人太聪明恐薄情。"③ 像区桃、陈文婷、何守义、周炳等八个少年人便于除夕夜在横街窄巷里游逛卖懒，年纪最小的区卓和何守礼还一路走一路唱："卖懒，卖懒，卖到年三十晚。人懒我不懒！""卖懒"的意思是让小孩子把懒惰卖去，据说这样做来年便会勤劳云云。儿童去"卖懒"，青年就会去"行花街"。"行花街"即逛花市，乃广府地区春节的一大特色活动。明朝孟鸿光有一首《羊城花市》："浓香飞捉路三叉，紫调红腔尽卖花。珠海晚风回雀舫，玉街晴日闹蜂衙。田中艺树儿孙业，埭上移春富贵家。回首大河南畔路，沓青

---

① 雷梦水、潘超、孙忠铨、钟山编《中华竹枝词》，第 2808 页。
② 屈大均：《广东新语》，第 300 页。
③ 雷梦水、潘超、孙忠铨、钟山编《中华竹枝词》，第 2987 页。

惆怅素馨斜。"不过他写的可能不是岁暮花市，因为人们一般认为广州岁暮花市是在清代才形成的。清末张心泰《粤海小识》云："每届年暮，广州城内卖吊钟花与水仙花成市，如云如霞，大家小户，售供坐几，以娱岁华。"光绪年间有竹枝词云："羊城世界本花花，更买鲜花度岁华。除夕案头齐供养，香风吹暖到人家。"①《三家巷》里，周炳和区桃便去了当时位于西关的花市。"到了花市，那里灯光灿烂，人山人海。桃花、吊钟、水仙、蜡梅、菊花、剑兰、山茶、芍药，十几条街道的两旁都摆满了。人们只能一个挨着一个走，笑语喧声，非常热闹。"可见 20 世纪 20 年代所卖花之品种比起清末已经丰富了不少。1949 年后，每年的广州岁暮花市仍旧繁华如昔。市长朱光在任时曾有七律一首咏羊城花市："花市流连倦不归，乐同甘苦接春晖。银汉繁星同灼烁，人间灯火自光辉。爆竹声声催晓奏，红梅处处吐芳菲。反复思行江畔路，晨曦已照满城旗。"五六十年代，陈毅领略了广州花市后赋诗两首："华灯照不夜，歌声喜欲狂。人人争买花，忙煞卖花郎。花市过午夜，春浓风更吹。攘攘人百万，个个买花归。"而郭沫若的《在广州游花市》诗中则描述道："金桔满街松满市，牡丹含艳桂含香。墨兰簇簇青锋剑，玫瑰团团白玉堂。爆竹轰鸣声动地，电台广播夜增光。游人手把花成束，迎得春风上面庞。"而时至今日，人们最爱买的是桃花、年橘和水仙，几乎家家必备。有竹枝词云："宜春帖子餐云霞，爆竹声声闹岁华。偏是热场翻似淡，家家盘供水仙花。"对于水仙，有些人会在过年前数天买未长花的水仙头回家自己用水养，养到过年，花一般就开了。屈大均就有"冬尽人人争买花，水仙头共牡丹芽"之句。②也有的人懒得自己"发"水仙，而到花市买现成的水仙花。现在，广州岁暮花市已经不仅仅设于一处，广州各区几乎都设有花市。

---

① 叶春生：《岭南俗文学简史》，广东高等教育出版社，1996，第 221 页。
② 屈大均：《广东新语》，第 700 页。

除夕晚到了将近交春时辰，各家各户便准备拜神迎春。"晚上就是四年时候，粤说四年即是结年之意，家家都具酒筵祷神祈福。"（《廿载繁华梦》第十六回）"家家户户都敞开大门，划拳喝酒。门外贴着崭新对联，堂屋摆着拜神桌子，桌上供着鸡鸭鱼肉，香烛酒水。"（《三家巷》之"幸福的除夕"）由于交春的时辰每年都不同，所以旧时讲究的人家每年都会按不同的交春时辰拜神。像《廿载繁华梦》里的周府便是这样。"可巧那年三十夜亥时节交春，令冯管家嘱咐人役，依时拜了新春，然后打睡。各人都领诺。因周府里的人，哪个不是守旧的？提起神权两字，就迷信到了不得，所以都沐浴身体听候。果然到了亥时，就住香参神。"（《廿载繁华梦》第十六回）现在的人们则多数没有那么讲究，一般每年除夕夜过了十二点便拜神上香，然后燃放爆竹。烧炮后就是接财神、买发财大蚬。清代有羊城竹枝词曰："家家除夕庆团年，生菜茨菰炉火边。饱啖黄沙生大蚬，接神爆竹响连天。"[1] 另清人又有诗曰："春风又见送年来，太息痴人唤不回。听取声声发财蚬，分明蕴利是身灾。"诗下注："粤省之昧曙时，卖发财蚬之声已喧传街市，盖以蚬壳形似元宝也。"[2] 当晚还有守岁的习俗，清人陈坤有诗曰："一家欢聚画堂前，酒绿灯红饯岁筵。弹指光阴尤惜别，依依坐守入新年。"诗下自注："粤人除夕团坐达旦，谓之守岁。"此俗至今犹存。清末羊城竹枝词有句云："是谁写出团年乐，补入豳风守岁图。"[3] 清代笔记《霭楼逸志》则记载了一个《除夕续诗》的故事："会城一在庠者"，"年值除新，搜索床头，仅及盈贯，诸费用外，馀置案间，酒后吟诗，即景寄慨，乘兹兴致，染翰舒笺，然酒力不胜，仅书二句，曰：'心甘淡薄绝经营，守岁无聊酒独倾。'遂睡去，忘掩扉，门隙灯影，露出街

① 叶春生：《岭南俗文学简史》，第 225 页。
② 雷梦水、潘超、孙忠铨、钟山编《中华竹枝词》，第 2797 页。
③ 同上书，第 2955 页。

衢。"一人经过,推门而入,研墨续诗曰:"更有清修人寂寞,空空拍掌彻宵明",挥讫,眠者未醒,遂半将其钱,倒阖其关而去。①

此外,广府人在除夕晚还有去寺庙、道观拜神祈福的。"在新年前夕,庙里挤满了穿着新衣服的拜神的人们。他们都洗过热水澡,水里还撒了黄皮树的树叶。"② 撒黄皮叶是因为广府人认为其能去秽辟邪。"从午夜开(始)祈祷求神,一直持续到将近天明时分。这时,僧人就拿出一些印有谜语似的字句的小纸条,求神的人可以选一张来烧掉,把纸灰放到一杯茶里喝下去;另一个和尚打着鼓,引起神的注意。然后就可以求问来年的运气——将三块长方形的小木头抛到空中,它们落到地面上时,就能预言吉凶。"③

大年初一早上,家中晚辈先向长辈拜年,说些贺年的吉祥祝词,长辈便会向晚辈派"利是"(即红包)。"新年的第一天是与家人一起,很少有人上街外出","桌上放着盛水果的漆盘、茶和烟筒,所有走进这店铺或住宅的人,都用这些来招待"。④ 这天吃午饭一般会有一道斋菜,动筷时要先吃斋。

年初二,曰开年,吃开年饭。据说开年饭越早吃越好,称作"抢头牙",有的人家甚至早晨四点就起床吃饭。开年饭一般都比较丰盛,正是"初二开年豕及鸡,芽菇生菜上盘齐,为郎酒醉扶还抱,徉笑徉羞翠黛低"⑤。无鸡不成宴,白切鸡当然必不可少。另外,一定要有烧猪肉,寓意"红皮赤壮";要有鱼,寓意"年年有余"。年初二还是已婚妇女回娘家给父母拜年的日子。新年期间,大家出外拜年一般都穿戴光鲜整齐。但《霭楼逸志》里写到的一位名叫方叔夜的人,平时不修

---

① 见《明清广东稀见笔记七种》,广东人民出版社,2010,第204~205页。
② 亨特:《旧中国杂记》,广东人民出版社,1992,第235页。
③ 同上书,第235~236页。
④ 同上书,第236页。
⑤ 何文广:《广州竹枝词选》,《岭南文史》1983年第2期。

边幅，新年去岳家贺新禧，居然也是"单袍布裰，殊未鲜新，尘帽旧鞋，领围宽阔"。"适有襟娅初至，衣服鲜丽，席间数起更易，色色炫耀，震惊俗眼，小鬟少仆，声貌向倾，睹叔夜之情形，每多奚落。"①

从年初二起，"喜庆宴会不断，按照人的地位，依次排下去，直到初十日，一切才恢复正常的状态。"②

初七为"人日"。《荆楚岁时记》载："正月七日为人日，以七种菜为羹，剪彩为人，或镂金箔为人以贴屏风，亦戴之头鬓，又造花胜以相遗，登高赋诗。"广府地区亦沿袭此俗。明末诗人邝露有《人日登粤王台》曰："登台试人日，此日谓宜人。日照高台色，台非故苑春。青山白云路，绿水流花津。醉欲呼鸾去，遥遥芳杜邻。"故苑，指昌华苑。在广州城西荔枝湾，为南汉后主游宴之地。粤王台，即越王台，故址在今广州越秀山东北，相传为西汉时南越王赵佗所筑。这首诗当为邝露于人日登台时所赋。

此外，广府百姓还有人日游花地的风俗。1922年的《歌谣》周刊说："初七是人日，广州人多到花地去逛逛。"娄子匡《新年风俗志》亦云："逛花地，初七是'人日'，那天，广州西南隅有一处地方叫花地，很多人都要跑到那边玩。"其实早在清代，就有广府人在新年逛花地的记载。美国人亨特在《旧中国杂记》回忆道："每年到花地去游览，这个习惯由来已久。很多中国人的家庭，也在新年到花地去游玩。他们都穿着五颜六色的丝绸衣服，形成美妙的景观。这些富裕阶层的人，一改平日的隐居生活，离艇登岸，在园子里四处悠游，或坐在装饰华美的凉亭里，玩得心满意足。"亨特一行"在花园里漫步欣赏、没完没了地放鞭炮、抽烟、说笑话，然后聚在一起去吃晚餐。午餐已在途中

---

① 见《明清广东稀见笔记七种》，第188页。
② 亨特：《旧中国杂记》，第236页。

边吃边谈用过了。"① 民国时，广府的妇女多在这天上庙参神，男士则多往花地赏花，青年男女则喜欢结伴到郊外游玩，选"人日皇后"，中选者主持安排一天的活动。② 小说《三家巷》里，周榕、周炳等十三人就在年初七到凤凰台短足旅行，李民魁等还选了区桃作"人日皇后"，那天的"皇后"专管游山，"到哪里，呆多久，食物怎样分配，都归她管。"

正月十五日元宵节前，广府地区有张挂花灯的习俗。清末陈坤《岭南杂事诗钞》云："新年才入瑞先征，火树银花岁事仍。偶过邻翁扶醉说，亲朋几处约开灯。"③ 并注曰："广俗上元节前数日，即以花灯牲醴于神前供奉，邀集亲朋饮福，谓之开灯。"④ 同一时期，有几首羊城竹枝词也说："花灯万点月初升，彩结灯棚夜色凝，爆竹声传春意闹，家家儿子弄鱼灯"⑤；"节近元宵乐未休，买灯人到四牌楼，愿郎买得花灯后，照妾青春到白头"⑥；"满城锣鼓庆春魁，转盼元宵节又催，好是今年新景象，儿童争说看灯回"⑦。旧时广州有首叫《点着花灯》的儿歌也唱及挂花灯一俗："点着花灯拜大神，保佑亚爹多赚银。赚到白银起大屋，年年买盏大花灯。"⑧ 至于花灯的品类和造型，"有所谓'添丁灯'者，有所谓'发财灯'者，其为样也，或为莲花，或为莲藕，或为树头，或为福禄寿三星，或和合二仙，种种式式，镂花剪彩，斗丽争妍。"⑨ 清末还有粤讴咏开灯之俗："真高兴，处处都话开灯，唔

---

① 亨特：《旧中国杂记》，第 8 页。
② 广州市地方志编纂委员会编《广州市志》卷十七，万方数据电子出版社，第 71 页。
③ 雷梦水、潘超、孙忠铨、钟山编《中华竹枝词》，第 2799 页。
④ 同上书，第 2799 页。
⑤ 同上书，第 2978 页。
⑥ 同上书，第 2995 页。
⑦ 同上书，第 2988 页。
⑧ 刘万章：《广州儿歌甲集》，国立中山大学语言历史研究所编印，1928，第 156 页。
⑨ 广东省立中山图书馆编《旧粤百态：广东省立中山图书馆藏晚清画报选辑》，第 172 页。

知呢条偌例，点解得咁通行。唔论佢系在乡，还是在省，都话开过灯就发横财，更有嫩仔生。试向花灯细问问，佢肯定把丁财赠，第一要发财先，生仔重在第二层，你若唔声，我都要问到你肯，如果唔肯应承，就话你捉我亚庚，个阵话起'散灯'二字，连十五都唔等。你从高高揢，我亦会担张凳，火起便用火黎焚化，睇过你知错定唔曾！"① 这首粤讴将花灯拟人化，说挂灯者向花灯提出发财添丁的要求，若花灯不答应，就用"散灯"、火烧来要挟，模拟生动，语调诙谐，明确点出挂灯者的现实目的。

小说《绣鞋记》第十二回里则写了清时东莞元宵节的盛况："时值新正十五元宵佳景，家家结彩，户户张灯，来往游人络绎不绝"，"黄成通久困家居，心中纳闷，一日携童步出街市，聊散心神，穿街过巷，赏玩花灯，其间景致纷纭，真乃观之不尽。所谓：火树银花合，星桥铁锁开"。而羊城元宵节的盛况，则有大量的竹枝词咏及："鱼灯万颗耀长空，闹热元宵处处同。顶马狮龙人物好，衢歌巷舞尽儿童"，"扫就容妆半淡浓，观灯态度更从容。生憎年少人轻薄，少看灯花多看侬"，"元宵箫鼓韵和谐，火树银花遍六街。更有鱼灯终夜出，官清民乐举头牌。"（注曰："粤城上元夜出牌灯。第一牌必写'官清民乐'四字。"）"上元灯火六街红，人影衣香处处同。一笑相逢无别讯，谁家灯虎制来工"②，"福缘善庆瑞频征，花女花男乐事仍；又喜上元佳节近，家家床挂阿婆灯"③。从这些竹枝词中，依稀可见当年盛况。

对于春节风俗，一首广州民谣概括得颇为精炼、有趣，其辞曰："初一人拜神，初二人拜人，初三穷鬼日，初四人乞米，初五初六正是年，初七寻春去，初八八不归，初九九头空，初十打春去，十一打仔

① 广东省立中山图书馆编《旧粤百态：广东省立中山图书馆藏晚清画报选辑》，第172页。
② 雷梦水、潘超、孙忠铨、钟山编《中华竹枝词》，第2799。
③ 同上。

回，十二搭灯棚，十三人开灯，十四灯火明，十五祈完灯，采青走百病。"

2. 端午节

农历五月初五是端午节，又称端五、重五、端阳等。广府百姓在这天也如中原一样赛龙船、吃粽子。不过广州旧俗，端午之前几天便有送节之举。① 如小说《蜃楼志全传》里，将近端阳，苏吉士便差杜宠送些花粉、角黍及纱罗之类与冶容、茹氏二人。花粉可能即香粉，是用来制作香包的。端午期间，广府地区的姑娘、儿童多会佩戴五色丝线织成的香包。② 黍，即粽子，古时因以菰叶裹黍米成尖角状，故称角黍，后来用糯米代替了黍米，便多称粽子了。广府地区包粽用的粽叶，是冬叶，这与内地各省相异。屈大均《广东新语》卷九《事语》云："五月自朔至五日，以粽心草系黍，卷以冬叶，以象阴阳包裹。"又云："有冬叶者，状如芭蕉叶，湿时以裹角黍。"大概因为"南方地性热，物易腐败"，用冬叶裹粽，"藏之可持久"。诗云："五月街头人卖叶，卷成片片似芭蕉"③，这说的就是冬叶。纱罗，可能是用来做夏天新衣的。旧时广府人会在端午节穿上凉爽的新衣。如清末《羊城竹枝词》说："鹅毛扇子又频挥，衫着薯莨汗点稀。看罢龙船归去早，商量食粽送寒衣。"④ 这薯莨是指薯莨纱，又名香云纱，是一种明清至民初时流行于岭南的独特夏衣面料，有轻薄凉爽、柔软不皱的特点。端午穿新衣的习俗到民初还有。像小说《三家巷》里，区家在端午那天就全家穿了新衣服。旧俗端午还会在大门上挂菖蒲、艾叶、凤尾草等，并扎一蒜头以朱涂之，并用雄黄酒调朱砂在孩子的额头、胸口、手心点上一红点，据

---

① 广州市地方志编纂委员会编《广州市志》卷十七，万方数据电子出版社，第72页。
② 同上。
③ 何文广：《广州竹枝词选》，《岭南文史》1983年第2期。
④ 吟香阁主人：《羊城竹枝词》，清光绪元年刊本。

说可以辟邪。① 诗曰："龙船花又狗牙花，端午人家共辟邪。艾叶似旗蒲似剑，儿童粉额点珠砂。"②

据 1907 年的《时事画报》所载，其时广府人尚有于端午燃烧蚊烟一俗。清末《时事画报》就有《蚊烟》图，图上所附粤讴唱道："天中节，处处都点起个的蚊烟，是否当.（去声）哓蚊烟，故此把佢烧燃，人话点过，就周年蚊可免。除非造蚊烟香个位，系大罗仙，如果有咁灵擎，驶乜卖得咁贱，禀明专利，包佢一定捞钱。一年有十二个月长，不过点佢一遍，料得人人争买，都话好过广东毡。边个好心，就叫沙虫（仄读）□将蚊变，变亲蚊就唔得掂，我实见咸阳一炬，极可人怜。"③这是说其时广府百姓习惯在端午节点蚊烟驱蚊，据说这天烧过蚊烟后，家里就整年都可以免除蚊患了，故此家家户户都买蚊烟来燃烧。此俗至民初尚存，20 世纪 20 年代的《民国日报》就有诗咏广州端午习俗云："五月初间斟艾酒，荔枝红熟可尝新。龙船花共草蒲草，每扎街前卖几文。冬叶买来齐裹粽，蚊烟点着可驱蚊。"④

赛龙舟则是端午节几乎全国必备的民间活动。广府人叫"扒龙船"或"扒龙舟"。旧例在四月初八浴佛节便起龙船，俗话说："四月八，龙船随海滑"即指此。清代小说《圣朝鼎盛万年青》第十七回就提到广州端午赛龙舟："广东风俗，例斗龙舟数天，海幢寺热闹非常"。清代的海幢寺北濒珠江，是入城泊船之处，龙舟竞渡自然也经过此地，至今海幢寺附近尚有地名名龙船岗。小说《绣鞋记》第二回则提及清代莞城端午节的盛况："不觉乃是端阳佳节，柳垂陇畔，荔熟村头，画舫兰桡，男女共看龙舟竞渡，满河尽是游人。笙歌迭奏，锣鼓喧天，十分

① 广州市地方志编纂委员会编《广州市志》卷十七，万方数据电子出版社，第 72~73 页。
② 雷梦水、潘超、孙忠铨、钟山编《中华竹枝词》，第 2928~2929 页。
③ 广东省立中山图书馆编《旧粤百态：广东省立中山图书馆藏晚清画报选辑》，第 176 页。
④ 《民国日报》1927 年 6 月 6 日。

热闹"。清末《时事画报》的配图就描绘了当时龙船竞渡、游船旁观的盛况，文字说明则道及当时省城龙舟和乡镇龙舟的区别："龙船之戏，吾粤最盛，各乡镇间常赛会，亦有是举，而于端阳前后为尤盛焉。龙船有二种，有竞快者，有不竞快者，乡镇之龙船多竞快，省城之龙船则惟鼓锣旗伞，上下梭巡，谓之游河焉已。盖省河船舶太多，不能飞渡故也。"清末羊城竹枝词"城濠五月艇如梭，夕照龙舟渐渐多。笑指画船闺阁女，不因竞渡肯游河。"① 说的也是这种情况。《时事画报》其后尚有粤讴一首："呢阵乜野世界，正系竞渡时期。点得乱流渡过，鼓棹如飞，个个都话要夺锦标，谁肯认吓第二，只争扒快与及扒迟。可惜呢个梢公唔会押尾，让人先渡，自己堕落□微。总系胜负相争，天道却在后起，若晓从今奋力，省券尚可操持。海上扒船，有人在岸上企，喂！打醒主意，莫作儿戏，万一斗人唔住，就哈笑破个佬口唇皮。"② 生动反映了广府地区"扒龙舟"时各龙船奋力争先的情景。民初时《民国日报》曾刊登《广州端午风俗歌》，总结广州的端午风俗："初五日，是端阳，朱砂黄纸写符章，香包挂在襟头上，绸袂纱衫好在行。睇见龙船长十丈，锦标罗伞甚辉煌，鼓声震动冲波浪，水色娇娇艇内装。紫洞船头绷布帐，游河公子坐船仓。渡头挤拥人来往，热闹奢华又一场。"③

3. 七夕

每年的农历七月初七，是七夕节，又称乞巧节，民间相传为牛郎织女的相会之期。"七夕"源于汉朝，东晋葛洪的《西京杂记》就有"汉彩女常以七月七日穿七孔针于开襟楼，人俱习之"的记载。

广府人俗称"七夕"为"七姐诞"。"七夕前，一般未嫁姑娘就用通草、色纸、芝麻、米粉等制成各种花果、仕女、器物、宫室等物。还

---

① 雷梦水、潘超、孙忠铨、钟山编《中华竹枝词》，第 2958～2959 页。
② 广东省立中山图书馆编《旧粤百态：广东省立中山图书馆藏晚清画报选辑》，第 186 页。
③ 《民国日报》927 年 6 月 6 日。

浸小盆谷和绿豆，使之发芽，长到二寸高左右，称为'拜仙禾'、'拜仙菜'。七月初六夜初更时，姑娘们便穿上漂亮的衣服，戴上首饰，把指甲染成红色，尽量把厅堂摆得好看。富家则锦屏绣椅，一般人家也窗明几净。八仙台上摆着早已做好的各式物品，配上古董珍玩、生花、时果。还有一样少不得的是脂粉。摆好物品后，姑娘们便焚香燃烛，点起放在'拜仙禾'、'拜仙菜'中间的油灯，向空跪拜，称为'迎仙'。自三更至五更，礼拜七次。……拜仙之后，姑娘便于朦胧灯影之中持绸线穿针孔，穿过者便称为巧手（乞到巧了）。"① 正是"乞巧楼前设寿筵，错陈瓜果逐天仙。胡麻点砌谁家好，绣履妆盘件件鲜。"②

清人更有长篇竹枝词专咏羊城七夕曰："越王台畔雨初停，几处秋光到画屏。好是罗云弦月夜，家家儿女说双星。绣闼瑶扉取次开，花为屏障玉为台。青溪小妹蓝桥姊，有约今宵乞巧来。十丈长筵五色香，香奁金翠竞铺张。可应天上神仙侣，也学人间时世妆。稻苗豆荚绿成丛，费尽滋培一月功。嫩绿几层红一点，羊灯光在翠秧中。小品华蕤制最精，胡麻胶液巧经营。不知翠袖红窗下，几许工夫作得成。排当真成锦一窝，妙偷鸳杼胜鸾梭。何须更向天孙乞，只觉闺中巧更多。约伴烧香历五更，褰裙几度下阶行。相看莫讶腰肢倦，街鼓遥传第四声。姊妹追随上下肩，个侬新试嫁衣鲜。娇痴小妹工嘲谑，明岁何人又谢仙。几盏清泉汲夜深，铜盘承取置庭心。今年得巧知多少，水影明朝验绣针。升平旧事记从前，动费豪家百万钱。昔日繁华今日梦，有人闲说道光年。"③

小说《三家巷》里则详细生动地再现了旧时青年女子迎接七夕的过程。"不知不觉又到了旧历七月初六。……那天，区桃歇了一天工，

① 广州市地方志编纂委员会编《广州市志》卷十七，万方数据电子出版社，第 73 页。
② 雷梦水、潘超、孙忠铨、钟山编《中华竹枝词》，第 1997 页。
③ 雷梦水、潘超、孙忠铨、钟山编《中华竹枝词》，第 2754～2755 页。

大清早起，打扮得素净悠闲，轻手轻脚地在掇弄什么东西。神厅前面正中的地方，放着一张擦得干干净净的八仙桌子，桌上摆着三盘用稻谷发起来的禾苗。每盘禾苗都用红纸剪的通花彩带围着，禾苗当中用小碟子倒扣着，压出一个圆圆的空心，准备晚上拜七姐的时候点灯用的。这七月初七是女儿的节日，所有的女孩子家都要独出心裁，做出一些奇妙精致的巧活儿，在七月初六晚上拿出来乞巧。大家只看见这几盘禾苗，又看见区桃全神贯注地走出走进，都不知道她要搞些什么名堂。……到天黑掌灯的时候，八仙桌上的禾苗盘子也点上了小油盏，掩映通明。区桃把她的细巧供物一件一件摆出来。有丁方不到一寸的钉金绣花裙褂，有一粒谷子般大小的各种绣花软缎高底鞋、平底鞋、木底鞋、拖鞋、凉鞋和五颜六色的袜子，有玲珑轻飘的罗帐、被单、窗帘、桌围，有指甲般大小的各种扇子、手帕，还有式样齐全的梳妆用具，胭脂水粉，真是看得大家眼花缭乱，赞不绝口。此外又有四盆香花，更加珍贵。那四盆花都只有酒杯大小，一盆莲花，一盆茉莉，一盆玫瑰，一盆夜合，每盆有花两朵，清香四溢。区桃告诉大家，每盆之中，都有一朵真的，一朵假的。可是任凭大家尽看尽猜，也分不出哪朵是真的，哪朵是假的。只见区桃穿了雪白布衫，衬着那窄窄的眼眉，乌黑的头发，在这些供物中间飘来飘去，好像她本人就是下凡的织女。摆设停当，那看乞巧的人就来了。依照广州的风俗，这天晚上姑娘们摆出巧物来，就得任人观赏，任人品评。哪家看的人多，哪家的姑娘就体面。不一会儿，来看区家摆设的人越来越多，有男有女，有老有小，哄哄闹闹，有说有笑，把一个神厅都挤满了。……区苏、区桃两姊妹也不理那林开泰，只顾点上香烛，祭拜七姐。拜完之后，两姊妹一人一个蒲团，并排儿跪在香案前面，区杨氏一个人给一根针，一根线，叫她们两个人同时穿针，看谁穿得快。区桃露出洁白整齐的牙齿，把线头咬了一下，用手指把线头拈了一拈，跟着，只见她的小脑袋微微一低，她的细眼轻轻一眨，小手指动了一动，就把线穿进针孔里，站了起来。那动作的轻巧敏捷，十分好看。"

4. 中秋节

广府人俗称中秋节为"月光诞"。八月十五日早上，旧俗家家以月饼生果等祭祖拜神。晚上则以丰盛菜肴合家欢聚。民谚有云："冬唔饱，年唔饱，八月十五得餐饱。"当此佳节，家家户户在门口或天台挂起彩旗或彩灯，争妍斗丽，儿童则拿着灯在街上游玩。① 清人陈坤有诗咏曰："明月满城秋正中，香球高插大旗红。如何天上团圆节，恰似戎行气象雄。"② 诗下注曰："广州中秋夜，各家屋上树旗，悬香球，远望如在行间。"《九命奇冤》第九回里也写了广府中秋盛况和梁天来一家过节的情景："且说到了中秋那天，家家弦管，处处笙歌，好不热闹。此时正是平了'三藩'，广东经过兵燹，元气初复的时候，正是从兵乱中过来，重睹升平景象。广东风气，中秋这天，家家屋上，高竖彩旗，也有七星的，也有飞龙的，五色缤纷，迎风招展。到了晚上，还高高的竖起无数灯笼，争奇斗异，好不繁华。凌氏到了这一夜，率领儿媳孙媳孙女，在庭前赏月，诸人又极意承欢，只见一轮明月初升，万家灯火齐放，好不心旷神怡。"《大马扁》里，适逢佳节，"夜后家家笙管，处处弦歌"，康有为则唤了林魁一起登上观音山。到了山巅，俯瞰羊城的中秋夜景。康有为"向前远地一望，但见各家庆贺中秋的旗帜高扬，或纸或布，五光十色。凡羊角灯、走马灯、风筝灯，纸尾扎成批皮橙样，似攒珠串儿挂起，家家斗丽，户户争妍。瓦面上灯笼的灯光烛天照地，与月色争映。在那最高的所在看下海面去，没些遮蔽。水光涌着月色，如玉宇银涛，一点尘障儿也没有。那些买棹临流赏月的大大的画舫，细看去只像一叶的小扁舟。其余小艇总看不着，只见得万点灯光，在海面随波上下。又见一处更为闹热，一派灯火之光直冲霄汉。灯光之中，略

---

① 广州市地方志编纂委员会：《广州市志》（卷十七），万方数据电子出版社，第74页。
② 雷梦水、潘超、孙忠铨、钟山编《中华竹枝词》，第2805页。

认得横旗直帜，全用花绸剪成。灯光之下，隐隐无数花楼画舫，较别的船艇尤为繁华大观。康有为也料是谷埠花丛的去处，怪不得这样奢华。又朝西一望，觉灯光照耀，旗色飘扬，差不多像谷埠里一般，又料是陈塘的去处。"这里写中秋之夜，谷埠陈塘这些花花世界都甚为兴旺。清末江孔殷《中秋珠江杂感》亦云："盼尽金风尚不秋，宵深还坐海珠头。画船如织波如锦，未减秦淮纪夜游。""如水楼台又笛声，倚楼人倦放船行。尊前不唱韦娘曲，只有歌头水面生。"① 写的大概就是中秋夜珠江紫洞艇上的见闻了。江孔殷还写道："旧是神仙今酒徒，人间天上两模糊。眼前粉墨登场处，我却中年哀乐无。"② 可知有些人家在中秋夜还会到戏院看戏度节。

晚饭后，一般是拜月，然后一家老少围坐在一起食月饼、剥芋头、吃田螺，吃生果，畅叙至深夜。有《羊城竹枝词》为证："中秋佳节近如何，饼饵家家馈送多。拜罢嫦娥斟月下，芋香啖遍更香螺。"③《广东新语》说："八月蓼花水至，有月，则是岁多珠，为大饼象月浮。桂酒剥芋，芋有十四种，以黄者为贵。"甚至摆放也有惯例，通常把芋头一碟摆出，中间为芋母，四面为芋仔。④《警富新书》第五回里：节近中秋，宗孔一日经过天来的黄苗冈上，窥见白芋刚熟，回去就怂恿凌贵兴合人前往盗挖。

5. 重阳节

每年农历的九月九日是重阳节。传统旧俗，人们会在这天携带菊花糕和茱萸酒登高。而清代时广州人重阳登高多是登越秀山。清康熙时王士祯的《广州游览小志》说："（越秀）山据粤城最高处，凭高下瞰，

① 江孔殷：《兰斋诗存》（卷一）。
② 江孔殷：《兰斋诗存》卷一。
③ 雷梦水、潘超、孙忠铨、钟山编《中华竹枝词》，第2954页。
④ 广州市地方志编纂委员会编《广州市志》卷十七，万方数据电子出版社，第74页。

远江如带，目尽炎海。粤人三月三日、九月九日，多游于此。"① 清代小说《蜃楼志全传》第四回里，李匠山就在重阳节对众学生说："今值登高佳节，不可不到越秀山一游。但不可坐肩舆，致遭山灵唾骂。""于是师弟五人，带了馆僮，缓步出门。到了龙宫前，少歇片时，然后登山。游览一回，至僧房少憩。倚窗望去，万家烟火，六市嚣尘，真是人工难绘。又见那洋面上，绘船米艇，梭织云飞。"面对如此美景，李匠山诗兴勃然，援笔立就《登越秀山》："秋风吹上越王台，乘兴登临倦眼开。瓦错鱼鳞蒸海气，城排雉堞抱山隈。珠楼矗向云间立，琛舶纷从画里来。野老何须悲此会，千年宫殿也蒿莱。"下山后，"五人又回转书房，在前轩设了酒席，对着五六十盆秋菊，共相斟酌"。清道光年间进士张维屏也有一首《九日粤秀山登高》的杂言诗："夜闻花塔风铃语，明日天当不风雨。晓来万里无纤云，倒挽澄江洗天宇。峨峨南城公，有似古欧阳，山水得真乐，春秋佳日可以对客倾壶觞。我时抑伏闾里，公来招我翠微里。坐我越冈之侧、楚庭之巅。吹我以五仙观上之灵风，涤我以鲍姑井中之甘泉，酌我以鹅黄鸭绿之美酒，示我以瑶绳金检之奇篇，使我沉忧得释、烦疴得蠲。左把稚川袖、右拍安期肩，飞舃脱帽银海眩，斗觉南溟云气浮樽前。羊城万户杂烟树，下视漠漠苍苍然。有人山下一矫首，望见酒龙诗虎底皆神仙。不知今日海内名山百千亿，几人高会罗群贤？朝台安在哉？歌舞亦消歇。王弘颇解事，长房莫饶舌。茱萸之囊系臂求长生，何似菊花之酒长不竭。百壶欲尽醉兀兀，风马云车去飘忽，山头客散山不孤，一片飞来汉时月。"② 写诗人与朋友登山饮酒、应景赋诗的情景。因为越秀山上建有镇海楼，所以人们登高时也经常一并登上镇海楼。如钱澄之《九日登五层楼望越王台同曹素

---

① 王士祯：《广州游览小志》，齐鲁书社，1997，第3页。
② 陈永正：《岭南历代诗选》，广东人民出版社，1993，第501~502页。

臣万子荆潘霜鹤分韵》诗曰："五层楼上北窗开，委土犹传拜汉台。故
国山河空举目，他乡时节一衔杯。千重树白潮声上，万里秋清海色来。
遥忆兄弟高处望，天南无雁寄书回。"[1] 清末陈坤亦有诗曰："一年容易
又深秋，结袂联踪汗漫游。笑向登高何处去，观音山上五层楼。"[2] 诗
下自注曰："粤秀山左，明洪武初永嘉侯朱亮祖建镇海楼，凡五层，俗
因呼为五层楼。矗立云汉，山川形胜，一瞬可悉。重九日，城中士女登
高，相率至此。"观音山即越秀山。清末羊城竹枝词也有"五层楼上挹
商飙，萸酒花糕兴侑饶"之句。[3] 清末诗人黄节也有一首《庚子重九登
镇海楼》诗云："东南佳气郁高楼，天到沧溟地陡收。万舶青烟瀛海
晚，千山红树越台秋。曾闻栗里归陶令，谁作新亭泣楚囚。凭眺莫遗桓
武恨，陆沉何日起神州。"[4] 黄节经历的庚子年即公元 1900 年，当年发
生了庚子事变，第二年即签订了《辛丑条约》。在这多事之秋，黄节登
临高楼，眼前壮阔景观却难解其忧国之思。其时广州人除了登越秀山五
层楼还有登六榕寺花塔的，因这两处都是当时广州建筑物的制高点，后
来则多为登白云山。

　　除了登高，广府人过重阳尚有放纸鹞之俗。《广东新语》云："（九
月）九日载花糕萸酒，登五层楼、双塔，放响弓鹞。"[5] 放纸鹞的日子，
有的地方在九月九日，有的地方在九月十日。《广东新语》就记载了佛
山每年九月十日举行的放鹞会："先期主者悬式于鹞场，鹞皆以白楚纸
为之，凡两翼，一竿一弓。翼广一尺，以平为上。竿长三尺，弓二尺，
弦以竹根片或铜片，以薄为上。主者察之，嵌以印。放日，主者立一竿
于地，长二丈。人十人为耦，离竿二丈，约之曰，毋过竿，毋不及竿，

① 钱澄之：《钱澄之全集》之四《藏山阁集》，黄山书社，2004 年。
② 雷梦水、潘超、孙忠铨、钟山编《中华竹枝词》，第 2806 页。
③ 同上书，第 2959 页。
④ 曾新：《越秀山》，广东人民出版社，2008，第 50 页。
⑤ 屈大均：《广东新语》，第 299 页。

出大竿，复出小竿，如是者赏。约已，依次而度，鹞出于竿末，则以线之直上者为上。线已直上，则竿中更吐一竿，高至三丈，又以线之直出于三丈之末者为上。线既直出于三丈之末，又以鹞之声清和中节，而其态回翔合度者为上。"① 清道光时江仲瑜有诗咏此俗曰："万家秋色赵陀城，粤秀山前景物清。到处响弓齐入耳，西风吹遍纸鹞声。"② 清末羊城竹枝词也有句："最爱群儿越台上，登高齐放响弓鹞。"③ 清末陈坤亦有诗曰："重九登临意若何，游人翘首白云多。纸鹞放罢心私喜，灾难从今带去么？"注曰："重九登高放纸鹞，谓之放灾难。"这种"鹞用白楚纸做成，两翼一竿一弓，羽宽一尺，竿长三尺，弓长二尺，弦以竹根片或薄铜片制做，放出后清和有声，故名'响弓鹞'。"④ 有的人还会"于纸鹞上大书'流灾流难'四字，放至高处，则将线割，使之流落别处，谓如是则脱除灾难"⑤。可见广州人放纸鹞也是为了讲意头的。

6. 冬至

广州人有句俗语叫做"冬至大过年"，可见冬至在广州是个很重要的节日。每年冬至，广府地区大都有拜祭祖先的习俗。清初屈大均《广东新语》云："岁冬至，举宗行礼，主鬯者必推宗子"。屈大均还饶有兴致地回忆家乡往事道："予乡大宗祠，岁冬至日，翁必率宗人千余奠爵献俎于始祖。予曾两侍翁饮福，随诸父兄上寿。翁举觥辄釂，酣畅无倦。予祝曰：'天上有寿星，饮酒辄一石。人间有酒龙，为寿亦过百。'翁之谓也。翁大喜，赐以巨觥。"⑥ 全族人都参加冬至祭祖，可知冬至在广府人心中是何等重要。

---

① 屈大均：《广东新语》，第 300 页。
② 雷梦水、潘超、孙忠铨、钟山编《中华竹枝词》，第 2749 页。
③ 同上书，第 2959 页。
④ 广州市地方志编纂委员会编《广州市志》卷十七，万方数据电子出版社，第 74 页。
⑤ 广东省立中山图书馆《旧粤百态：广东省立中山图书馆藏晚清画报选辑》，第 182 页。
⑥ 屈大均：《广东新语》，第 231 页。

另外，广府人还喜欢在冬至全家团聚在一起吃饭——吃鱼生、打边炉。《广东新语》云："冬至曰亚岁，食鲙，为家宴团冬"，"冬至围炉而食，曰打边炉"，"又冬至日宜食，谚曰：'冬至鱼生，夏至犬肉。'予诗：'鱼脍宜生酒，餐来最益人。临溪亲举网，及此一阳春'"。① 清代羊城竹枝词也说："相逢九九话消寒，打个边炉且共餐。有酒当从知己饮，人生开口笑时难"②，"雪花从不洒仙城，冬至阳回日日晴，萝蔔正佳篱菊放，晶盘五色进鱼生"③，"萝卜霏丝菊灿英，漱珠桥畔卖鱼生，人传今日为冬至，怪底夷楼叶架棚"④，"冬至鱼生处处同，鲜鱼脔切玉玲珑，一杯热酒聊消冷，犹是前朝食脍风"⑤。

（二）诞会

1. 生菜会

清道光年间《广州府志》载："迎春日……啖生菜、春饼以迎生气。"可知广府人有在春天吃生菜的习惯，取的是其"迎生气"的寓意。清末《点石斋画报》就曾图文并茂地描绘了当时南海生菜会的盛况："生菜，本名莴苣。粤人因其菜可生食，故以名之。每届新岁，居民互相赠言，盖取生发之意。不意今更有以为会者。南海县属人云圩，有观音庙焉……士人以元月二十六祝神灵诞，不知何故谓为生菜会。男妇祈嗣者麋集该庙，虔诚办香。庙前饭馆、酒馆鳞次栉比，以备游人饮食。唯是日肴馔中，虽水陆并陈，必以生菜为主，以至老圃皆利市三倍。虽价值稍昂，人亦不靳有利市以赴会者，烟苗露甲，嚼齿香生，有

---

① 屈大均：《广东新语》，第 559 页。
② 雷梦水、潘超、孙忠铨、钟山编《中华竹枝词》，第 2807 页。
③ 同上书，第 2932 页。
④ 同上书，第 2941 页。
⑤ 同上书，第 2946 页。

会后市归以取生机者。嫩绿柔青，盈筐满篋，亦一时之佳话也。"① 时间稍晚的《时事画报》也报道过南海生菜会："官窑白衣观音庙，每年正月念（'廿'之误）六日，士女前往参神者甚众，衣香人影，络绎途中，画桨锦帆，徘徊水上。俗虽陋，会则甚盛也。庙旁有小岗，参神者团聚于此，男女杂沓，日贻不禁，人各买生菜携归，谓得此便可添丁。"② 这是说广府人后来将春日食生菜的习俗和观音诞庙会结合在了一起。每年的农历正月二十六日，广府地区的善男信女就前往南海官窑镇观音庙进香、买生菜、吃生菜。可能因观音有送子一说，所以百姓们参加生菜会的主要目的就是祈嗣求子。《时事画报》还有咏此俗的粤讴："生菜会，引动咁多人，画舫云连，泊在岸滨。凝妆少妇，上手添丁瘾，猪栏搬过，又到此参神。神劝一句多娇：须把志奋，想食酸姜，先要咬断菜根，菜叫造生，名自称实。食完番去，可以造定搂裙，想着生仔个宗，又唔怕冇品。天咁混沌，似此无遮大会，我实话佢引坏乡民。"③ 意指参加生菜会的民众男女混杂、不成体统云。生菜会在广府很多地方都有举行，除了前面提到的南海官窑，还有广州坑口、黄岐北村等地。

观音诞之日，有的地方的信众不仅求子，还求财，说正月二十六是观音开库的日子，可以向神灵借库云云。清末羊城竹枝词曰："神祠高耸玉山阿，招引烧香士女过。闻说观音开库日，白莲台下美人多。"④ 陈坤的《岭南杂事诗抄》也说："频占利市入新年，稽首慈云借库钱。他日归还随尔便，福田先广种心田。"⑤ 诗下注："省城内粤秀山上立庙，奉祀观音大士，因呼为观音山。每岁正月观音开库，如往借钱数文

① 《点石斋画报》1884 年 5 月 8 日。
② 广东省立中山图书馆编《旧粤百态：广东省立中山图书馆藏晚清画报选辑》，第 174 页。
③ 同上。
④ 雷梦水、潘超、孙忠铨、钟山编《中华竹枝词》，第 2929 页。
⑤ 同上书，第 2800 页。

以归，则必出纳赢余，来年须什百倍还库。原系庙祝谰言，偶有应验，遂为所惑，相习成风，殊觉可哂。"① 清末《时事画报》就有一《借裤》图，配文曰："正月廿六为观音山开库之期，粤俗妇女多往参神，凡去年曾借裤者，是日则前往还裤。'库'、'富'同音，又转而为'裤'，所借者，实非裤，以红纸封钱六文而已。有借有还千百转，恐神之追收旧数也，又知神之好收贵利也，于是连本带利，或十元，或八元，诚惶诚恐，三跪九扣（扣，通'叩'）首，端拱而奉还于神。和尚乃代神致词曰：'多谢多谢，今年记得再借。'"借库一俗，香港至今仍盛行。

2. 波罗诞

南海神庙又称"波罗庙"，位于广州黄埔庙头村，始建于隋朝，供奉南海神。关于南海神庙为何又叫作波罗庙，民间有不同说法。流传较广的一个说法是，唐朝时有波罗国商船泊于此地，船队中有一位名叫达奚的贡使，把带来的波罗树植于神庙前以作纪念。他因贪恋当地的美丽风光，以致误了归船不能回国，于是常常在海边眺望，希望能看到船队返航，最后石化在海边。时人奉之为波罗神，便在神庙里加奉他的塑像。② 所以后来南海神庙又称为波罗庙。波罗诞在每年的农历二月十一日至十三日，十三日为正诞。诞会期间，游人汇聚，香火鼎盛，百货贸易，热闹非常。明朝嘉靖进士田汝成的《广州竹枝词》就咏道："窄袖青衫白帢中，波罗庙里赛新春。圣重巫妪村村会，叠鼓鸣锣拜海神。"③清人崔弼的《波罗外纪》更详细描述了清嘉庆年间波罗诞庙会的热闹情景："波罗庙每岁二月初旬，远近环集如市，楼船花艇，小舟大舸，连泊十余里，有不得就岸者，架长篙接木板作桥，越数十重船以渡，其

---

① 雷梦水、潘超、孙忠铨、钟山编《中华竹枝词》，第 2801 页。
② 叶春生：《广府民俗》，广东人民出版社，2000，第 65 页。
③ 雷梦水、潘超、孙忠铨、钟山编《中华竹枝词》，第 2733 页。

船尾必竖进香灯笼。入夜，明烛万艘与红波辉映，管弦呕哑嘈杂，竟十余夕。连声爆竹，起火通宵，登舻而望，真天宫海市不是过矣。至十三日，海神诞期，谒神者……络绎，庙门填塞不能入庙……凡省会、佛山之所有日用器物玩好，闺阁之饰，儿童之乐，万货聚萃，陈列炫集，照耀人目。"① 民间甚至有"第一游波罗，第二娶老婆"之说。从《波罗外纪》的记述来看，当时人们多从水路乘艇前往神庙。清末有羊城竹枝词可证："春风二月扇微和，春水三篙起绿波。舲舸似凫人似蚁，共浮东海拜波罗。"② 林象鋆亦有诗曰："紫洞横流趁好风，波罗神庙虎潮东。明朝广利王生日，开得红棉异样红。"③ 这里的广利王即指南海神。此诗还特别提到了庙前红棉。说起这神庙的红棉，早在清初就有详细记载。屈大均《广东新语》云："南海祠前，有十余株最古，岁二月，祝融生朝，是花盛发。观者至数千人，光气熊熊，映颜面如赭。花时无叶，叶在花落之后，叶必七，如单叶茶。未叶时，真如十丈珊瑚，尉佗所谓烽火树也。予诗：'十丈珊瑚是木棉，花开红比朝霞鲜。天南树树皆烽火，不及攀枝花可怜。南海祠前十余树，祝融旄节花中驻。烛龙衔出似金盘，火凤巢来成绛羽。收香一一立花须，吐绶纷纷饮花乳。参天古干争盘挐，花时无叶何粉葩。白缀枝枝蝴蝶茧，红烧朵朵芙蓉砂。受命炎洲丽无匹，太阳烈气成嘉实。扶桑久已摧为薪，独有此花擎日出。'"④ 清嘉庆时诗人宋湘亦有诗咏曰："丹魂拍拍气熊熊，倔强虬龙烛烧空。人到海头才眼孔，花真汉后得英雄。越王台畔春初日，广利祠前夜半风。万道虹光掔南斗，为谁名压荔枝红。"⑤

而人们游诞会除了参神祈福，还少不了购买一只波罗鸡。这里提到

---

① 黄森章：《南海神庙》，广东人民出版社，2005，第 54~55 页。
② 雷梦水、潘超、孙忠铨、钟山编《中华竹枝词》，第 2964 页。
③ 同上书，第 2936 页。
④ 屈大均：《广东新语》，第 615~616 页。
⑤ 黄森章：《南海神庙》，广东人民出版社，2005，第 79 页。

的波罗鸡，不是真的鸡，而是在波罗诞期间出售的一种纸制鸡样工艺品。清嘉庆间崔弼《波罗外纪》云："糊纸作鸡涂以金翠或为表鸾彩凤，大小不一，谓之波罗鸡，凡谒神者游剧者必买符及鸡以归，馈赠邻里，谓鸡比符为灵。"清道光年间江仲瑜则有诗曰："亭名浴日祀东坡，南海神祠士女过。五色纸鸡都上市，木棉红处指波罗。"[1]清代羊城竹枝词也说："春深南海寿筵开，谒庙焚香买棹回。携得波罗鸡五色，曾瞻日出海东来。"[2]"邻家昨日波罗会，带得波罗鸡返来。"[3]"南海祠前古庙多，独钟灵秀在波罗，年年赛会游人返，买得红鸡共一窠"。[4]据说在数以万计的波罗鸡中，有一只会像真鸡那样啼叫，谁买到那只波罗鸡，谁就行运发达。

3. 华光诞

古代以炎帝为火神，也有祝融、回禄之说。道教则以王灵官为火神。但广府民间却习惯祀华光作火神，以农历九月二十八日作为华光诞。每年华光诞，粤省百姓就搭棚建醮，演戏酬神。[5]清末有羊城竹枝词曰："火星建醮竞禳灾，簇簇游人路不开。明轿夜深齐揭顶，传呼官眷看灯来"[6]，"火星醮设自何年，踏月人歌不夜天。陈设辉煌如阆苑，不知是佛是神仙"[7]。这讲的便是华光诞打醮。华光醮在清代流行了颇长时间。清人陈徽言在其《南越游记》中就曾详细记述其时粤省酬神打醮的盛况：

　　会城每岁九月华光神诞，里人先期于双门设坛，延羽流诵经，谓之保境平安醮。是风盛于道光乙未、丙申间，嗣后愈炽。雄镇街

---

① 雷梦水、潘超、孙忠铨、钟山编《中华竹枝词》，第 2749 页。

② 同上书，第 2801 页。

③ 同上书，第 2935 页。

④ 同上书，第 2966 页。

⑤ 广州市地方志编纂委员会编《广州市志》卷十七，万方数据电子出版社，第 61 页。

⑥ 雷梦水、潘超、孙忠铨、钟山编《中华竹枝词》，第 2992 页。

⑦ 何文广：《广州竹枝词选》，《岭南文史》1983 年第 2 期。

通衢建篾棚，棚高数丈，轩豁宏敞，涂以五色，皆花鸟人鱼之状。下复承以布幔，张灯施彩，中多琉璃洋物。市门各悬傀儡，造制奇巧，锦绣炫目。两旁栏内罗列名花珍果、珠玉古玩，错杂繁朊，靡不工致。间数武则有彩轩，中奏八音，歌声达旦，往来者流连观听。自藩署直至南门，灯火辉煌，金鼓喧震，男女耳目，势不暇给。凡三昼夜，复演剧以终其事，合计所费不下万金。而城埋内外，终岁各庙作道场，如是者，不一而足。庚戌秋，将届醮期，当事者以盗贼方滋，且醮坛密迩藩库，虑奸回藉以鼓衅，以是严禁。是风浸衰。①

而华光诞不仅在省城有，广府很多乡县都有。像清乾隆年间《佛山忠义乡志》就写道：

二十八日，"华光神诞"。神为南方赤帝火之司命，乡人事黑帝、天妃以祈水泽，事赤帝以消火灾。是月各坊建火清醮以答神贶，务极华侈，互相夸尚。用绸绫结成享殿，缀以玻璃之镜，衬以翡翠之毛，朱栏树其前，黼座凭于上，瑰奇错列，龙凤交飞，召巫作法事，凡三四昼夜。醮将毕，赴各庙烧香，曰"行香"。购古器，罗珍果，荤备水陆之精，素擅雕镂之巧。集伶人百余，分作十余队，与拈香捧物者相间而行，璀璨夺目，弦管纷咽。复饰彩童数架以随其后，金鼓震动、艳丽照人。所费盖不赀矣，而以汾流大街之肆为领袖焉。②

比较两段不同地方的华光诞描写，相同之处是珍奇罗列、务极奢华，相异之处是双门底火醮还要以演剧作为结束。

---

① 黄佛颐：《广州城坊志》，广东人民出版社，1994，第218~219页。
② 丁世良、赵放：《中国地方志民俗资料汇编》，北京图书馆出版社，1991，第701~702页。

五
明清以来文学中的广府信仰习尚

《史记·封禅书》云:"越人勇之乃言:'越人俗鬼,而其祠皆见鬼,数有效。昔东瓯王敬鬼,寿百六十岁。后世怠慢,故衰耗。'乃令越巫立越祝祠,安台无坛,亦祠天神上帝百鬼,而以鸡卜。上信之,越祠鸡卜始用。"① 岭南本蛮荒之地,越人断发文身,重巫崇鬼,早有传统。秦汉以后,中原文化百艺与道佛宗教远播岭南,与岭南本地的神话传说糅合为神佛圣灵的"多神信仰"崇拜。② 这种"多神信仰"成为广府人信仰的一大特色,而且民间普遍流行"拜得神多自有神庇佑"的说法。清人陈昙《邝斋杂记》云:"粤人佞神,妇女特甚,所有桥梁江岸、片瓦拳石,无不指为灵验而神明事之。老妪杯珓之卜、群儿扁额之奉,源源而来,几无隙地。尝见青龙社后修竹一丛,忽著灵异,好事者

---

① 《史记》,中华书局,1982,第1400页。
② 广州市地方志编纂委员会:《广州市志(卷十七)》,万方数据电子出版社,年份不确,第61页。

颜曰'长青君子之神',香火之盛,与长塘泥皂隶等,祈祷者昼夜不绝,楮锭焚其根下,簜干半已枯焦,而枝叶青葱如故,其理殆不可晓。"① 清杏岑果尔敏《广州土俗竹枝词》则写道:"粤人好鬼信非常,拜庙求神日日忙。大树土堆与顽石,也教消受一枝香。"② 鲁迅也说:"广东人的迷信似乎确实很不少,走过上海五方杂处的弄堂,只要看毕毕剥剥在那放鞭炮的,大门外的地上点着香烛的,十之九总是广东人。"③ 广府人的迷信在明清以来文学作品中也多有反映。

(一)神灵崇拜

原始的民间信仰认为日月、星辰、风火、雷电、山川、木石都有神灵主宰,故奉祀以求庇荫。风神称风伯、风姨。雨神除雨师外,认为系龙王专责;清代如遇天旱,官绅士庶均祭祀龙王求雨。④ 如小说《蜃楼志全传》写某年四月中旬,广中遭遇亢旱,"从二月播种之时下了一场小雨,以后涓滴俱无,那第一熟的早稻看来收不成了,米价霎时腾涌。江西、湖广等处打听得风声不好,客商不敢前来,斗米两银,民间大苦"。广府大老爷为此便亲自前往龙宫虔诚祈雨,最终端阳节前天降甘霖。用苏笑官母亲毛氏的话来说:"这本府实在是个好官。我前日在楼上,望见龙宫前拥挤热闹,那仆妇们说:'府大老爷天天步行上山求雨,一早起身,至午时才回,都在这太阳中走来走去,并不打伞的。'我还疑他是沽名钓誉。后来,又听得说他晚上露宿庭中,一切上下人等都吃斋穿素。果然是诚可通天,佛菩萨有灵有感!"这种官府带头的求雨之风,直到民国才消失。另,《鬼神传》第一回写永乐年间,有个广

① 关涵等:《岭南随笔》(外五种),广东人民出版社,2015,第348页。
② 杏岑果尔敏:《广州土俗竹枝词》,清同治十年刊本。
③ 鲁迅:《花边文学》,人民文学出版社,1973,第17页。
④ 广州市地方志编纂委员会编《广州市志》卷十七,万方数据电子出版社,第61页。

东广州府属的人叫秦闰，住在三湾海岸傍，每逢饮食，先祀河边。"每则用纸钱数页，心香三炷，请动三湾海岸诸众鬼神，祀完然后饮食。"可见，礼神之虔诚，几乎是上至官绅下至百姓的。

其他自然神灵崇拜还有雷公电母，俗称打雷公公、闪电娘娘。广府民众往昔对触电死者，认为系不敬天地，或是大逆不道、前生积孽所致。所以每值春雷乍响，不少人虔诚拜祭，以邀神佑。①

"广州人对神祇的信仰崇拜，主要源自中原传入的神灵、仙佛，糅合本地传说的地方神仙；其中不少是道佛两家共同信奉的，因而形成'多神信仰'。"②《三家巷》里，周家约丁方丈二的神厅就因居住了众多的神灵而显得有点拥挤不堪。"神台上供着关圣帝君的图像。神台下摆着一张八仙桌，桌子底下供着地主菩萨。神厅左手进门处，在墙上的神龛里供着门官神位，神龛两旁贴着对联，写道：'门从积德大，官自读书高。'门官之下，有一眼水井，井口用一个瓦坛子堵着，井旁又有井神。神厅大门上，还贴着'神荼、郁垒'一对门神。"广府民居供奉关帝，主要是辟邪镇宅；广府商户供奉关帝，除了辟邪镇宅外，还因为关帝在广东又被尊为武财神，商户供奉关帝以祈求生意兴隆、财源广进。地主菩萨即俗称的土地。"民间多在居室门首左侧置神龛，安奉'门官土地福德正神'；两旁配祀'年月招财童子，日时进宝天官'。屋内厅中的八仙台下，供奉地主。过年时用红纸写上'五方五土龙神，前后地主贵人'字样。平日设香炉灯盏，燃香点灯以祀，节时则以宝帛酒食拜祭。"③除了节时致祭，平日家中遇到喜庆也要酬神。像《劫余灰》里，李氏得知儿子中举后，就"要亲自到文昌宫、魁星阁去还愿，还要到观音庙烧香。"

---

①　广州市地方志编纂委员会编《广州市志》卷十七，万方数据电子出版社，第 61 页。

②　同上。

③　同上书，第 63 页。

广府地区的多神信仰还体现在几乎每个行业都供奉各自的行业神或保护神，而这些行业神或保护神有的还是广府特有的，与其他地方不同。《二十年目睹之怪现状》里，"我"与继之就谈起了广东的各种行业神：

广东人最信鬼神，也最重始祖，如靴业祀孙膑，木匠祀鲁班，裁缝祀轩辕之类，各处差不多相同的。惟有广东人，那怕没得可祀的，他也要硬找出一个来，这麻疯院当中供奉的却是冉伯牛。

广东人的迷信鬼神，有在理的，也有极不在理的。他们医生家止有个华佗；那些华佗庙里，每每在配殿上供了神农氏，这不是无理取闹么。至于张仲景，竟是没有知道的。真是做古人也有幸有不幸。我在江、浙一带，看见水木两作都供的是鲁班，广东的泥水匠却供著个有巢氏，这不是还在理么。

"最可笑的是那搭棚匠，他们供的不是古人。"述农道："难道供个时人？"我道："供的是个人，倒也罢了；他们供的却是一个蜘蛛，说他们搭棚就和蜘蛛布网一般，所以他们就奉以为师了。这个还说有所取意的。最奇的是剃头匠这一行事业，本来中国没有的，他又不懂得到满洲去查考查考这个事业是谁所创，却供了一个吕洞宾。他还附会著说，有一回，吕洞宾座下的柳仙下凡，到剃头店里去混闹，叫他们剃头；那头发只管随剃随长，足足剃了一整天，还剃不干净。幸得吕洞宾知道了，也摇身一变，变了个凡人模样，把那斩黄龙的飞剑取出来，吹了一口仙气，变了一把剃刀，走来代他剃干净了。柳仙不觉惊奇起来，问你是什么人，有这等法力。吕洞宾微微一笑，现了原形；柳仙才知道是师傅，连忙也现了原形，脑袋上长了一棵柳树，倒身下拜。师徒两个，化一阵清风而去。一班剃头匠，方才知道是神仙临凡，连忙焚香叩谢，从此就奉为祖师。"我道:"这些都是他们各家的私家祖师。还有那公用的,无论什么店铺,都是供著关神。其实关壮缪并未到过广东,不知广东人何以这般恭维他。还有一层最可笑的:凡姓关的人都要说是原籍山西,是关神之后。其实《三国志》载,'庞德之子庞会,随邓艾入蜀,灭尽关氏家',哪里还有个后来。"继之道:"这是小说之功。那一部《三国演义》,无论哪一种人,都喜欢看的。这部小说却又做得好,却又极推尊他,好像这一部大书都是为他而作的,所以就哄动了天下的人。"

总结上文,可知广府地区各行业供奉的行业神和保护神如下:靴业祀孙膑,木匠祀鲁班,裁缝祀轩辕,麻风院祀冉伯牛,医生祀华佗、神农氏,泥水匠祀有巢氏,搭棚匠祀蜘蛛,剃头匠祀吕洞宾,众行业都供奉的则是关公。其他没有论及的还有:纺织业祀张骞,孕妇祀花婆、金花夫人,绣工祀七姐、卢眉娘,铁匠祀涌铁夫人,渔民祀妈祖,粤剧戏班祀唐明皇、华光神。

广州寺院还有奉祀孙悟空的,并以八月十六为其诞期,旧广州不少人都会前往参拜祈福。信众在神前置玻璃盅,满注清水,插上一支玻璃漏斗(俗称"乒乓"),由于气流关系,会乒乓作响,就认作"大圣爷"降临讯号,这时信徒就会诚惶诚恐以香烛礼拜。[①] 这一迷信风俗,吴沃尧在《发财秘诀》第一回篇后评论中也有提及,他写道:"近日粤东妇人,不知何所取义,供奉孙悟空神像,香炉之上倒插料泡一个,偶然一响,则欣欣喜曰:大圣爷爷灵感来佑我矣。此等迷信省会富贵家尤多。"由此可知,不只寺庙有供奉,富贵人家也有在家中供奉的。这料泡,就是前文提到的"乒乓"。《发财秘诀》里还详细描述了它的外貌

---

① 广州市地方志编纂委员会编《广州市志》卷十七,万方数据电子出版社,第64页。

和作用:"原来是用玻璃吹成的一个泡儿,其样式就和馒头一般。那馒头面上正当中,却做出一个小管。那小管的玻琅略厚,那泡儿的玻璃却比纸还薄,靠底一面那块平玻璃,却做得略略有点微凹。用口衔着小管,微微一呼,那块凹玻璃便凸了出来;复微微一吸,那玻璃又凹了进去。如此不停吸呼,那玻璃也不住的凹凸。其凹凸之时,却有声响,作哝嘣哝嘣之声。广东人就叫他做哝嘣,是卖给小孩子玩的。小的不过荸荠大小,零卖只得二三文一个;大的有馒头大小,也不过十来文一个。"吴沃尧还解释了为何香炉上的料泡会作响:"实因料泡倒插炉中,其筒口为炉灰所闭,郁抑既久,偶一发泄,发泄之时,其气上冲,故作哝嘣响。屡试不爽。一日之中多则响三四次,少亦响一二次,总视炉灰之多少为响数之多少。灰多,则气愈塞;愈塞,则愈易鼓动而泄也。"但他"屡向妇人辈恺切开导,终执迷不悟,莫之肯信",只能徒自鸣呼"女学不明,神权迷信"了。

其实,岂止民间百姓迷信神权,就是当官的大老爷也一样迷信神权。像《发财秘诀》里,那大学士男爵两广总督叶名琛就终日在衙门里礼拜神仙。"广东人向来最信神仙,有时百姓过于迷信,官府还要从中禁止。此时第一个总督先信起来,百姓们自然比从前信的加倍了。"(《发财秘诀》第三回)

(二)祖先崇拜

崇拜祖先,是中华民族由来已久的传统。以往,广府民居都设有神楼,除供奉神佛外,在左方设祖先神位。正是"华屋蓬庐一例修,家家香火供神楼。"[1]《三家巷》里的周家正面神楼上就供着祖先牌位,放

---

[1] 雷梦水、潘超、孙忠铨、钟山编《中华竹枝词》,第 2790 页。

着香筒、油壶。广府百姓平日早晚燃香，后来电灯普及了，很多家庭就改用电香、电蜡烛。年节、忌辰则以三牲醴酒，香烛宝帛隆重祭祀。①家中有喜庆，例如结婚生子等，都要告祭祖先。像《蜃楼志》《廿载繁华梦》都提到广府人家结婚时在家祭祖的习俗。

除了在家祭祖，还有到祠堂祭祖的。"岭南之著姓右族，于广州为盛。广之世，于乡为盛。其土沃而人繁，或一乡一姓，或一乡二三姓，自唐宋以来，蝉连而居，安其土，乐其谣俗，鲜有迁徙他邦者。其大小宗祖祢皆有祠，代为堂构，以壮丽相高。每千人之族，祠数十所，小姓单家，族人不满百者，亦有祠数所。其曰大宗祠者，始祖之庙也。庶人而有始祖之庙，追远也，收族也。追远，孝也。收族，仁也。匪潜也，匪诣也。岁冬至，举宗行礼，主鬯者必推宗子。或支子祭告，则其祝文必云：裔孙某，谨因宗子某，敢昭告于某祖某考，不敢专也。其族长以朔望读祖训于祠，养老尊贤，赏善罚恶之典，一出于祠。"②"粤中世家望族大小宗祖祢，专有祠。代为堂构，以壮丽相高。其曰大宗祠者，始祖之庙也。祀祠主鬯，必推宗子。同祠养老尊贤，其费必出于祠。贵者、富者则又增益祠业，世世守之，此吾粤之古道也。"③ 而广州祖祠建筑之多，为全国之冠。

其中，位于广州的陈家祠是其中较华丽的一座，从建成之初到现在，一直是广州的一个著名旅游景点。1900 年，游历广州的美国摄影师詹姆斯·利卡尔顿就写道："这座精美的宗祠是所有陈姓人家共有的，从市井小民到达官贵人都可以摆放他们祖先的牌位。精致的祖庙中的牌位有三个级别，捐 200 两银子是一等，捐 100 两是二等，捐 40 两是三等。墙是砖砌的，院子的地面铺着花岗岩石板，细长的柱子和嵌有

① 广州市地方志编纂委员会编《广州市志》卷十七，万方数据电子出版社，第 65 页。
② 屈大均：《广东新语》，中华书局，1985，第 464 页。
③ 范端昂：《粤中见闻》，广东高等教育出版社，1988，第 51 页。

石板的栏杆是用灰色的花岗岩制成，请注意栏杆上雕刻的葡萄生长的样子，多么精美！房顶上装饰着精美的瓷器，从屋脊扩展到屋檐。穿过庭院的回廊上有顶棚，到处都装饰着色彩丰富的瓷器。可以想见这精美迷人的建筑上雕刻的怪诞装饰花费了多少时间。这些是全中国最好的工匠制作的。"[1] 对修建宗祠的不菲投入，反映了广府人崇敬祖先的传统。

大小宗祠均置数十以至千百亩祭田，祭田的收入名曰"蒸偿"，又俗称"太公箱"，以此作为四时祭祀、养老恤孤、尊贤奖学等的费用。"太公箱"通常遴选有声望的宗人负责管理。[2] 祭田是宗族的公共财产，不能随便变卖。《劫余灰》里，朱小翁与朱仲晦兄弟俩分家时，除了每人应得的田产外，尚剩了十亩祭田，作为蒸偿。后来朱仲晦手头紧，便与兄长商量，要把十亩祭田分了，每人五亩，好让他去变卖换钱。朱小翁不同意，更索性把十亩祭田去报了官，存了案，永远不准变卖。

旧时人们认为当官是光宗耀祖的事，所以当了官后，要到祖祠祭祀，感谢祖先福荫。而且俗语说"富贵不还乡，就如衣锦夜行"，回去乡祠致祭，也正好显示富贵派头。《廿载繁华梦》里，周庸佑做了个钦差的头等参赞，又加了个二品顶戴，便择日回乡谒祖。周庸佑一行五号画舫，"船上的牌衔，都是候补知府、尽先补用道、二品顶戴、赏戴花翎及出使英国头等参赞种种名目"，"船上又横旗高竖，大书'参赞府周'四个大红字"，"仪仗执事，摆列船头，浩浩荡荡，由花地经蟾步，沿佛山直望良坑村而去"。小说中更详细地描写了周庸佑一行人回到家乡祭祖的盛况。"这时，不特良坑村内老幼男女出来观看，便是左右村乡，都引动拖男带女，前来观看了。河边一带，真是人山人海。周家祠早打扫的洁净，祖祠内外，倒悬红结彩，就中一二绅衿耆老，也长袍短

---

① 詹姆斯·利卡尔顿：《1900，美国摄影师的中国照片日记》，第29页。
② 广州市地方志编纂委员会编《广州市志》卷十七，万方数据电子出版社，第65页。

褂，戴红帽，伺候着。选定那日午时，是天禄贵人拱照，金锣响动，周庸佑即登岸，十数个长随跟着，十来名护勇拥着而行，陪行的就是周少西、冯少伍，其余宾客亲友，都留在船上，另有人招待。先由乡内衿耆，在码头一揖迎接，也一齐到了祖祠。但见祠前门新挂一联道：'官声蜚异国，圣泽拜当朝。'墙上已遍粘报红，祠内摆设香案。先行三献礼，祭毕，随在两廊会茶。其中陪候的绅耆，俱是说些颂扬话，道是光增乡里，荣及祖宗。祠外族中子侄，有说要演戏的，有说是风水发达的，有的又说道：'要在祖祠竖两枝桅杆。'其中有懂得事的，就暗地说道：'他不是中举人中进士，哪里要竖起桅杆？'你一言，我一语。又因炮声、枪声、鼓乐声、炮竹声、人声喧闹，哪里听得清楚？少时，各绅耆因周庸佑离乡已久，都要带在乡中四围巡看，此时万人眼中，倒注视一个周庸佑。他头戴亮红顶子，身穿二品袍服，前呼后拥，好不钦羡。"这里讲的竖桅杆（或称竖旗杆），是族人参加科举取得进士后在祠堂前竖立旗杆的一种习俗，有光宗耀祖的意思。周庸佑并不是中进士做的官，所以没有资格在宗祠外竖旗杆。

（三）迷信活动

本章开头提及，早在汉朝，粤地就流行鸡卜。汉朝后，粤人又发展出更多问卜的方法。如唐郑熊《番禺杂记》记载："岭表占卜甚多，鼠米卜、箸卜、牛卜、骨卜、田螺卜、鸡印卜、篾竹卜，俗尚鬼故也。"①明清以来，比较流行的问卜法则是到各大寺庙宫观中拜神求签、掷杯等。最常见的是遇到疑难问题，希望神佛赐予解决办法或做出预言的。《警富新书》第二十四回里，梁天来身负莫大冤情，要上京告御状，出

① 参见宋潘自牧《记纂渊海》卷八十七引，四库全书本。

发前，便自往城隍庙求签，签内有"但得东方人着力，此时名利一番新"之句，然后又去城西的北帝庙许愿，将登程赴京御告之意详禀一番。这签文就预示了后文梁天来终于讨得公道、沉冤得雪的结局。有的问卜者则是就学业仕进、男女婚配、家宅平安等问题请求神示的。如《劫余灰》里，李氏儿子参加科举，李氏便如热锅上蚂蚁一般，终日行坐不安，或叫人去庙里求签，或叫人到摊头问卜，有时自己烧一炉家堂香，有时又许个魁星愿，比望榜的秀才还要心切。《廿载繁华梦》里，冯少伍告诉马氏张督帅要调省，马氏就说："既是如此，就是天公庇佑我们的。怪得我昨儿到城隍庙里参神，拿签筒儿求签，问问家宅，那签道是：'逢凶化吉，遇险皆安。目前晦滞，久后祯祥。'看来却是不错的。"冯少伍质疑求签问卜的凭据，马氏却说："自古道：'人未知，神先知。'哪里说没凭据？"有的不法之徒则利用民众的迷信骗取钱财。如清末《时事画报》就刊了一篇《司祝可杀》文，讲省城十三甫三界庙司祝聚集神棍数人，利用解签向前往参神的妇女行骗钱财。①

除了求签，还有问杯的。问杯，亦称"掷杯筊"，就是以两只木制或竹制的蚬壳形杯筊，在神前祷告，求卜休咎，一般连掷三次，看掷出后的俯仰底面，以决吉凶。② 杯筊的突出面称为"阳"，内平面称为"阴"，若掷出一阴一阳，就叫作"圣杯"（或"胜杯"），两阳的叫作笑杯，两阴的叫作阴杯。圣杯最佳，其次是笑杯、阴杯。侨居广州多年的美国人亨特在《旧中国杂记》中就记述了一个类似"掷杯筊"的仪式。行商潘启官的大儿子生病，请西医前往看病，但最后却没有服用其所开药。原来"按照习惯，在服药之前，要在华佗的神位前烧香，然后拿一式三块特制的小木头，一边是平面，另一边是凸面，求神判断这药吃了是好还是坏。判断的方法是将这三块小木头同时抛出空中几英

---

① 广东省立中山图书馆编《旧粤百态：广东省立中山图书馆藏晚清画报选辑》，第 225 页。
② 广州市地方志编纂委员会编《广州市志》卷十七，万方数据电子出版社，第 66 页。

尺高的光景，按它们落地的情形即可判断吉凶。"潘启官儿子抛掷木块所得的预兆不吉利，故而没有服用西医开的药。①

另外，还有一种较为复杂耗时的问卜法——扶乩。扶乩，又称"扶鸾""扶箕"。"施术者以朱盘承沙，上放丁字形木架，插一竹枝。二人分用手扶两端，燃香烧符，请神降坛，以决休咎。乩架因手臂抬举而抖动，就说所请之神已到。看乩架摆动和乩笔连句成篇，而卜吉凶。"②《羊石园演义》里，大冬叶的父亲淡竹叶"生平最神心敬佛，没有事的时候只是烧香顶礼，若有事情，无论大小必亲自扶鸾问仙，看乩上写出什么事来，他止一定依住造去。"而大冬叶又因"老爹淡竹叶恳好问乩，便估道神仙也十分灵验，因此每日里有什么事情只是求仙指示，乩仙着他往东他便是东，乩仙着他往西他便是西，不敢有些子违逆。因为信得这仙子太过，故此敌人有什么照会，他只一味弄著那个款子轻轻略书数字答应他便了，有时碰着他脾气不大合的，他竟一字不答也未可定"。后这大冬叶因溺信箕仙，轻敌而不设防，导致莺粟国军队攻进羊石园，大冬叶更被劫持，后客死他乡。这里的"大冬叶"其实是影射清末两广总督叶名琛，羊石园则指广州城，莺粟国即指英国。民间盛传叶名琛是因为过于迷信箕仙，没有做好防备部署而导致广州城在英兵的攻打下迅速失守。《发财秘诀》第三回也写到此事，说"那大学士男爵两广总督叶名琛终日在衙门里礼拜神仙，有时接见下属无非讲论他自己的文章、学问"。英人探得消息后，叫人用黑纸糊了两尊大炮，抛在水里。那纸糊的东西到了水里，自然要浮起来了。百姓看见了，便哗然哄传起来，说是洋人的铁炮也浮起来了，可见说什么船坚炮利都是欺人之谈。叶名琛听了却信以为真，幕僚提出疑问，叶名琛却请仙扶乩来问吉凶实信。那乩判出"十五日无事"五个字来，叶名琛更

---

① 亨特：《旧中国杂记》，第 32~33 页。
② 广州市地方志编纂委员会编《广州市志》卷十七，万方数据电子出版社，第 67 页。

是深信不疑，一点没有防备。众僚属乡绅来请设防，叶名琛一概置之不理，只说到了十五日就没事了。这事一传出来，广州城里各衙门都传为笑话。英军十三日开炮攻城，到了十四日，便把广州城攻破，率领滚兵直入，把叶名琛捉去了。

另外还有占卦、算命、看相的。《九命奇冤》中讲苏沛之同那些寓客谈风水、谈算命、谈卜卦、谈相面，"这几行事业，是中国人最迷信的，中国人之中，又要算广东人迷信得最厉害"。的确，广府很多人在小孩出生后，就把小孩八字交予算命先生算，看看五行是否齐全，是否需要在名字里添上和所缺五行相关的偏旁部首等。孩子长大婚配时又要把双方八字交给算命先生算过，看看是否相合，相合可以结婚，不合则不可结婚。讲居家风水的，室内摆设也要和主人八字结合来考虑。总之，一个在广府地区出生成长的人，从小到大，几乎都参与过这些旧俗。《九命奇冤》里，凌贵兴小的时候，他父亲就叫人为他算过多次命，都是说"什么三刑、六害，什么血光、阳刃"。后来凌贵兴因进学不如意，又去找了个叫马半仙的来算命，这马半仙就说："先要考定太阴、太阳、经纬，追究胎元、胎息，参考七政、四余、飞星、划度，还要装地盘神煞，考查流年小限，以断定一生衣禄。大约十天之后，方可应命。"十天后，批文出来了，讲凌贵兴丙午年就要发解，丁未年连捷，大魁天下，某年开坊，某年大拜，高兴得他手舞足蹈，如同疯子一般。《廿载繁华梦》里，周庸佑与邓氏成亲前便找人合过年庚八字。与算命目的相似的还有看相，粤语叫"睇相"，是以人的相格、形体、骨骼、掌纹、气色，推断其寿夭荣枯、吉凶祸福的方法。①《蜃楼志》倒数第二回，便借一位叫雷铁嘴的相士之口预言苏吉士等人的结局。对于苏吉士，雷铁嘴说道："阁下品貌乃

① 广州市地方志编纂委员会编《广州市志》卷十七，万方数据电子出版社，第66页。

水形，得水局也。正面有黄光，意无不遂；印堂多喜气，谋无不通。"然后又看了苏吉士的手，说道："手软如绵，闲且有钱；掌若血红，富而有禄。只嫌目太清，眉太秀，体不甚厚，形不甚丰：官虽有而不高，财虽聚而易散。所喜阴骘纹深，子宜八桂，寿卜古稀。"对延年，雷铁嘴则说他"地库光润，晚景稍可安闲；悬璧色明，家宅可无忧患"，对如玉则说他"三光明旺，六府高强，骨格清奇，必须显达，形容俊雅，终作贤良，腰圆背厚，自然玉带朝衣，眉耸神清，定主威权忠节。只是美中不足，虽居二品之贵，当叶三褫之占。老运亨通，身耽泉石。子宜两到，寿近渭滨"。在小说里，雷铁嘴所述种种，日后全部应验。《廿载繁华梦》里，马氏就曾请华林寺志存和尚到府中来为她看相。这志存暗忖马氏如何出身，如何情性，及夫婿何人，已统通晓得，纵然不能十分灵验，准有八九妥当，于是应邀前往。这志存为博马氏欢心，什么"掌软如绵，食禄万千""看巽宫则配夫必巨富，看离位则诰命至夫人""眼中清亮藏神，自然福寿人""万人中好容易有如此相格"等花言巧语吹了一通，说得马氏大悦，得了二百两赏银。

风水，又称"相宅"或"堪舆"，包括看阳宅和阴宅。阳宅即生者所居，阴宅即死者所葬。广府人向来重视风水，尤其富家大户，建筑宅院，选定山坟，全部要请风水先生来作顾问，认为风水能左右个人命运休咎、功名利禄等。《警富新书》里宗孔就说："古云：'命运先风水，阴阳后读书。'五者缺一，难以取功名也。"凌贵兴父亲在生时"所有作灶安神，必开罗盘，以定方位，即修渠小故，细选历书，堪舆未尝不究"。《鬼神传》第四回里广州府人蒋德也说："俺想世事一福、二运、三风水、四积阴功、五读书。"《鬼才伦文叙全集》中朱意盛也说："功名两字，全赖一命二运三风水，四积阴功五读书。"可见命运风水之说是何等深入人心。命既难改变，很多人就求助于风水，希望借改善风水而改运。清雍正年间，广府地区甚至有人因过分迷信风水而犯下轰动一时的多人命案。《警富新书》和《九命奇冤》讲的便是这件特大命案，主要讲广州府番禺县人凌贵兴因乡试不中，听了风水先生马半仙的话，认为是其表兄梁天来所居的石室犯了他先人的阴宅风水，便设法要梁天来转让家宅，好拆去移平。梁天来不肯，凌贵兴居然雇了一众强徒火烧梁家，造成梁家七尸八命的惨案。凌贵兴用钱收买了地方官府，梁天来有冤无法申，只能上京告状，最后恶人终于绳之以法云云。可见迷信风水实在是害人害己。但当时风水的观念可谓深入人心，看看清末《时事画报》的两则报道就知道：

> 省城电话局自开办后，用户日增，老城总局地方不敷安设杆线，故于西关设一分局。日前将木杆堆置路旁，日久不竖，几酿事端，后得巡警弹压，始行散去。顷闻分局附近街坊，又指为有碍风水，阻止竖杆，昨由该局函请南海县，派差弹压矣！[①]

> 南海县属龙蚊乡叶信良去年建一西式房屋，适乡中出有时疫，乡人遂指为有碍风水所致，强迫拆去，势甚汹汹，现叶已禀官保护矣！[②]

竖一电线杆、盖一西式房都牵扯到风水之说，其时广府百姓有多么迷信，于兹可见一斑。

其他迷信活动。1897年，美国旅行家约翰·斯塔德在广州见闻："在我们经过另外一个的建筑时，我见到了一个奇怪的仪式，阿来解释说这是三个道士在房子里抓鬼。在两个星期前，一个男子在这个地方自

---

① 广东省立中山图书馆编《旧粤百态：广东省立中山图书馆藏晚清画报选辑》，中国人民大学出版社，2008，第167页。
② 同上书，第168页。

杀了，据说是为了向房主报仇。中国的男人如果想报仇雪恨，有时不是去杀死自己的敌人，而是选择自杀。其动机隐含了这样的欲望，就是要被仇视者为死的人承担责任，并让他在今生来世被恶鬼追随。被鬼怪烦扰一定是极不愉快的事情，但是，无论如何，我都希望我的所有敌人都能去尝试一下中国人的方法。"①

---

① 　约翰·斯塔德：《1897 年的中国》，山东画报出版社，2004，第 47 页。

六
明清以来文学中的广府娱乐习尚

明清以来文学中反映了很多广府地区的娱乐活动，包括有戏曲、赌博等，下面分别进行阐述。

（一）演戏、看戏

在清道光之前，广州城内是没有固定戏园的。倪鸿《桐阴清话》云："广州素无戏园，道光中，有江南人史某始创庆春园，署门联云：'东山丝竹；南海衣冠。'其后怡园、锦园、庆丰、听春诸园相继而起；一时裙屐笙歌，皆以华靡相尚，盖升平乐事也。番禺许霞桥孝廉（祸光）尝招余辈赋观剧词，得数百首，刻之，足以见一时文酒风流之盛。"① 张光裕《小谷山房杂记》也有类似记载，并说庆春园在内城卫

---

① 黄佛颐：《广州城坊志》，第 101 页。

边街。① 卫边街即今吉祥路。清代诗人张维屏有诗咏庆春园曰："身似在皇州，笙箫助劝酬。岭南为创举，燕北想前游。富庶乃有此，去来皆自由。康衢传击壤，从古重歌讴。"② 又有诗咏庆春园、怡园曰："升平彩舞好亭台，朋旧招邀日日来。"关于怡园，张维屏还曾记述："己酉二月初五日，怡园观剧。桂花部演周忠武公别母乱箭，余与周素夫刺史皆为堕泪，感叹不已，作《周将军行》。"③ "光绪初，惟繁盛街市之神庙，或有戏台，遇神诞建醮，始演戏，如渡头北帝庙、油栏直街某神庙之属是也。及刘学询于其所建之刘园，演戏射利，又于刘园附近建广庆戏园，是为西关有戏园之始。自是而南关、东关、河南亦各有戏园，然广庆不久即废，余亦往往辍演也。"④ 这里大致讲了清末广州城内各戏园的兴衰，可见广州戏园兴起也是比较晚的。

而在戏园未多起来之前，平日想看戏，则要将戏班请到家中来演出。这当然只能是富贵人家才消费得起的了。普通富户一般也只在府中有喜庆大事时才会延请戏班来唱戏。侨居广州多年的美国人亨特在其《旧中国杂记》里就说："大户人家的私邸请客饮宴的时候，常常还加上演戏。"⑤ 如《蜃楼志全传》第四回，苏家乔迁新居，主人除了在正楼厅上排下合家欢酒席、在两边厅上摆下十数酒席外，同时在天井中演戏庆贺。而且次日亦继续宴客，"又格外叫了一班戏子"，诸客到齐后，就"演戏飞觞，猜枚射覆"。还有第十八回，李家送娶妻聘礼到苏家，苏家也在家唱戏，"戏子参了场，递了手本，袁侍郎点了半本《满床笏》"。这里写的是戏班请主顾点戏的程序。清梁松年在《梦轩笔谈》卷六中说："我广凡演梨园，戏剧管班先进戏本册子于主人，主人翻

---

① 黄佛颐：《广州城坊志》，广东人民出版社，1994，第101页。
② 同上。
③ 同上。
④ 徐珂：《清稗类钞》，中华书局，1984，第5048页。
⑤ 亨特：《旧中国杂记》，广东人民出版社，1992，第119页。

阅，欲某本某出，即吩咐管班，使之唱演，为之点戏。"① 更有钱的戏
曲"发烧友"还会养起一个戏班。张唯屏《国朝诗人征略》卷四十记
载："（番禺）潘毅堂先生，晚好声乐。尝蓄梨园菊部，演剧为寿母
娱。"《蜃楼志全传》第二十回，写温春才考科举中了第二十名经魁，
温家就摆了八围宴席，另外请了两个外江班——贵华班和福寿班来演
戏。外江班是指广东省以外的所有外省戏班，与广东省内粤人组成的本
地班相区别。清道光时杨掌生《梦华琐簿》曰："广州乐部分为二，曰
外江，曰本地班"，"大抵外江班近徽班，本地班近西班，其情形局面，
判然回殊"。《蜃楼志全传》提到的贵华班和福寿班，是历史上确有的
外江班。清乾隆二十七年所立《外江梨园会馆碑记》即载有"江西贵
华班"，乾隆五十六年所立《梨园会馆上会碑记》则载有"湖南福寿
班"。《蜃楼志全传》中写"戏子参过场，各人都替春才递酒簪花，方
才入席。汤上两道，戏文四折"，大家边进餐边看戏。点戏演毕，"那
戏旦凤官、玉官、三秀又上来磕了头，再请赏戏，并请递酒……卞如玉
点了一出《闹宴》，吉士点了一出《坠马》，施廷年点了一回《孙行者
三调芭蕉扇》。当日觥筹交错，极尽其欢。"这里提及的戏旦凤官，很
有可能是指清乾隆年间著名的旦角刘凤官。据吴长元《燕兰小谱》卷
二记载："刘凤官（萃庆部），名德辉，字桐花，湖南郴州人。丰姿秀
朗，意态缠绵，歌喉宛如雏凤，自幼驰声两粤。癸卯（即乾隆四十八
年）冬，自粤西入京，一出歌台，即时名重，所谓'飞上九天歌一声，
二十五郎吹管逐'，如见念奴梨园独步时也。"② 可知刘凤官在粤省成
名，进京后更是声名大噪。之前人们对刘凤官在粤期间所属戏班不甚了
了，若《蜃楼志全传》在此处记述不虚，则刘凤官应该是属于湖南福

---

① 梁松年：《梦轩笔谈》卷六，广东省中山图书馆藏稿本。
② 吴长元：《燕兰小谱》，台湾明文书局，1985。

寿班的。而众人所点的戏，《闹宴》出自《牡丹亭》，《坠马》出自《琵琶记》，《孙行者三调芭蕉扇》出自《西游记》，想必是当时外江班的常演剧目。从乾隆至道光年间，外江班相对于本地班，在广州剧坛占有很大的优势。原因是外江班"妙选声色，伎艺并皆佳妙。宾筵顾曲，倾心赏耳，录酒纠觞，各司其职。舞能垂手，锦每缠头"，而本地班则"但工技击，以人为戏。所演故事，类多不可究诘，言既无文，事尤不经。又每日爆竹烟火，埃尘障天，城市比屋，回禄可虞。贤宰官视民如伤，久申厉禁，故仅许赴乡村般演。"① 可见外江班因演出较精致而得到当时官府的偏护，本地班的演出则难登大雅之堂，只在乡间流传。

《蜃楼志全传》第二十回，苏吉士与姊姊妻妾们预赏端阳，也传了戏班在府中自知亭唱戏。而且这戏班还是自家调教的。此前，苏吉士"用三千二百两银子买了一班苏州女戏子，共十四名女孩子、四名女教习，分隶各房答应"。这事看来并非小说家言，因为有史可证。俞洵庆《荷廊笔记》中"清代广东梨园"一节记载："嘉庆季年，粤东盐商李氏，家蓄雏伶一部，延吴中曲师教之。舞态歌喉，皆极一时之选。工昆曲杂剧，关目节奏，咸依古本。咸丰初，尚有老伶能演《红梨记》、《一文钱》诸院本。其后转相教授，乐部渐多，统名为外江班。"② 到了咸同之际，外江班开始略显颓势，本地班渐渐可与它分庭抗礼。及至光绪中叶，外江班已经慢慢退出广东剧坛，而本地班则完全占据上风。

《廿载繁华梦》对光绪年间活跃于广府地区的戏班的演出就有较多详细的描述，为我们了解当时的戏曲演出提供了姿彩纷呈的生动画面。《廿载繁华梦》第八回，李庆年纳妾之喜，请有名的挡子班"双福"在府里唱堂戏。挡子班，也称小班，是旧时女子卖唱的班子（类似后来的坤班）。据说早期一般把曲名写在扇子上，请人点唱，所唱的叫作挡

---

① 杨懋建：《梦华琐簿》，清道光二十二年刊本。
② 俞洵庆：《荷廊笔记》，清光绪十一年刊本。

调。这双福班"内中都是声色俱备的女伶，如小旦春桂、红净金凤、老生润莲唱老喉，都是驰名的角色了"。而小旦春桂自称是从京里来，由此可知这"双福"属于外江班。当晚约在初更时分打灯开唱，李府的亲客分男女两边就座，男客在左，女客在右。"看场上光亮灯儿，娇滴滴的女儿，锦标绣帐，簇簇生新，未唱时，早齐口喝一声采。未几就拿剧本来，让客点剧。有点的，有不点的。许英祥点的是《打洞》，用红净金凤；潘飞虎点的是《一夜九更天》，用老生润莲。"《打洞》当是指《千里送京娘》中《打洞结拜》一折。《千里送京娘》大意讲赵匡胤做皇帝前曾抱打不平犯了命案，在逃亡的路上救下了被强徒劫持的女子赵京娘，并不远千里护送她回乡。开唱了，"只听场上笙管悠扬"，"第一出便是《打洞》，只见红净金凤，开面扮赵匡胤，真是文武神情毕肖。唱罢，齐声喝采，纷纷把赏封掷到场上去。"《一夜九更天》可能源于"江湖十八本"之一的《九更天》（又称《马义救主》或《闻郎勘怨》），今本粤剧亦有同名剧目，内容写一曲折离奇的命案。小说中写道："跟手又唱第二出，便是《一夜九更天》，用老生挂白须，扮老人家，唱过岭时，全用高字，真是响遏行云。唱罢，各人又齐声喝采，又纷纷把赏封掷到场上去。"这老生润莲所扮的老人家想是剧中老仆马义一角。轮到周庸佑点戏，他听了身旁周少西的推荐，就点了小旦春桂擅唱的《红娘递柬》。"及到第三出就是《红娘递柬》，周庸佑见这本是自己亲手点的，自然留神听听。果然见春桂扮了一个红娘，在厢房会张生时，眼角传情处，脚踵儿把心事传，差不多是红娘再生的样子。周庸佑正看得出神，周少西在旁说道：'这样可算是神情活现了。'周庸佑一双耳朵，两只眼儿，全神早注在春桂，魂儿差不多被他摄了一半。本来不觉得周少西说什么话，只随口乱答几个'是'。少顷，又听得春桂唱时，但觉莺喉跌荡，端的不错。故这一出未唱完，周庸佑已不觉乱声喝采，随举手扣着周少西的肩膊说道：'老弟果然赏识的不差了，是该赏的。'便先把大大的赏封，掷到场上。各人见了，也觉得好笑。过了些时，才把这一出唱罢。"这段话生动细致地描写了小旦春桂饰演红娘是如何地声情并茂，也写了好色之徒周庸佑是如何地被装扮成红娘的春桂所吸引。三个折子戏唱毕，主人李庆年即令停唱一会，命家人安排夜宴。"饮次间，自然班里的角色，下场与宾客把盏。有赞某伶好关目，某好做手，某好唱喉，纷纷其说。"夜宴毕，再度开唱，但因周庸佑已答应替春桂赎身并纳她为妾，所以"是晚就不再令春桂登场唱戏了，各友都知得锦上添花，不是赞春桂好良缘，就是赞周栋臣好艳福"。当晚唱戏唱到四更时分才完场，席终宾散。

从上面的一系列描述中，我们大概可以推知光绪时外江班演戏的几个流程：开唱前，戏班先布置好舞台，众演员齐口喝一声采，然后就拿剧本来让客人点戏。一般每次点两三个折子戏，戏班就按照点戏顺序开唱。客人则准备好赏封，一折唱罢，齐声喝采，并把赏封掷到场上去。这周庸佑因较少听戏，不辨优劣，也不懂规矩，第一出和第二出唱罢，他也听不出什么好处，只从众地随便打赏。直到第三出开唱，因是自己点的，所以格外留神听，而他很快就被声色俱佳的春桂迷住，这一出还未唱完，周庸佑已不觉乱声喝采，更先把大大的赏封掷到场上去。各人见他如此不懂规矩，倒觉得好笑。

《廿载繁华梦》里主要角色之一马氏是个大戏迷，先是天天到南关和乐戏院听戏，后来觉往来不方便，于是常常盖篷棚在府里请戏班来唱演堂戏，"所以东横街周宅里，一月之内，差不多有二十天锣鼓喧天，笙歌盈耳"。再后来，干脆在周府后花园里大兴土木建筑戏台。"中央自是戏台，两旁各筑一小阁，作男女听戏的座位。对着戏台，又建一楼，是预备马氏听戏的座处。楼上中央，以紫檀木做成烟炕，炕上及四周，都雕刻花草，并点缀金彩。戏台两边大柱，用原身樟木雕花的，余外全用坤句格木，点缀辉煌。所有砖瓦灰石，都用上等的，是不消说得。总计连工包料，共八万银子。"从这段描述就可以想见这座戏台是多么的金碧辉煌、雕刻精致。而专门为马氏而设的听戏楼，居然可以让她躺在昂贵的紫檀木烟炕上边吸烟边听戏，果然好不自在呢。为了在楼上看戏看得更清楚，还专门购了几个望远镜。后来周宅失火，毁了戏台，周家搬到宝华正中大宅，又重新另筑了一个戏台，戏台上亦油饰得金碧辉煌，"台前左右，共是三间听戏的座位，正中的如东横街旧宅的戏台一般；中间特设一所房子，好备马氏听戏时睡着好抽洋膏子"。

新戏台建成之后，还不能马上启用。旧时人们认为，大凡新戏台煞气都很重，所以东横街旧宅周宅的戏台落成后，冯管家就告诉马氏"要请个正一道士，或是茅山法师，到来开坛奠土，祭白虎、舞狮子，辟除煞气，才好开演"；到了宝华正中周宅戏台建好后，马氏也"先请僧道几名，及平时认识的尼姑，如庆叙庵阿苏师傅、莲花庵阿汉师傅、无着地阿容师傅，都请了来，开坛念经，开光奠土"，"又因粤俗迷信，每称新建的戏台，煞气重得很，故奠土时，就要驱除煞气，烧了十来万的串炮"，"过了奠上之后，先演两台扯线宫戏，唤做挡灾"，随后才请有名的戏班来唱戏。《祭白虎》，又名《玄坛伏虎》或《跳财神》，是每次粤剧开台必先演的戏，由两人合演，一人扮玄坛（武财神赵公明），一人演老虎。此戏意在辟邪驱妖，并祈求演出平安畅顺。祭白虎时有两条严格的行规，一是白虎所食的那块猪肉，不能往台下扔，只能从台板的隙缝中丢落台底，据说这块猪肉狗嗅到也不吃；二是演此戏时，台上的人谁都不能说话，更不可称名道姓，否则会不吉利。这些行规习俗一直保留到今天。"扯线宫戏"即木偶戏。戏台奠土后先演木偶戏来挡灾，这个习俗笔者暂时未见到相关的文献记载。

除了戏曲表演，广府地区还曾流行过一些民间曲艺如粤讴、木鱼、南音等。粤讴据说源于珠江上疍户所唱的咸水歌，初多为珠江花舫妓女所唱，后亦为盲妹师娘所唱。清人诗曰："二八亚姑拍浪浮，十三妹仔学梳头。琵琶弹出酸心调，到处盲姑唱粤讴"，讲的就是这情况。清人招子庸在道光元年编成《粤讴》一书，收录了当时的百余首粤讴，部分是他本人的创作，内容多写儿女私情及妓女怨叹等，风格凄凉哀婉。《淞隐漫录》中的《三十六鸳鸯谱》写了三十六名上海的青楼女子，其中有一名名叫左红玉的珠江眉史就"工粤讴，急繁弦，厌声变徵，好事者每喜招之，按拍徵歌，借以赏心悦耳，以是声名鹊起。"葓庵退叟赠她诗云："侬家岭表白云多，江左怀人唱粤歌。唱出红腔音戛玉，相思南浦绿波多"。许地山的小说《换巢鸾凤》则写了大小姐和鸾为一段粤讴吸引的情节：

刚过了月门，就听见一缕清逸的歌声从南窗里送出来。她爱音乐的心本是受了父亲的影响，一听那抑扬顿挫的腔调，早把她所要做的事搁在脑后了。她悄悄地走到窗下，只听得："你在江湖流落尚有雌雄侣；亏我形单影只异地栖。风急衣单无路寄，寒衣做起误落空闺。日日望到夕阳，我就愁倍起只见一围衰柳锁住长堤。又见人影一鞭残照里，几回错认是郎归。……"正听得津津有味，一种娇娆的声音从月门出来："大小姐你在那里干什么？太太请你去瞧金鱼哪。那是客人从东沙带来送给咱们的。好看得很，快进去罢。"她回头见是自己的丫头烨而，就示意不教她做声，且招手叫她来到跟前，低声对她说："你听这歌声多好？"她的声音想是被窗里的人听见，话一说完，那歌声也就止住了。

烨而说："小姐，你瞧你的长褂子都已湿透，鞋子也给泥玷污了。咱们回去罢。别再听啦。"她说："刚才所听的实在是好，可惜你来迟一点，领教不着。"烨而问："唱的是什么？"她说："是用本地话唱的。我到的时候，只听得什么……尚有雌雄侣……影只形单异地栖。……"烨而不由她说完，就插嘴说："噢，噢，小姐，我知道了。我也会唱这种歌儿。你所听的叫做《多情雁》，我也会唱。"她听见烨而也会唱，心里十分喜欢，一面走一面问："这是哪一类的歌呢？你说会唱，为什么你来了这两三年从不曾唱过一次？"烨而说："这就叫做粤讴，大半是男人唱的。我恐怕老爷骂，所以不敢唱。"她说："我想唱也无妨。你改天教给我几支罢。我很喜欢这个。"

木鱼，或称摸鱼歌、木鱼歌、木鱼书，是广府地区的一种说唱文学。清人王渔洋《广州竹枝词》曰："潮来濠畔接江波，鱼藻门边净绮罗。两岸画栏红照水，蜑船争唱木鱼歌。"①《清稗类钞》有一篇《盲妹弹唱》则写道："盲女弹唱，广州有之，谓之曰盲妹。所唱为《摸鱼歌》，佐以洋琴，悠扬入听。人家有喜庆事，辄招之。别有从一老妪游行市中以待人呼唤者，则非上驷也。妹有生而盲者，有以生而艳丽，为养母揉之使盲者。盖粤人之娶盲妹为妾，愿出千金重值者，比比皆是也。"② 南音是继木鱼后产生的粤语曲艺，约产生于清乾隆年间，初时亦主要由盲人歌者所唱。民初邓尔雅有《东莞竹枝词》："南音体例若弹词，书熟刚同饭熟时。从古稗官能化俗，家家解诵摸鱼儿。"这是说南音的体例和弹词相似，曲词内容以野史小说为主，唱词通俗明晓，在民间传唱十分普遍。

（二）赌博

广东似乎算得上是清代的赌博第一大省。清末广东巡抚郭嵩焘曾

---

① 雷梦水、潘超、孙忠铨、钟山编《中华竹枝词》，第 1997 页。
② 徐珂：《清稗类钞》，中华书局，1984。

上奏朝廷说："粤东赌风甲于天下，名目至不可胜纪。"① 《清稗类钞》也说："粤人好赌，出于天性，始则闹姓、白鸽票，继则番摊、山票，几于终日沉酣，不知世事。而下流社会中人，嗜之尤甚。此外又有诗票、铺票者。"晚清的上海《申报》也说："赌之最盛者莫如广东。"② 至于广东赌风盛行的原因，《申报》接下来还给出了解释："诚以广东人物繁富，地土肥厚，虽僻处海滨而通商较早。当道光时，洋舶进口先至广东，此通商之权，舆积富之基，始贸易甲于他省，而奢华靡费亦冠一时。挥霍之路愈广，争利之道愈精，一若作官之利犹迟也，而赌则可立致千金；行商之利愈小也，而赌则可以一得十，且可以一得数十得数百，并不必劳心劳力，一日赢余，终身坐享。于是农工商贾之可以赌者，士大夫亦可以赌；男之可以赌者，妇人女子亦可以赌；富之可以赌者，贫者亦可以赌；近之可以赌者，远者亦可以赌……昼夜营营，皆以赌为日用行常之一大事。"③

就连游历过广州的外国人也对当地人之好赌印象深刻："赌博是中国人的一种传统恶习，尽管中国人是勤劳的，但是他们仍有空闲，太多的空闲时间被创造出来进行消遣或娱乐。西方的闲人们常去沙龙或者夏日花园，而中国的闲人们会来到这些花船赢纸牌、骨牌或色子，到处都能听到千篇一律的吆喝'买个机会发财吧'。这些俗气的肮脏之地，在晚上满是骗子、闲人、赌徒和失落的角色。"④

正因为粤人"以赌为日用行常之一大事"，"故平日有普通忌讳之字，如牛舌则谓之牛利，盖以舌字粤音近息，与折阅之折字同音，闻之不利，故讳舌为利，取利市三倍之义。又猪肝谓之猪润，盖以肝与干同

---

① 郭嵩焘：《郭嵩焘奏稿》，岳麓书社，1983，第 252 页。
② 《书粤督抚奏裁陋规严禁赌博馆折后》，《申报》1895 年 8 月 15 日。
③ 《书粤督抚奏裁陋规严禁赌博馆折后》，《申报》1895 年 8 月 15 日。
④ 詹姆斯·利卡尔顿：《1900，美国摄影师的中国照片日记》，第 21 页。

音，人苟至于囊橐皆干，不利孰甚，故讳肝为润，取时时润色之意。其他类此者尚多，不能一一载也。"① 丝瓜改称胜瓜（"丝"与"输"音近），木鱼书改称木鱼赢，亦此类。正因粤人日常生活与赌字如此密切相关，所以赌博在以广府地区为描述重心的小说里都有或多或少的反映。

《宦海》里就写道："那广东全省的人都像发了迷的一般，有了钱就跑到赌馆里头去赌，赌输了把身上的衣服剥下来再赌，赌到那无可如何的时候就索性去做起强盗来。所以广东一省盗匪最多，每每的白昼抢劫不算什么事情。这个赌馆，就是那制造强盗的机器厂一般。这些强盗都是赌馆里头制造出来的。"《发财秘诀》里的花雪畦就是这样因赌成盗。花雪畦本投在省城一家米店里做出店，每月赚得五钱银子工钱。但他只安分了两个月，第三个月就"领了工钱，就到赌馆里去赌一天，被他赢了十多两银子"。这一赢"触动了他的发财思想"，便"坐了轮船，到澳门去，思量大赌一场，就此发财起家。谁知命运不济，赌了个大败而回，浪落在澳门和一个阉猪的蔡以善相识起来，却屡次偷了蔡以善代人阉的小猪去卖"。一次，雪畦偷猪时被当堂拿获，于是就被乡人绑了，一边敲锣一边鞭打地游街示众。正因为赌为盗源，所以"欲化盗，必先禁赌"。《清稗类钞》里就记载了新会某乡化盗禁赌的事："独新会之某乡，则博簺之具不得入境，盖梁任公之尊人，于此嫉之甚严，而禁之甚周。当初禁时，子弟有不率教者，或于丛箐中辟密室，或匿舟港汊复曲之处，风雨深夜，相聚而嬉，恒踏泥泞，揭沼沚，以搜索之。既得，则诲以利害，至于流涕，彻旦不息。虽缘此以犯霜露致疾，而受者亦内疚以自澡雪，卒为善士。久之而比闾相戒，不忍欺矣。"② 不过这新会某乡的成功禁赌例子

---

① 徐珂：《清稗类钞》，第 4879 页。
② 徐珂：《清稗类钞》，中华书局，1984，第 4880 页。

在广东只能说是个别少数,大多治粤者"方以奖赌为理财妙用",故"全粤久成赌国"①,不少人因赌而家财输尽、家庭离散。如《醒梦骈言》第八回里,番禺县人尤上心更是嗜赌成性,银钱赌完了,"便仓里舀些米去粜来赌",直至家中米尽。分了家后,尤上心赌得越发肆无忌惮,"一日到夜只是赌,不消半个年头,把那分与他的田产,尽行推了赌帐;连这些丫鬟使女,也都推赌帐推完了"。没钱赌了,他更没良心地把妻子江氏用来抵押钱钞,最后连妻子也赔了进去。《黄金世界》第四回还写了个名叫朱阿金的病态赌徒。朱阿金在广州谷埠当花船驾长,"一生好的是赌,一天不去,手足发麻,连胸口也奇痒难搔,偏偏十场九输,船上几个工钱,尽数消缴了,有时还累其妻,拔钗典衣,替他赎身。"有一次,阿金又去赌馆赌钱,"五日内现洋输了一百多元,又欠馆主二百余元",馆主逼他三日内归还,阿金无法偿还,最后只得与妻子一起被押到古巴做苦工,挨尽了苦头。这些虽然是小说里的例子,但大多是很能反映真实情况的。如卫恭在《广州赌害:番摊、山票、白鸽票》一文中就写道:"那时我还年幼,对'番摊'的害处没有深刻认识,但有一件事到今还印在脑海。有一个纨绔子弟李某,他的母亲是我的谊母。李某性好赌博,我在十岁左右还见着他,常见他早上穿着一身衣服,怀着多金外出,晚上归来已输得赤条条的,连身上的绉纱棉袍棉袄也输去了。不上两年家产输净,他母亲一气病亡。其妻服毒自杀,临死前还写下绝命词四首。我先父常把这些词句念给我听,但日久大半遗忘,现在仅记得一首:'是谁设此迷魂局,笼络儿夫暮复朝。身倦囊空归卧后,枕边犹听梦呼么。'(音腰,一也。)"②

1. 闱姓

《二十年目睹之怪现状》里,继之曾说:"不知是什么道理,单是

---

① 徐珂:《清稗类钞》,中华书局,1984,第4880页。
② 广州市政协文史资料委员会编《广州文史资料》第九辑,广东人民出版社,1963,第65页。

广东人欢喜赌。那骨牌、纸牌、骰子，制成的赌具，拿他去赌，倒也罢了。那绝不是赌具，落了广东人的手，也要拿来赌，岂不奇么！像那个闱姓，人家好好的考试，他却借着他去做输赢。"这里讲的闱姓，（有时又写作"围姓"），就是以科举考试中的士子姓氏作为猜射对象的一种博戏。① 闱姓，有时又称榜花或卜榜花，故清末有岭南竹枝词云："佳话相传卜榜花，别开博局总奇衷。人人都有怜才意，愈是孤寒属望赊"②，"八月新来使者槎，纷纷吉语报儿家。金钱掷出知多少，不卜灯花卜榜花"③。闱姓这种赌博方式最早出现在清嘉庆年间的佛山，为粤东地方所特有。④ "无富贵贫贱，辄相率为之，士绅亦于其中分肥，官不之禁。"⑤ 本来只是民间流行，但在清光绪十年，广东因财政困难，清廷遂允许广东以闱姓公开招商承饷，使得闱姓成为官方承认的合法赌博。从某种意义上说，闱姓可算是中国最早公开发行的彩票。⑥ 清末《番禺县志》载其赌法："（闱姓）初以文武乡试榜中小姓为赌，继而会试榜，学使取录诸生榜皆赌之。每于试前开赌者先刊小姓数十，令人择二十姓为一票，以取一千票为一簿。榜发，其票得姓最多者曰头票，次曰二票，次曰三票，皆以一博六十倍之利，三票以下则无所得。所操约而所得奢，故每值试年，闱姓票赌通核不下数百万金，亦赌之最巨者也。"⑦

由于涉及巨额金钱，闱姓渐渐出现了官商勾结以谋取非法暴利的情况。如《清稗类钞》就有篇题为《广东乡试关节》的短文："顺天府尹顾某尝被简为广东主考，粤中盛闱姓，有巨商以重金买四姓，二文二

① 赵利峰：《晚清粤澳闱姓问题研究·绪言》，暨南大学博士论文，2003 年 1 月。
② 雷梦水、潘超、孙忠铨、钟山编《中华竹枝词》，第 2828 页。
③ 同上书，第 2985 页。
④ 赵利峰：《晚清粤澳闱姓问题研究·绪言》，暨南大学博士论文，2003 年 1 月。
⑤ 徐珂：《清稗类钞》，中华书局，1984，第 4879 页。
⑥ 赵利峰：《晚清粤澳闱姓问题研究·绪言》，暨南大学博士论文，2003 年 1 月。
⑦ 《番禺县志》卷六《舆地略四》，清同治十年刊本。

梅，欲主考头场题中宣示。是科二题为'衣锦尚绷，恶其文之著也'。三题为'令闻广誉施于身，所以不愿人之膏粱文绣也'。二文字亦无意巧合。诗题为'雪树两折南枝花'，是二梅字也。"① 吴沃尧在《二十年目睹之怪现状》里也两次透过书中人物的对话讲了这种弊端。

> 继之道："……像那个闹姓，人家好好的考试，他却借着他去做输赢。"述农道："这种赌法，倒是大公无私，不能作弊的。"我道："我从前也这么想。这回走了一次广东，才知道这里面的毛病大得很呢。第一件是主考、学台自己买了闹姓，那个毛病便说不尽了。还有透了关节给主考、学台，中这个不中那个的。最奇的，俗语常说，'没有场外举子'，广东可闹过不曾进场，中了举人的了。"述农道："这个奇了！不曾入场，如何得中？"我道："他们买闹姓的赌，所夺的只在一姓半姓之间。倘能多中了一个姓，便是头彩。那一班赌棍，拣那最人少的姓买上一个，这是大众不买的。他却查出这一姓里的一个不去考的生员，请了枪手，或者通了关节，冒了他的姓名进场去考，自然要中了。等到放出榜来，报子报到，那个被人冒名去考的，还疑心是做梦，或是疑心报子报错的呢。"继之道："犯到了赌，自然不会没弊的，然而这种未免太胡闹了。"我道："这个乡科冒名的，不过中了就完了。等到赴鹿鸣宴、谒座主，还通知本人，叫他自己来。还有那外府荒僻小县，冒名小考的，并谒圣、簪花、谒师，都一切冒顶了，那个人竟是事后安享一名秀才呢。"（第六十一回）

> 继之道："……广东有了闹姓一项，便又有压卷及私拆弥封的

毛病。广东曾经闹过一回，一场失了十三本卷子的。你道这十三个人是哪里的晦气。然而这种毛病，都不与房官相干，房官只有一个关节是毛病。"我道："这个顽意儿我没干过，不知关节怎么通法？"继之道："不过预先约定了几个字，用在破题上，我见了便荐罢了。"我道："这么说，中不中还不能必呢。"继之道："这个自然。他要中，去通主考的关节。"我道："还有一层难处，比如这一本不落在他房里呢？"继之道："各房官都是声气相通的，不落在他那里，可以到别房去找；别房落到他那里的关节卷子，也听人家来找。最怕遇见一种拘迂古执的，他自己不通关节，别人通了关节，也不敢被他知道。那种人的房，叫做黑房。只要卷子不落在黑房里，或者这一科没有黑房，就都不要紧了。"（第四十二回）

透过上述两段话，我们可一窥当时闹姓暗箱操作之过程。除了《二十年目睹之怪现状》，黄世仲的《廿载繁华梦》也比较详细地描述了这种闹姓中的官商勾结情况。

那年正值大比之年，朝廷举行乡试。当时张总督正起了一个捐项，唤做海防截缉经费，就是世俗叫做闹姓赌具的便是。论起这个赌法，初时也甚公平，是每条票子，买了怎么姓氏，待至放榜时候，看什么人中式，就论中了姓氏多少，以定输赢。怎晓得官场里的混帐，又加以广东官绅钻营，就要从中作弊，名叫买关节。先和主试官讲妥帐目，求他取中某名某姓，使闹姓得了头彩，或中式每名送回主试官银子若干，或在闹姓彩银上和他均分，都是省内的有名绅士，才敢作弄。（第六回）

张总督指的是时任两广总督的张之洞。当时粤东财政吃紧，海防经费无处着落，张之洞奏请开办闱姓筹资，终于在光绪十年得到清廷谕旨批准。即粤人所谓奉旨开赌是也。《廿载繁华梦》还写了一位在籍的绅士刘鹗纯，是惯做文科关节揽主顾的。有次，他就对周庸佑坦言："本年主试官，正的是钱阁学，副的是周大史，弟在京师，与他两人认识，因此先着舍弟老八刘鹗原先到上海，待两主试到沪时，和他说这个。现接得老八回信，已有了眉目，说定关节六名，每名一万金，看来闱姓准有把握"，并说"现小弟现凑本十万元，就让老哥占三二万金就罢了"。除了买通主试官、弄妥关节、邀约商绅集股，还要"另请几位好手进场捉刀，因恐所代弄关节的人，不懂文理，故多花几块钱，聘上几位好手，管教篇篇锦绣，字字珠玑"。到了放榜的日子，周庸佑在谈瀛社设好酒酌，与一众官绅酣饮。"正自酣饮，这时恰是闱里填榜的时候，凡是中式的人，倒已先后奔报，整整八十八名举人之内，刘鹗纯见所弄关节的人，从不曾失落一个，好不欢喜，即向周庸佑拍着胸脯说道：'栋翁，这会又增多百十万的家当了。'周庸佑一听，自然喜得手舞足蹈。"这刘鹗纯，影射的当是刘学询（粤语中"鹗纯"与"学询"音近）。刘学询，字慎初，号问刍，又号耦耕，香山人，是己卯五年举人，丙戌十二年进士，候选知县。① 刘学询是第一位有进士头衔的闱姓赌商。② 他所开设的闱姓厂有"富贵""京华"两厂，地址位于今广州城西第八甫。③ 他"自承办闱姓以来，遂致巨富。置良田，营广厦，土木大兴，历数载之久，仍未告竣，省中绅富当首屈一指。"④ 更有竹枝词说他"一代豪绅迈辈侪，赌名压倒澳门街"⑤。闱姓不但为刘学询带来万贯家财，更为他带来左右士子成败、掌握官吏进退的权势，故当时"典试

① 吕鉴煌：《文澜众绅录》，文澜书院，清光绪十八年刊本．
② 赵利峰：《晚清粤澳闱姓问题研究》，暨南大学博士论文，2003，第81页。
③ 刘付靖、王明坤：《旧广东烟赌娼》，中华书局（香港）有限公司，1992，第103页。
④ 《申报》1894年11月29日。
⑤ 雷梦水、潘超、孙忠铨、钟山编《中华竹枝词》，第2917页。

者莫不仰其鼻息"①。从小说中可见，刘鹗纯对闱姓的操纵可说是精心策划，并且从头到尾"一条龙"服务。这也就难怪其名声之大甚至被编进当时的童谣里了，说是"文有刘鹗纯，武有李文佳；若要中闱姓，殊是第二世"。（《廿载繁华梦》第六回）李文佳疑影射武员李世桂。李世桂，武举人出身，原为五仙门千总，后升驻广州东城参将，亦当时操纵闱姓的一大劣绅。用周庸佑的话来说就是："可笑赌闱姓的人，却来把钱奉献。"不过李世桂好景不长。光绪三十一年，原广东巡抚被裁撤，由两广总督岑春萱兼任。岑春萱上任后大力整肃贪官，李世桂便被拘押审讯，一时大快粤人之心。后来坊间更将李世桂劣迹编成粤讴传唱，题为《问阿桂》。《问阿桂》后半段这样唱道：

　　督办海防去抽取赌费，把持侵蚀要落重私规。激到惠□股东将禀递，告佢指官骗诈尽把数簿呈齐凑巧在科场谋串作弊，想学旧时武试咁样子禁蟹扛鸡。买足书吏八人，同去整鬼查名改卷，好拣小姓来围。偶被帘官查出底细，不但捞钱唔倒，反致大本全亏。刚刚有几个落第秀才，佢唔肯暗哑抵，联名攻计定要将佢亲提。点想呢位制台天咁扭偈，好言笼络，令佢难窥。待等报效二十万银交到位，就话从宽免锁即日押起身嚟。按照两件事罪名查吓律例，科场舞弊应把初十来批。呢阵唔怕你会钻，唔怕你会驶整到严刑审讯咯。我问你点样子施为，问你二十年未食尽几多禾共米。就係钞家问斩亦算罪有应归。唉，真正係献世，唔使问阿桂。你若遵缴五十万银罚款，或者真个放你翻嚟。（《改良绘图真好唱》三集）

此亦可见当时广东闱姓受官商操纵的情况是何等的严重。

---

① 冯自由：《革命逸史》（初集），中华书局，1981，第77页。

2. 白鸽票

白鸽票产生于闱姓之前，也是一种源于广东的赌博，因其博彩方式与闱姓类似，故又有小闱姓之称。清梁绍壬《两般秋雨庵随笔》载其赌法云："粤有白鸽标之戏。标主以千字文二十句为母，每日于二十句中散出二十字，令人覆射。射中十字者，予以数百倍之利。其余以次而降，四字以下为负。其法以二文八毫为一标，由此而十而百而千，悉从人便。其名有一烛香、八搭二、九撞一、大扳罾、小扳罾、河汉、百子图等目。"① 参与闱姓的以士绅为多，而参与白鸽票的则以平头百姓为多。《岭南杂事诗钞》云："鸽铃响处送标来，妇稚同心苦费猜。空说利钱千百倍，误人深是纸棺材。"②《改良岭南即事》则载有一篇《戒买白鸽票文》，可见其在坊间流毒之广。其文曰：

> 今有白鸽票者，冈边设厂，野外开场。以笔墨作行头，借诗书为赌具。决输赢于数字，分胜负于终宵。毒计瞒人。一本居然万利，甘缄惑众。小往可以大来，三更应手得心，半夜转贫为富。于是农工商贾，弃本业而争财，三教九流，舍正途而求利。心上叶发金枝，梦中花开银树。谓奇货之可居，似醉翁之不醒。乃至富豪贵介，穷巷愚民，学里生徒，闺中妇女，同生妄想，共起痴情。类飞鸟之投罗，比游鱼之上钓。引人入胜，总是迷途，渡尔升仙，无非死路。多来多受，洗尽财主身家，少买少收，累起担头生意。此则言之切齿，闻之伤心者矣。然而开者，非能劫夺，无奈买者，自好贫穷。欲以三厘，驳他十两。不思入穴擒虎之害，徒存缘木求鱼之心。浪费精神，枉老心计。作成图格，一字有见五见六之方，创出规条，各法有搭五搭三之例。并非奇谋胜算，徒言五尺量天。虽是

---

① 梁绍壬：《两般秋雨庵随笔》，乌鲁木齐：新疆人民出版社，1995，第455页。
② 雷梦水、潘超、孙忠铨、钟山编《中华竹枝词》，第2828~2829页。

未卜先知，不过盲人测月。横遮企柱，常掷铁咀之三，鬼脚禾义，难求梗颈之四。试思此局，始自何人？将八十之字，困尽英雄，以方寸之章，阔如沧海。推窗见月，明明在我眼前，遁地飞天，样样出人意表。在尔要求鬼谷，岂有良谋？即使修到神仙，亦无善策。常时觅利，逐夜输银。似借荆州，总无还日。问卦问神问鬼，字字皆空，射天射地射人，枝枝不中。极似财东收账，日日还钱，恰如俗吏催粮，时时纳税。尚谓小财不出，难得大财，谁知贪字算来，竟成贫字。从此金生丽水，也要淘沙，玉出昆冈，何能返璧。曾闻冻饿，绝水米而投河，更有凄凉，典钗环而挂膊。嗟嗟！钢山推倒，白鸽全飞。腰上囊空，不晓临崖勒马，床头金尽，竟成慢火煎鱼。谁叫尔来，惟君自取。真可怜也。不可拙乎？惟冀及早回头，登时变计。勿贪十倍之利，莫追已去之财。后车可鉴前事，一误岂容再误。识金银之宝贵，利害分明，思产业之艰难，身家保重。生财有道，勤俭即是良谋，大事竟成，戒忍全凭坚志。莫投罗网，逃出泥涂，痛改前非，免贻后悔。

这篇《戒买白鸽票文》通过讲各色赌徒因沉迷买白鸽票而变富为贫，甚或家破人亡的事例，劝诫人们不要贪利涉赌，更劝诫赌徒要及早戒赌，回头是岸。黄世仲的《宦海潮》第五回也提及白鸽票，说是有一个唤做王彦成的，"是从福建候补回来的，包开一白鸽票厂，那厂名唤做'龙溪'，实开辰、申两厂，已向四衙（佛山共衙门四所）说妥了。凡王、梁、张、陈、李、利几家人，都有规款派出"。由此可知，当时的白鸽票厂每天开奖两次，上午是辰厂，下午是申厂，而且当时的白鸽票厂虽然公开营业，但名义上还是为官家所不容的，所以才要贿赂当地官绅，向他们大派规款。同治年间的《南海县志》就记载当时"文武衙门赌规甚重，且开赌者非劣弁则胥吏，乡间则劣绅、贪老包庇"。① 而《宦海潮》里，就连当时挂名县丞的张任磐，每天也能得到那龙溪票厂送来的一两八钱不等。这张任磐得了甜头，却道："小弟忝属县丞班，倘然是没有规项送来，就到省去告他一状，看他开得怎地容易！"并且"那票厂送规到来之后，又乘势向别间赌馆索规，有不愿交的，就出'正县丞张任磐'的名字，到衙门控告，因此又索得有几家送规"。后来，有些劣绅因向龙溪票厂索规不得，便作了一只儿歌贴在清官骆保时家门首，那歌儿唱道："堪笑堂堂公保第，作局绅怎地胡乱行为。看衙局通同舞弊，成什么政体。不该收受陋规，包庇那票厂龙溪。装神弄鬼。纵是十分架势，管教先人失了九分威。装做清廉全然诈伪，败俗伤风全不计。无非财字通神，盗名欺世。"这首儿歌虽然是拿不到贿赂的劣绅的意气之作，但无疑也切中了当时官绅集体收受陋规的时弊。

3. 番摊

番摊者，"先用数百钱磨擦光洁，置席间，随意抓钱若干，以铜盅覆之，分么二三四四门，令众人出资猜之。注齐，去覆，以细竹枝扒钱使开，四文一次，扒剩一文，即以决中否，定输赢。中者，孤注偿三倍，黏则倍偿，串角、大面，各如数偿之，谓之抓番摊，即古之摊钱也"。② 开设番摊的赌馆叫摊馆。在衙门附近由武弁、军士包庇开设的，叫"官摊馆"；在广州三角市、清水濠、高第街等地由翰林、进士包庇开设的，叫"老师馆"。③ 光绪二十六年，时任两广总督的李鸿章批准开放番摊，收益用作海防经费，由武员李世桂承办，每年收饷二百万元。这时广州的番摊馆"以兵守门，门外悬镁精灯，或电灯，并张纸灯，大书'海防经费'等字"。④ 至于摊馆内里的情况，《二十年目睹之

---

①　《南海县志》卷六《舆地四·风俗》，清同治年间刊本。

②　徐珂：《清稗类钞》，第 4909 页。

③　广州市地方志编纂委员会编《广州市志》卷十二，万方数据电子出版社，第 84 页。

④　徐珂：《清稗类钞》，第 4909 页。

怪现状》里有段描述:

> 我道:"说起来可是奇怪。那摊馆我也到过,但是拥挤的不
> 堪,总挨不到台边去看看。我倒并不要赌,不过要见识见识他们那
> 个赌法罢了。谁知他们的赌法不曾看见,倒又看见了他们的祖师,
> 用绿纸写了什么'地主财神'的神位,不住的烧化纸帛,那香烛
> 更是烧得烟雾腾天的。"述农道:"地主是广东人家都供的,只怕
> 不是什么祖师。"我道:"便是我也知道,只是他为甚用绿纸写的,
> 不能无疑。问问他的土人,他们也说不出个所以然来。"(第六十
> 一回)

这段关于摊馆内部的描述是写实的。如涉足过清末摊馆的卫恭就
回忆道:"摊馆迷信,在馆中安设'地主',以绿纸白字写成神位,点
灯、香烛、纸钱供奉。这一做作一方面造成神秘气氛,一方面以示有神
明作主,公平交易,两不相欺。"① 大的摊馆为了严防盗劫,更是时时
戒备。"博者入门,先以现金或纸币交馆中执事人,易其筹码,始得至
博案前,审视下注。博案之后,有围墙极厚,中开一孔,方广不及二
尺,博者纳现金,执事人即持现金送入方孔,而于方孔中发递牙筹,如
现金之数,博者即以牙筹为现金。博而胜,仍以原筹自方孔易现金,虽
盈千累万,无不咄嗟立办。故极大之博场,一日之胜负虽多至数万数十
万,而无丝毫现金可以取携,即有盗贼夺门而入,亦不能破此极厚之金
库,以掠现金也。"②

《九命奇冤》里,凌贵兴买凶杀人,给了杀手简当、叶盛两人共五
十两。简当二人拿着钱到省城番摊馆走了一趟,"一连四五天,十分得

---

① 广州市地方志编纂委员会编《广州市志》卷十二,万方数据电子出版社,第76页。
② 徐珂:《清稗类钞》,第4909页。

手，每人拿著二十两的本钱，不到几天，大家身上都有了百十两银子了"。但二人仍不满足，到了第二天，又分头去赌。"谁知从这一天起，连日不利，不到三天，把赢来的连本带利都输了。输的火发，连穿在身上的衣裳，都剥下来去赌，只剩得赤条条的两条光棍。"《廿载繁华梦》里，周庸佑的六姨太春桂到澳门游玩，住在中华酒店十数天，"除日中在房子里吸大烟，就出外到银牌馆里赌摊"。"那时摊馆中有招待赌客的，见他有这般大交易，都到春桂寓房谈摊路，讲赌情，巴结巴结。"那春桂挥金如土，"统计日中或输掷一千八百"。不半月上下，带来的六千银子就被她挥霍完了。"还喜港澳相隔不远，立刻回香港，赶再带些银子到澳门再赌，好望赢回那六千银子。不想赌来赌去，总赌那摊馆不住，来往几次，约有一月，已输去一万银子有余。"这里提到的"银牌馆"，门外一般"无商标，仅一木牌，长约一尺，牌上书'内进银牌'四字"，规定最低赌注"以一元为本位，一元以内，用小银币，不得以铜币下注也"①。除了"银牌"，还有"金牌"、"铜牌"和"牛牌"之分。"其胜负极巨者，则书为'内进金牌'。盖所谓金牌者，每注必以银币五元十元为起点。""其最下者，则标明'内进铜牌'，为下等社会中人赌博之处，铜币、制钱皆可下注，不论多寡也。此外尚有所谓'牛牌'者，即一钱不名之人，亦可入局，胜则攫赏而去，不胜则以衣履为质，再不胜则以人为质，如终不胜，则博者即无自由之权，而受拘禁，勒令贻书家族亲友，备资往赎。视其离家道里之远近，限以日期。如过期，即有种种方法之虐待，有被虐而死者。如赎金不至，乃即载之出洋，贩作猪仔。"②《岭南杂事诗钞》云："封豕方张荐食心，放豚补栅费追寻。长吟太息怜猳艾，河广难归海更深。"③ 这诗讲的就是"卖

---

① 徐珂：《清稗类钞》，中华书局，1984，第4909页。
② 同上。
③ 雷梦水、潘超、孙忠铨、钟山编《中华竹枝词》，第2831~2832页。

猪仔"。小说《发财秘诀》里的花雪畦和高阿元便是干这"卖猪仔"的黑心勾当。花雪畦到了新安，"设法投奔到一家赌馆里，做个看门，从此留心那班赌客。有输急了的，他便和他拉相好，荐他到香港高阿元那里去谋事"。这高阿元便是香港招工馆的伙计，所谓招工馆实际上是"猪仔"馆，专门贩卖人口到南洋等地做苦工。香港是当时贩卖"猪仔"的集中地。① 花雪畦这样干了一年多，不知拐卖了多少人，居然囊橐充盈，够钱自己开了一家赌馆。一次，花雪畦因不知就里，把在赌馆输光了公款的新安县县令少爷也骗到招工馆了。后来知道被卖之人是县令公子，想要叫停时，公子却早已被卖了"猪仔"了。当时的"猪仔"馆大多有大势力包庇，十分猖獗。像那高阿元便说："我们招工馆是有泰山般的势力保护的，莫说是县官的儿子，便是皇帝的太子，他除非不来，来了便是我的货物，如何轻易放他回去？"所以知情的当地人见到招工馆都绕道而行，因为"除了他们伙计之外，任是什么人，进了去就不放出来的"。到了岑春煊督粤时，"以为牛牌之陷人，直与大盗之掳人勒赎无异，遂严令禁止，犯者按照置大盗之例，立时正法。一时杀数十人"，牛牌之风才有所收敛。② 到了民初，"国民党反动派的兵贩子，在番摊馆门口引诱那些输干赌仔，借钱去赌，赢了收息，输了抓去当兵"③，这一做法就和前面讲的将赌徒卖作猪仔差不多。《虾球传》里就提及类似情况，叫作"赌人命"，"赌馆借钱给你，你赌赢了，他抽三成的抽头；你输了呢，你得让他们拉去当兵"。虾球就去沙溪的赌馆赌了一次命，差点就把命输了，只不过他赌的不是番摊，而是色宝。色宝，也称"骰宝"，是另一种流行的赌法，一般用三枚骰子和骰盅为

① 广州市政协文史资料委员会编《广州文史资料》第二十辑，广东人民出版社，1980，第168页。

② ·徐珂:《清稗类钞》，中华书局，1984，第4910页。

③ 广州市政协文史资料委员会编《广州文史资料》第九辑，广东人民出版社，1963，第81页。

赌具，以摇骰盅后骰子静止点数大小来定输赢，点数总和四至十为
"小"，十一至十七为"大"，三个骰子点数一样则称作"围骰"，"围
骰"时下注"大""小"的均不得钱。《虾球传》这样写当时人们赌色
宝的场景：

> 虾球走进一间最大的色宝赌馆，看见一张五丈多长的赌台围
> 满了男女赌客。他没有办法挤进去看。他只看见那个坐在当中的
> "赌媒"用响钟"铃！"地按了一响，隔一分钟又"铃铃！"按了
> 两响，再隔两分钟又"铃铃铃！"响了三响，就把他面前的钟盖揭
> 开来，接着就娇声怪气唱道："双六一个五——十七点大！"跟着
> 就是众人一阵嗡嗡声，输的叹气，赢的欢呼。赌馆的保镖手提
> "卡宾"枪在四周巡视，有的小扒手就在赌客身边穿插。①

轮到虾球用命抵押来的钱去赌色宝了，黄谷柳写道：

> 赌场已经上灯了。在灯光下面的人影，浮动挤攘，好不热闹。
> 虾球走近一张最大的色宝赌台，挤进里边一看，才知道最少的赌注
> 规定二十万，他的心跳了。默默一算，他全部财产仅仅可以下五回
> 注。他懂得一点赌路：番摊有摊路，色宝也有色宝路，但仅有下五
> 注的本钱，路是难走的。他久久不敢下注。雷公得在后边催促，他
> 终于淌着汗放下他的第一次赌注二十万。开了盅盖，他赢了！他的
> 脸露出惨苦的微笑。第二注二十万，又赢了！他的脸又一次露出惨
> 苦的微笑。第三注他下三十万，开盅，他输了！他的脸色登时惨
> 白。他停了好几次不敢再下注。第四次他下二十万，又输了，他用

---

① 黄谷柳：《虾球传》，第 151~152 页。

袖口揩他额角上的汗水。他回头望一眼雷公得，看见他露出牙齿，象一个吃人的厉鬼！他心惊胆战，慌慌乱乱，胡乱放下四十万去买"小"。开盅，他赢了！虽然赢了！但他却紧张得消失了笑容，他没有一点胜利的喜悦，只感觉赢得害怕。他又下二十万注，输了，再下三十万，他又赢了！他一算，恰好是一百四十万。他袋好钞票，就挤出人丛，揩拭他一脸的汗水。深深吁了一口气。外面一阵冷风，吹醒了他的神志。他把钞票点过，双手捧给雷公得道："先生，这里是一百四十万，还给你，我不赌了！"①

这段文字就传神细致地刻画了虾球作为一个以生命作赌注的赌徒的复杂内心世界。虾球深知一旦赌输了就会被捉去当炮灰，而且他本钱少，所以每下一注都异常谨慎，即使赢了一注，也仅得惨苦的微笑，完全没有胜利的喜悦。

4. 其他赌博形式

除了闱姓、白鸽票、番摊，广府地区流行的赌博种类还有山票、铺票、字花等等。山票，"其注用《千字文》首篇一百二十字，较白鸽票多四十字。猜买者以十五字为限。每次开三十字，收票可至数十万条，每条须银一角五分，于数十万条中，取中字最多者得头彩，同中同分。票盛时，头标可得数万圆。其支配之法，以全票分为十，除票饷开支外，其余悉数充彩，故多寡之数不能预定。每有以数百人而同分一头标者，一人仅分百余圆，或数十圆，转不如二三彩独得之巨。盖如以中八字者为头标，而此届中八字之票乃有三百人之多，则头标即为三百人所分矣。如以中七字者为二标，而中七字之标仅有一人，则二标即为一人独得矣。余可类推。"② 山票的参与人数甚至比番摊更多。"广州极贫之

① 黄谷柳：《虾球传》，第 156~157 页。
② 徐珂：《清稗类钞》，第 4893 页。

人，或有不入番摊馆者，而山票则无人不买，盖以每票仅售一角五分，得标者可获利至数十万倍，故人人心目中，无不有一欲中山票头标之希望也。"① 铺票，以一百二十间店铺名称印于票底，让人猜赌。后又另创一百二十个似诗非诗的五言韵语字作为票字，让人圈取十个字，故又称"十字有奖义会"。字花，与山票、铺票的赌法大同小异，列举三十六个古人的名字供人猜赌，又称"买古人"或花会。② 清末胡子晋有竹枝词曰："谁家少妇赌豪夸，早晚匆忙为字花。若问午间忙底事，嘻嘻随地蟹鱼虾。"又注云："字花赌法有三十余名，内有四状元、四夫人、四和尚、一尼姑，等目，每锡一名，例如一尼姑名曰安士。余类推。开赌之法，先出一谜，赌者猜之，猜中者一元得三十元之彩银。分早晚二厂。癸亥滇桂军入粤以后，此等字花厂林立，赌者多妇女，倾家荡产不计其数。又有用一骰子分三方而一绘蟹，一绘鱼，一绘虾。骰子能转，用木碗盖之。如买鱼字买中得彩。此等赌法，遍及小孩。亦可痛也。"③

5. 家庭式或小规模赌博

上面所说的是规模比较大的公开性质赌博，那么家庭式或小规模的赌博又是如何呢？《蜃楼志全传》第二回便写了亲友们在一起"斗混江"的情景。

这里三人入局，史氏旁观，一会儿喊道：'不打热张打生张，大小姐要赔了！'一会儿又说：'萧姨娘，十成不斗，心可在肝儿上？'又一会儿喝采道：'好个喜相逢，大相公打得很巧。'这萧氏歪着身，斜着眼道：'大相公这样巧法，只怕应了骨牌谱上一句：

---

① 徐珂：《清稗类钞》，第 4893 页。
② 广州市地方志编纂委员会编《广州市志》卷十二，万方数据电子出版社，第 85 页。
③ 雷梦水、潘超、孙忠铨、钟山编《中华竹枝词》，第 2913 页。

贪花不满三十哩。'笑官掩着口笑，素馨却以莲勾暗蹑其足。(《蜃楼志全传》第二回)

斗混江是一种纸牌戏。清李斗《扬州画舫录》云："纸牌始用三十张，即马吊去十子一门，谓之'斗混江'。"[1] 那么什么是马吊呢？马吊是一种始于明朝的纸牌戏，全副牌有四十张，分为十万贯、万贯、索子、文钱四种花色，一般由四人打。"斗混江"就是马吊去掉了索子一门的纸牌戏，既然去掉了四分之一的牌，参与人数也就由原来的四人变成三人了。小说对话中提及的"热张""生张"则是牌类赌博的术语。"热张"又称"熟张"，是指同局中别家已打出过的牌。"生张"则是指同局中还没有人打过的牌。一般来说，打"热张"会比打"生张"较为安全，所以史氏才说：'不打热张打生张，大小姐要赔了！'而"喜相逢"则是"胡"的一种，具体"胡"法难以详考。不过既然史氏称赞笑官"打得很巧"，所以估计"喜相逢"是比较难"胡"的，可能属于大"胡"。至于"贪花不满三十"，则是宣和牌术语。宣和牌类似现在的牌九。明朝《宣和牌谱》上将两张十白十点的"梅花"，加上一张红四白五九点的"杂九"，合称"贪花不满三十"。因四点喻花，三张牌共二十九点，故称。牌谱上还有诗一首，曰："抱德怀才入妓门，偶逢妖艳设深恩。不妨绿树灯前委，也作风流浪子魂。"正好与小说中"笑官掩着口笑，素馨却以莲勾暗蹑其足"一句相关联。

除了"斗混江"，小规模的赌博形式还有打麻将、打牌九和打扑克。麻将是由马吊发展而来的，是广府地区时至今日仍然非常流行的娱乐赌博。廖恩焘曾有粤语诗写"叉麻雀"云："买齐幌子当孤番，跌落天嚟几咁闲。拼命做成清一色，绝张摩起大三翻。尾糊整定输家食，手

---

[1] 　李斗：《扬州画舫录》，中华书局，1960，第259页。

气全凭旺位搬。边个龟公唔好彩，十铺九趟界人拦。"① 寥寥数语，简笔带过了打麻将的过程和生动刻画了打牌人的心态。还有《负曝闲谈》第二十回，写广府人在船上也不忘打麻将，但因海上风浪，轮船一晃一晃的，于是他们想了个新奇办法："他们叉麻雀的桌子，用竹丝和插篱笆一样插在上面，却有两面，每人面前二十一张牌，都砌在竹丝里面，当中放了一只升箩，每人十三张牌，都拿在手里。对面一个帐房问道：'一筒要么？'下家道：'不要。'就把这一筒望升箩里一丢，无论如何倒不出来。"为了打牌，广府人还真能发明创造呢。

牌九，又叫天九，则和上文提及的宣和牌相类。《九命奇冤》里，宗孔之妻谢氏刚拿到银子，就大声嚷道："王妈妈，王妈妈！有空么？叫了李婆婆、张嫂嫂来打天九呀！我们那个东西又走了！大家来凑个兴儿，我要翻本呢！"廖恩焘也有《推牌九》诗一首："做起庄嚟想拆天，呢铺赌法得人怜。发亲火就堆头□，转吓风嚟摆口烟。密十连揸唔改色，长三配对重输钱。至衰几只塘边鹤，未到开牌震定先。"②

《廿载繁华梦》里，富绅周庸佑就常常在谈瀛社与朋友叉麻雀、抹牌为赌。有次，周氏的"拜把兄弟"中有个叫李庆年的，与一位叫洪子秋的酌议，"要藉一个牌九局，弄些法儿，好赚周庸佑十万八万"。由洪子秋出面作东道主，另雇一花舫，泊在谷埠里，说是请周庸佑饮花酌酒，实则开赌为实。并另聘定一俗称"师巴"的赌徒出手。"不提防李庆年请来的赌手，工夫还不大周到，心内又小觑周庸佑，料他富贵人家，哪里看得出破绽，自不以为意。谁想周庸佑是个千年修炼的妖精，凭这等技术，不知得过多少钱财。这会正如班门弄斧，不见就罢；仔细一看，如看檐前点水，滴滴玲珑。"周庸佑摸清对方底细后，就"托故

---

① 廖恩焘：《嬉笑集》（校正本），1970 年，自印。
② 廖恩焘：《嬉笑集》（校正本），1970 年，自印。

小解，暗向船上人讨两牌儿，藏在袖子里"。"回局后略赌些时，周庸佑即下了十五万银子一注，洪子秋心上实在欢喜。又再会局，周庸佑觑定他叠牌，是得过天字牌配个九点，俗语道'天九王'，周庸佑拿的是文七点，配上一个八点一色红，各家得了牌儿，正覆着用手摸索。不料姓周的闪眼间将文七点卸下去，再闪一个八点红一色出来，活是一对儿。"牌九分为大牌九与小牌九两种玩法，大牌九每人四张牌，小牌九每人两张牌。周庸佑这里玩的是比较流行的小牌九。"天字牌"（或称"天牌"）即红六点白六点、总共十二点的牌，是文牌中最大的牌。骗子拿的牌，是天牌配两种九点牌中的任一种，称"天王"或"天九王"，点数为十二点加九点，总共是二十一点。周庸佑拿到的牌，是文牌中的"高脚七"（或称"铜棰"）七点和人牌八点一色红，总共是十五点。但他将文七点偷换成八点红一色后，两个八点红一色就配成了两张人牌的"双人"。"双人"就比"天王"大得多了。那洪子秋见了，"登时面色变了，明知这一局是中了计，怎奈牌是自己开的，况赌了多时，已胜了一二万银子上下。纵明知是假，此时如伺敢说一个假字？肚子里默默不敢说，又用眼看看李庆年。李庆年又碍着周庸佑是拜把兄弟，倒不好意思，只得摇首叹息，佯做不知。"这洪子秋叫做"不幸狐狸遇着狼虎"，但愿赌服输，只好硬着头皮写了一张十几万的单据，交与周庸佑收执。

西式扑克旧时在广府地区称作"荷兰牌"。清末《时事画报》有一张《赌具翻新》图，画的就是广府百姓赌扑克的情景。其配文说："近来顺德、香山、新会各乡，出有荷兰牌一种，数人环坐，以一头家派牌，头一张则覆住，以后则明揭，先科若干作底，第二张牌之后，则由执得最大牌者开声，再科若干，如牌细者，则不再科，名曰'埋龙'，将先科之银作输，或明知己牌不及人，而执得大牌者，本钱不及己，反要赌多十数倍，如牌大者不能再科，则伊牌虽小，众人所科之钱，尽归彼得，名曰'偷鸡'。每有因此将产业、儿女充作孤注者。此风乡间近已盛行，若不严禁，遗祸当不鲜也。"① 从这段描述来看，清末广府乡间赌扑克的玩法应该是今天所说的"梭哈"。梭哈，又译"沙蟹"，是英文"Show Hand"的音译，其正式名称是"Five-card stud"，据说此玩法源于美国内战。美国内战距《时事画报》的报道约四十年，如果报道准确，那么"梭哈"这种扑克玩法大概就是清末传到广东的。

总之，打麻将、打牌九、打扑克在广府地区是很常见的赌博娱乐。小说《虾球传》里，鳄鱼头请了好些客人在家庆生，就借机开赌："贵客招呼在少奶的寝室打麻将；其余牛鬼蛇神之辈则招呼在大客厅，开两台牌九，三副扑克，两台麻将，闹哄哄象个大赌场。"② 可见当时人们聚赌实在是十分普遍的。

6. 禁赌

从清末到民国，广东数次禁赌，不过大多是"雷声大，雨点小"，说时响亮但落实困难，即使短暂执行了，很快又赌风复燃。较早的一次禁赌在宣统元年（1909 年）。当时广东省谘议局有议员倡议禁赌，总督袁树勋提出赌饷数额甚巨，要筹款抵补方能施禁。翌年，谘议局就发生了重金贿买议员反对禁赌的事件，袁树勋与反对禁赌的议员都相继被迫辞职。新任的两广总督张鸣岐则决定以加盐价和烟酒税弥补赌饷，奏请朝廷核准，然后于宣统三年三月初一宣布禁赌。③ 时人江孔殷就写了长诗《哀议员为广东禁赌作六解》记录了这次禁赌。

议局开、议员来，装成鬼脸登议台，议员欢呼选民哀。十道门开赌鬼下，驱使议员如狗马。阔哉赌鬼亦议员，议员赌鬼混成一片

---

① 广东省立中山图书馆：《旧粤百态：广东省立中山图书馆藏晚清画报选辑》，第 163 页。
② 黄谷柳：《虾球传》，第 36 页。
③ 广州市地方志编纂委员会编《广州市志》卷十五，万方数据电子出版社，第 84 页。

喧。无端禁赌声忽起，议员见首不见尾。赌鬼有钱人解颐，大钱小钱满天满地飞，张目见钱目为赤，霎时黑珠变成白。（注：局中以投黑白珠定可否。）议员得钱议员否，议员无钱议员走。

否票多、否票多，议员有手议员搓。三十五人人无讹，少可议员其耐何。大阔（注：否议员赌商某京卿混名。）颜之有喜色，张灯连夜敞筵席。禁赌议员不得食，隔断电线电灯灭。

明伦堂、明伦堂，商民日夜号旁皇，大绅小绅奔跟跄。一人奋呼万人起，议局关门议员避，大官无言瞠目视。将军黉夜飞弹张，赌鬼有命愁命长，否报主笔得意犹扬扬。

抽捐苦、抽捐苦，宁愿抽捐不愿赌，问之于官官无语。新来总督方英年，霹雳一声声震天。赌鬼运动夸有钱，有钱论万毋论千，总督不要徒废然。

赌鬼哭、赌鬼哭，镇日炊米不成粥。广东开赌年年年，鬼害人不知逾万为逾千。年年三月有初一，广东禁赌自兹日，议局门开议员又出。

往日议员如狐如虫，今日议员如虎如龙。劝君要做好议员，议员好便有好官。君不见中央集权，集权去，大官小官都无饭饭处，有钱谁肯来赔汝。议员易做官难做，噫嘻议员易做官难做，无嗾意复赌。（《兰斋诗存》卷一）

全诗用讽刺的手法、诙谐的语言，生动描写了禁赌过程中各路人马的行动反映。

那么禁赌的成效如何呢？清末胡子晋《广州竹枝词》有一首写道："赌鬼跟来已竖幡，一三二四角镰番。声声禁赌仍开赌，南岸居然小澳门。"注："粤省禁赌时期，城西南岸村仍有赌博，该村豪绅蔡艺香孝廉廷蕙为之护符，俗呼蔡老九，乃已故闽督许筼庵尚书应骙甥

也。澳门本香山地，久为葡萄牙租据，赌风最炽。此诗成于壬戌
（1922 年）秋九月，越癸亥（1923 年）滇、桂军入粤，弛赌禁，满
城皆澳门矣。"① 可见赌博在广府地区是屡禁不止的，而且常常是禁一
段时间又再次开禁，这主要还是社会不稳定造成的，来一个官说禁，换
一个官又说开。广府地区真正实现全面禁赌约是 1949 年之后的事。

①　雷梦水、潘超、孙忠铨、钟山编《中华竹枝词》，第 2900~2901 页。

七
明清以来文学中的广府园林建筑

园林建筑与区域文化息息相关，不同区域的自然风物与人文精神对园林建筑的渗透与滋养，使得该地区的园林建筑展现出别具风情的区域文化魅力。不过，由于岁月的沧桑变幻与各种人为的损坏，不少园林建筑湮没在历史的尘埃里了。好在它们的遗风余韵还保留在彼时描绘它们的文学作品里。明清以来的文学作品就对富于广府特色的建筑，如西关大屋、竹筒屋、西式洋楼等进行了艺术再现，使今日可以由此略窥广府地区的园林建筑风情。

（一）三间两廊及园林建筑

清代广府地区的富户民居，多是三间两廊式的建筑。三间两廊通常是一列三间悬山顶房屋，中间是厅堂，两侧是居室，屋前有天井，天井两旁为廊，廊有门与街道相接，作门房用，别一侧廊作厨房。豪门望族的民居也多在三间两廊的基础上加以扩建，有的还建有花园、池塘、水榭、亭阁等。《蜃楼志》里，苏万魁在花田盖的房子，就是类似的民居。苏万魁在乡间的府第共十三进，一百四十余间，中有小小花园一座，绕基四周都造着两丈高的防盗砖城。看看《蜃楼志》是怎样描写苏府的这间花田大宅的。

　　过了三间大敞厅，便是正厅，东西两座花厅，都是锦绣装成，十分华丽；一切铺垫，系家人任福经手，俱照城中旧宅的式样。上面挂着一个"幽人贞吉"的泥金匾额，是抚粤使者屈强名款。右边一匾，是申广粮题的"此中人语"四字；左边一匾，是广州府木公送的"隐者居"三字，正中一副对联是："德可传家，真布帛菽粟之味；人非避古，胜陶朱猗顿之流"，款书"吴门李国栋"。其余谀颂的颇多，不消赘述。进去便是女厅、楼厅，再后面便是上房，一并九间。三个院落，中间是他母亲的卧房，右边是他生母的，左边是姨的。再左边小楼三间、一个院子，是两位妹子的。笑官问他母亲道："你们都有卧处，却忘记了替我盖一处卧房。"他母亲道："你妈右首那个朝东开门的院子里头，不是你的房么？我已叫巫云、岫烟收拾去了。"笑官便转身来到花氏房内。天井旁边有座假山，钻山进去，一个小小圆门，却见花草缤纷，修竹疏雅。正南三间平房，一转都是回廊；对面也是三间，却又一明两暗，窗寮精致，黝垩涂丹。

《蜃楼志》中可见一斑的，还有广府人多有讲究的搬家习俗。广府人搬家一般都要择吉日。像苏府，其乡间府第内外装修都完备了，才择日移居，最后择定八月十八日。"先期两日，预将动用家私什物送去，金银细软都于本日带着起身。"将金银财物带在身上，一是贵重物品怕丢失被盗之故，二是尊重广府旧俗——搬进新宅时家人不可空手进入，必须手持金钱财物等。而搬迁之日，亲朋好友会来道贺送行并致赠入伙礼。苏万魁因是富商，所以"这省城中送他的亲友，何止数十余家，尽在天字码头雇花姑船，备着酒席相待"。"这万魁在家料理停当，叫苏兴、苏邦两房家人，在豪贤街看守老宅，并伺候笑官，再叫家人、仆妇、丫头们拥着家眷先行，自己坐轿先到各家辞了行，方才到船。早有各家家人持帖送礼，并回明主人在此候送。""众人各各擎杯劝饮，直到日色平西，方才作别。众人还要送至新居，万魁再三辞谢，并面订明日专人敦请，务望宠光，众人也都允了。"到了新居，搬入时还要焚香点烛，燃放鞭炮，以取安居吉祥之兆。① "转过田湾，已望见黑沉沉的村落、高巍巍的坦墙；门首两旁结着彩楼。看见他父子到来，早已吹打迎接，放了三个炮，约有五六十家人，两边厮站。笑官跟着父亲，踱进墙门。"入伙当晚还有庆贺活动。到了傍晚，"万魁分付正楼厅上排下合家欢酒席，天井中演戏庆贺，又叫家人们于两边厅上摆下十数酒席，陪着邻居佃户们痛饮，几于一夜无眠"。而宴请亲友的入伙酒也是习俗上必不可少的。"到了次日，叫家人入城，分请诸客，都送了'即午彩觞候教'帖子，雇了三只中号酒船伺候，又格外叫了一班戏子。到了下午，诸客到齐，演戏飞觞，猜枚射覆。"入伙酒喝完了，才正式完成了入伙的仪式。

在广州的历史上，还曾有一座非常著名的园林——海山仙馆。这座园林是行商潘仕成在清道光年间所建，位于西关外宝珠炮台西南隅。"落成之日，以'海上神山，仙人旧馆'八字成联，因额其园曰'海山仙馆'。"② 俞洵庆在其《荷廊笔记》中这样描写海山仙馆："园有一山，冈坡峻坦，松桧蓊蔚，石径一道，可以拾级而登。闻此山本一高阜

---

① 广州市地方志编纂委员会编《广州市志》卷十七，万方数据电子出版社，第47页。
② 黄佛颐：《广州城坊志》，广东人民出版社，1994，第609页。

耳，当创建斯园时，相度地势，担土取石，壅而崇之。朝烟暮雨之余，俨然苍岩翠岫矣。一大池，广约百亩许，其水直通珠江，隆冬不涸，微波渺弥，足以泛舟。面池一堂，极宽敞。左右廊庑回缭，栏楯周匝，雕镂藻饰，无不工致。距堂数武，一台峙立水中，为管弦歌舞之处。每于台中作乐，则音出水面，清响可听。由堂而西，接以小桥，为凉榭，轩窗四开，一望空碧。三伏时，藕花香发，清风徐来，顿忘燠暑。园多果木，而荔枝树尤繁。其楹联曰：'荷花世界，荔子光阴'。盖纪实也。东有白塔，高五级，悉用白石堆砌而成。西北一带，高楼层阁、曲房密室复有十余处，亦皆花承树荫，高卑台宜。然潘园之胜，为有真水真山，不徒以有楼阁华整、花木繁缛称也。"① 可见海山仙馆因地制宜，利用了荔枝湾畔的山坡河流随势造景，将天然景致和人工景点浑然天成地结合在一起，创造了极高的艺术成就。

关于海山仙馆的花草树木和珍禽异兽，曾经到过此馆的美国人亨特有如下描述："这里到处分布着美丽的古树，有各种各样的花卉果树。像柑橘、荔枝，以及其他一些在欧洲见不到的果树，如金橘、黄皮、龙眼，还有一株蟠桃。花卉当中有白的、红的和杂色的茶花、菊花、吊钟、紫菀和夹竹桃。跟西方世界不同，这里的花种在花盆里，花盆被很有情调地放在一圈一圈的架子上，形成一个个上小下大的金字塔形。碎石铺就的道路；大块石头砌成的岩洞上边盖着亭子；花岗石砌成的小桥跨过一个个小湖和一道道流水。其间还有鹿、孔雀、鹳鸟，还有羽毛很美丽的鸳鸯，这些都使园林更添魅力。"② 正是"名园古木千株秀，外国珍禽万样良"③。而关于园景，还有一位到过此园的法国人留下了记述："房子的四周有流水，水上有描金的中国帆船。流水汇聚

---

① 黄佛颐：《广州城坊志》，第 609 页。
② 亨特：《旧中国杂记》，第 87 页。
③ 关启明：《广州荔湾文钞》，广州市荔湾博物馆，2002，第 61 页。

处是一个个水潭,水潭里有天鹅、朱鹭以及各种各样的鸟类。园里还有九层的宝塔,非常好看。有些塔是用大理石建造的,有的是用檀木精工雕刻出来的。花园里有宽大的鸟舍,鸟舍里有最美丽的鸟类。妇女们居住的房屋前有一个戏台,可容上百个演员演出。戏台的位置安排得使人们在屋里就能毫无困难地看到表演。"① 这里提到的宝塔、戏台等都可以和俞洵庆的描写相对应。清人潘恕更有《海山仙馆诗》云:"万卷书藏最上头,墨庄文囿足风流。有时抛卷看山色,诗思远随云水浮。石家金谷习家池,镜里楼台画里诗。最好平章管风月,碧纱笼处句争奇。一重花木一楼台,窗牖玲珑透座开。影浸绿波流不去,太湖移得缈云来。半爱豪华半野闲,又添余地买青山。菜畦稻陇斜阳外,少个牧童驱犊还。"此外,清人何绍基也有《满庭芳》咏曰:"岭外名园,海山仙馆,好景无数包藏。主人沈古,蠹间发奇光。往岁飞楼宝界,宴天上,持节星郎。今重到,蓑衣散笠,渔父入鸥乡。商量先占得,黎明盥漱,消受晨凉。看眉宇写黛,雪阁凝霜。一片荷花涨晚,有无限,绮丽悠扬。重携酒,慢摇苏舸,休为荔枝忙。"并附注:"园景淡雅,略似随园、荆园,不能以华妙胜,小艇也仿吴门蒲鞋头样。"② 既赞叹了海山仙馆数之不尽的美丽景致,又点出了其受江南园林建筑风格的影响。可惜海山仙馆的繁华没有持续多少年,潘仕成在"同治季年亏公帑三百万,没产入官,是园遂由南海县收管。园价昂,一时不能售,乃用开彩法售之,券共三万条,每条银币三角,既开彩,为香山一蒙师某所得。某骤得巨产,咨意嫖赌,全园不能即鬻,则零碎拆售,先售陈设古玩器物,次售假山石,次拆门窗,次锯树,未一二年,则全园已犁为田,惟颓垣败瓦,犹约略可数,得彩者已潦倒死矣。"③ 南海人李仕良《狷夏堂诗

---

① 亨特:《旧中国杂记》,第 90 页。
② 何绍基:《东洲草堂诗集》,清同治年间刊本。
③ 徐珂:《清稗类钞》,第 208 页。

集》有诗叙荒废后海山仙馆："我步西城西，野花纷簇路。遗址认山庄，旧是探幽处。主人方雄豪，百万讵回顾。……祸福忽相乘，转瞬不如故。高明鬼瞰来，翻覆人情负。此地亦偿官，冷落凭谁诉"。① 诗中流露了世事沧桑、兴废无常之叹。

另外，从英国人威廉·C. 亨特著述的《广州"番鬼"录》和《旧中国杂记》的有关记述中，还可以看到行商潘仕成的乡间别墅中融入的西洋建筑元素：

> 大门则用暹罗柚木做的，房屋的布局令人想起庞培（古罗马统帅）的房子，地板是大理石的，房子里也装饰着大理石的圆柱，或是镶嵌着珍珠母、金银和宝石的檀木圆柱。极高大的镜子用名贵的木料做成，和其他家具一样漆着日本的油漆，天鹅绒或丝质的地毯装点着一个个房间。

在亨特的描述中，这位富商的家居装饰中，已带有中西合璧的特点，日本的油漆、暹罗的柚木和西方的丝绒品在他的别墅里巧妙地运用在一起。而广府文化善于吸收外来文化为我所用的特点，也于此可见一斑。

（二）西关大屋

西关大屋，俗称"古老大屋"，是指清末至民初多数位于广州西关附近的规模较大的传统民居。清代的西关是广州达官贵人的聚居地。所谓"西关世界果花花，多少神仙富贵家。江海是珠山是玉，粤风何事

---

① 陈泽泓：《潘仕成略考》，《广东史志》，1995。

不奢华。"① 西关大屋的平面布局、立面构成、剖面到细部装饰等都有浓厚的广州地方特色。西关大屋多坐北向南，临街面宽多为十七至二十米，进深约三十至四十五米，占地面积一般在五百至九百平方米。②《三家巷》里富有的何家，住的就是这种西关大屋：

> 从官塘街走进巷子的南头，迎面第一家的就是何家，是门面最宽敞，三边过、三进深，后面带花园，人们叫做"古老大屋"的旧式建筑物。水磨青砖高墙，学士门口，黑漆大门，酸枝"趟栊"，红木雕花矮门，白石门框台阶；墙头近屋檐的地方，画着二十四孝图，图画前面挂着灯笼、铁马，十分气派。按旧社会来说，他家就数得上是这一带地方的首富了。

"三边过"，即三开间。三开间包括"正间"和"书偏"（书房和偏厅）。石脚水磨青砖墙和三重门，则是西关大屋的典型门面。③ 用普通青砖砌墙，砖路会参差不齐且宽疏。水磨青砖则是人工将青砖按固定尺寸磨平、磨齐，使得表面比较光滑。砌砖用的胶凝材料也相当讲究，是用蚬壳灰混以糯米粉、冰糖沤酿而成的。这种混合物熟透后质地细、黏性强，干透后坚硬度高。质量好的水磨青砖墙砖缝细而美观，且历百年而不磨蚀。"黑漆大门，酸枝'趟栊'，红木雕花矮门"是从内到外的三重门，俗称"三件头"。黑漆大门是大屋的真正大门。这道大门常用厚实的木料制成，门上有铜环，一般到夜晚才关闭。"趟栊"之"趟"是粤语，意为"拉"。顾名思义，"趟栊"其实就像今天的拉闸。它的主要组成部分，是嵌于两根竖板的十余根杯口粗横木和镶在门槛

---

① 雷梦水、潘超、孙忠铨、钟山编《中华竹枝词》，第 2963 页。
② 陈泽泓：《岭南建筑志》，广东人民出版社，1999，第 422 页。
③ 梁基永：《西关风情》，广东人民出版社，2004，第 27 页。

上的铁轨。"趟栊"的作用是防盗的同时又能通风。"红木雕花矮门"属于"三件头"的最外一重，称为"脚门"。"脚门"由四折木门组成，比人略高，上半部必雕成通花式样，中间有活页可向左右两侧折叠，是珠三角特有的。① "白石门框台阶"中的"白石"指花岗石。门框一般由三方厚实平滑的原块花岗石构成。门框越宽大，显示家底越丰厚。②

大门进去后依次是门官厅、天井、轿厅、天井、正厅。正厅又称"神厅"，是大屋的中心，其屋顶是全屋最高的。正厅是供奉祖先、接待贵客及全家聚集之处。③ 室内的陈设，则一般是后墙有四扇或六扇屏风，屏风上方设神楼，用以供奉神祇和历代祖先。屏风前是约两米长的"桥台"，"桥台"前放八仙桌，桌两旁各设一扶手靠椅。大厅靠墙两侧，通常各设两列靠椅，椅旁有茶几。当然，这是比较普遍的陈设，各家各户主人家财的大小及个人的喜恶，都对室内陈设有一定的影响。看看《三家巷》里何家的正厅：

客厅十分宽敞。南北两边是全套酸枝公座椅，当中摆着云石桌子，云石凳子。东面靠墙正中是一个玻璃柜子，里面陈设着碧玉、玛瑙、珊瑚、怪石种种玩器；柜子两旁是书架，架上放着笔记、小说、诗文集子之类的古书。西面靠窗子，摆着一张大酸枝炕床，床上摆着炕几，三面镶着大理石。炕床后面，是红木雕刻葵花明窗，上面嵌着红、黄、蓝、绿各色玻璃。透过玻璃，可以看见客厅后面所种的竹子，碧绿可爱。陈万利是熟人，就随意躺在书架旁边一张酸枝睡椅上，和他们几个后生人拉话。

---

① 梁基永：《西关风情》，广东人民出版社，2004，第29～30页。
② 同上书，第29页。
③ 陈泽泓：《岭南建筑志》，第422页。

　　一般家庭设屏风的地方，是一进大厅就看见的最显眼处，何家却在这里放了个陈列着一堆奇珍异石的玻璃柜，有点像是为了向客人显示主人的富有。而一般设于书房的书架，却也被何家置于大厅之中，则是主人何应元这位富商有附庸风雅之嫌了。这里提到的"红木雕刻葵花明窗"，就是著名的满洲窗。之所以叫"满洲窗"，是因为它据说源于满洲人所建"旗下大屋"中的"上落窗"。① 满州窗是由传统的木框架镶嵌套色玻璃组成的。清末，彩色玻璃传入中国。广州作为通商口岸，也较早地接触到这些五颜六色的玻璃。满洲窗常用套红、蓝、黄、绿的双层玻璃以车花、磨砂及蚀刻等工艺做成山水、人物、书法等图案，是中西文化结合的实用工艺品。② 作为原材料的彩色玻璃全部是进口的，有的甚至在外国直接定做已经车花的玻璃，千里迢迢地运回广州再行安装。

　　正厅后是头房，一般由长辈所居。头房后是二厅，通常用作饭厅。二厅后是二房，二房后是后天井，后天井两侧是厨房或柴房。这是普通西关大屋中路的布局，还有左右两侧的布局。左路首先是倒朝房，即宾客的临时用房，然后是偏厅，偏厅后便是一列的房间。右路一般先是一个小院，接着是前廊，然后是书房。书房后又是一列的房间。在大屋的最左侧和最右侧，还分别有一道窄巷，称作"青云巷"，寓意"青云直上"。青云巷是佣人出入所用，并且有防火的作用。③

　　以上是普通富户所居西关大屋整体格局及局部装潢的概略。若是巨富所居，则其建筑规模更加庞大，装潢陈设更加富丽堂皇。

---

① 　梁基永：《西关风情》，广东人民出版社，2004，第36页。
② 　同上。
③ 　同上书，第37页。

（三）竹筒屋

竹筒屋约产生于清末，是指那些临街立面不宽（约四米），但纵深很长（多为约十五米，也有三十多米的），外形如竹筒的民居。在非商业区，竹筒屋的地层和上层等长。在商业区，则多留空下层部分作骑楼，相连的一排竹筒屋便形成富于广州特色的骑楼街，有遮荫避雨之用。① 竹筒屋从正门进去就是门头厅或前厅，设单层神楼，供奉神祇和祖先牌位。厅后为头房，接着是天井，天井后是二厅与二房，二厅有楼梯可通往二三楼。二房后又是天井，最后是厨房、厕所。这种不甚宽敞的房子是普通老百姓居住的。清人陈坤有诗咏曰："万间广厦称心难，知足随缘到处宽。多少人家竹筒屋，安居乐业也平安。"② 《三家巷》里贫穷的周家住的就是竹筒屋，而周家屋内的陈设，自然无法与何家的西关大屋相提并论。"这神厅大约丁方丈二，在这一类建筑物里本来是不算小的，但是由于居住在这里面的神灵太多，几十年来随手放着、挂着、吊着在这里面的物件用具等等也不少，就显得非常湫隘。正面神楼上供着祖先牌位，放着香筒、油壶，神楼前面吊着一盏琉璃灯，如今还点燃着，灯芯发出吱吱声和细碎的爆裂声。神楼之下是一幅原来涂了朱红色，近几年来已经退淡了的板障，板障之前放着一张长长的神台，神台上供着关圣帝君的图像。神台下摆着一张八仙桌，桌子底下供着地主菩萨。神厅左首进门处，在墙上的神龛里供着门官神位，神龛两旁贴着对联，写道：'门从积德大，官自读书高。'门官之下，有一眼水井，井口用一个瓦坛子堵着，井旁又有井神。神厅大门上，还贴着'神荼、郁垒'一对门神。这许

---

① 梁基永：《西关风情》，广东人民出版社，2004，第 45 页。
② 雷梦水、潘超、孙忠铨、钟山编《中华竹枝词》，第 2792 页。

多神灵都集中在这个厅堂里，看来是有点拥挤不堪。大家进来之后，周榕扭亮电灯，陪李民魁坐在北边的竹床上，对面南边竹椅上，张子豪和陈文娣两姐夫姨子分坐在一张竹几的两边。灯也不亮，也没事儿可干，大家就闲聊着。"

（四）西式洋楼

清末的广府地区，有不少华侨在外经商，他们返乡除了带回所赚的钱财外，也带回了西式的建筑风格。归穗华侨在广州兴建了很多富于欧美建筑风格的洋楼。而这些洋楼则主要集中的东山一带。"东山洋房"便与"西关大屋"形成了两道风格迥异的亮丽风景线。《三家巷》里的陈万利，本是一个摊贩小商，中年后发了很大的洋财，当上了万利进出口公司的总经理。他把紧邻自家的隔壁房子也买了下来，然后把两栋平房完全拆掉重修，在原来的地址上面建筑起"一座双开间，纯粹外国风格的三层楼的洋房"。这洋房"红砖矮围墙，绿油通花矮铁门，里面围着一个小小的、曲尺形的花圃。花圃的南半部是长方形的。当中有一条混凝土走道，从矮铁门一直对着住宅的大门。门廊的意大利批荡的台阶之上，有两根石米的圆柱子支起那弧形的门拱。花圃的北半部是正方形的。那里面摆设着四季不断的盆花，也种着一些茉莉、玫瑰、鹰爪、含笑之类的花草，正对着客厅那一排高大通明的窗子。二楼、三楼的每一层房子的正面，都有南、北两个阳台，上面都陈设着精制的藤椅、藤几之类的家私。因为建筑不久，所以这幢洋房到处都有崭新的、骄人的气焰。附近的居民也还在谈论着，陈家的新房子哪里是英国式，哪里是法国式，而另外的什么地方又是西班牙式和意大利式，那兴趣一直没有冷下来。"其实当时广州的洋楼，纯粹的西式风格不是最典型的，最典型的是竹筒屋、西关大屋与西式建筑的互相糅合。这些带花园的洋房，一般是两三层的砖木混合结构，具有独院式、并联式和连排式的设计特色，楼房建筑虽然多是西式，但其平面布局、庭园绿化等多体现出中国传统。①

---

① 广州市地方志编纂委员会编《广州市志》卷十七，万方数据电子出版社，第 46 页。

八
明清以来文学中广府图景描写的意义

明清时期，广府地区作为中国南方的政治、经济、文化中心，除了对整个中国社会产生了巨大影响，对当地文学创作的发展和繁荣也起到了强有力的促进作用。这一时期各种体裁的文学文本纷纷地从多角度描绘了千姿百态的广府图景，形象地反映了广府地区的社会生活，这些文学作品对于我们了解这一时期的广府社会文化风情有着珍贵的审美认识价值。

（一）本土情怀

俗话说："一方水土养一方人，一方山水有一方风情。"一个人在一个地方生活久了，耳濡目染，自然会对该地的风土人情熟稔于心，不知不觉地浸染上该地的生活气息与文化风习，并在心理上产生一种文化认同感与亲和力。这时，如果他拿起笔来从事文学创作，并从其熟悉的生活环境中取材，那么他的作品就自然会带有该地方的文化色彩。这一点，就连作者本人也往往直言不讳。如梁启超在其小说《新中国未来记·绪言》中就明确地说："此编于广东特详者，非有所私于广东也。……吾本粤人，知粤事较悉，言其条理，可以讹谬较少，故凡语及地方自治等事，悉偏趋此点。因此之故，故书中人物，亦不免多派以粤籍，相因之势使然也。"①

不独梁启超如此，其他的广府文学作者也多怀有这种自觉的乡土文化意识。如吴趼人，可谓近代最著名的小说家之一。他是广东佛山人，虽说年纪轻轻就离家赴上海谋生，但却始终怀有深厚的乡土文化情结，故而其所著小说多署名"我佛山人"，以示不忘故土之意。他还与居沪粤人组建"两广同乡会"，集资创办"广志小学"，方便同乡子弟入学。他的小说代表作如《九命奇冤》《恨海》《劫余灰》《发财秘诀》等，多以广府地区的人物故事与风土民情作为描写对象；《二十年目睹之怪现状》，则是以亲身经历与见闻作为主要的素材来源，书中频繁涉笔广府地区的风俗民情。

又如黄世仲，他本来是广州番禺人，很熟悉粤港地区的生活与风俗，加上他又是粤港地区著名的政治活动家与宣传家，其小说又都连载于粤港的报刊上，因而其小说创作便有意取材于本地的要事、新闻；主要叙写本地人、本地事和本地的风俗民情，从而使其小说流溢出浓厚的乡土文化气息。如《宦海潮》写清末外交官南海人张荫桓的宦海浮沉，《廿载繁华梦》写广州富商周栋生廿载繁华恍若一梦，《洪秀全演义》写广东花县人洪秀全领导的太平天国运动，《陈开演义》写佛山人陈开领导的天地会起义，《五日风声》写广州黄花岗起义等，其所叙都是粤籍名人与大事要闻，旨在配合粤港地区兴起的资产阶级民主革命，为之

---

① 梁启超：《饮冰室文集》第六集，云南人民出版社，2001，第3868页。

鸣锣开道。至于这些小说对粤港地区风俗民情（诸如经商风气、节庆娱乐、婚丧嫁娶、饮食起居等）的描写，则展现了一幅幅用文字描绘的市井风俗画，这自然会让粤港受众读来备感亲切。

再如梁纪佩，他是广府南海县人。其小说创作的一大特点是善于就地取材，着重演绎粤地人物、时事、掌故、奇闻等，"凡粤中时事，与及诸前人，或有大造功于社会，或有蠹害夫人群，或时事，或侦探，皆著成一卷，刊诸坊间"①。他晚年所著的《粤东新聊斋》初集与二集，更集中体现了他对本土文化的喜爱以及向受众传播家乡文化的创作用意。他在《粤东新聊斋》初集《例言》中即明说该集内的故事，一来自"故老相传"，二"搜自时怪"，而地域则限于粤东，故冠以"粤东新聊斋"之名。该小说集所写均为粤东奇闻怪异之说，内容多为仁孝节烈义侠之事，亦涉恋爱情事、名迹掌故等，因而具有鲜明的地域文化特点。罗界仙在《粤东新聊斋二集·序》中所说："其言虽志异而事必求真，且所叙皆粤东轶闻，并无夹杂杜撰，其有功掌故，阅者不仅作小说观，直作广东乡土史读可也。"

至于现当代广府文学的代表作家如欧阳山，他的祖籍原是湖北荆州，可是其76年的文学生涯中有61年是在广州度过的，他对广州有着极其深厚的感情。他的代表作《三家巷》，"就是他生活的那个时代的真实记录，是他看到的、体验的、感悟的、了解到的那个时代的广州人民生活的历史画卷"。他一生中为中国的现当代文学画廊所创造出来的那些最为成功的典型形象和风俗画卷，也大部分来源于广州市或广东地区的生活原型。

总之，大凡生长在广府地区的文学家，由于多有一种较深厚的本土文化情怀，故而其创作能自觉地接地气，表现出较突出的本土化创作倾

---

① 曾少谷：《革党赵声历史序》，参见梁纪佩《革党赵声历史》，岭南小说社，辛亥年刊本。

向，这就使不少广府文学作品能在不同程度上形象、逼真地展现广府地区的风俗民情，具有较丰富的文化内涵与较高的审美认识价值。

（二）审美功能

从审美的角度来说，文学作品涉笔地域风情，无疑可以营造一种真实可感的环境氛围，凸显作品的历史色彩、个性魅力乃至民族风格。对此，中外文学大师曾发表过精辟的见解。如巴尔扎克指出文学家应成为当代社会的"风俗史家"。他说："在我们这个时代，大家潜心钻研，主要是改造艺术形式，就在同时，找到了一种猎取读者注意的新方法，多给读者一种证据，证明故事的真实性：这就是所谓历史色彩。一个时代复活了，跟着复活的还有当时那些重要名胜、风俗、建筑、法律以及事件，我们必须承认，实际就带来了一种类似威信的东西；大家看见虚构的人物在大家熟悉的那些历史人物的氛围之中走动，就是不相信真有这个人，也不大可能。"[1] 鲁迅在给友人的信中也指出："现在的世界，环境不同，艺术上也必须有地方色彩，庶不至于千篇一律。"[2] "有地方色彩的，倒容易成为世界的，即为别国所注意。"[3]

广府文学对广府风情的书写，就使其或多或少地带有与众不同的"广味"，有效地增强了文学描写的真实性、时代感与吸引力。比如清代小说《蜃楼志》，题"庾岭劳人说，禺山老人编"，卷首序称："劳人生长粤东，熟悉琐事，所撰《蜃楼志》一书，不过本地风光，绝非空中楼阁也。"[4] 该小说以广州十三行洋商苏万魁及其子苏吉士的兴衰际遇为主线，描写当时广州"海关贸易，内商涌集，外舶纷来"，十三行

---

[1] 巴尔扎克：《评〈流氓团伙〉》，《巴尔扎克论文选》，新文艺出版社，1958，第199页。
[2] 鲁迅：《致何白涛》，《鲁迅全集》第十三卷，人民文学出版社，2005，第5页。
[3] 鲁迅：《致陈烟桥》，《鲁迅全集》第十三卷，人民文学出版社，2005，第81页。
[4] 庾岭劳人：《蜃楼志》，山西人民出版社，1993年，第1页。

洋商富可敌国、生活奢靡、时兴使用舶来品，粤海关对十三行洋商"任意勒索""病商累民"，以及粤东地区"洋匪"横行、窃盗蜂生、诸如此类，具有浓郁的时代气息和鲜明的地方色彩，生动地展示了一幅清中叶广东沿海地区的社会风俗画，使读者可以真切地感受广府文学的地域特色及其个性魅力。郑振铎就曾这样评介《蜃楼志》："因所叙多实事，多粤东官场与洋商的故事，所以写来极为真切。"① 这种取材及其表现的地域风情在明清小说中是极为罕见的。

广府文学对广府风情的书写，也是为了营造一种特定的环境氛围，增强叙事的新奇性与感染力。例如，梁纪佩的《粤东新聊斋·素馨田》，就将广州花田风情的描绘与浪漫伤感的爱情故事有机地交融在一起，营造了一种感人至深的艺术情境。该小说首先讲述了素馨的来历及素馨田的历史变迁："素馨，乃南汉王刘鋹之妃。花田在城西十里。宋方孚若《南海百咏》，谓刘氏美人葬此平田。弥望皆种素馨花，实则今之河南庄头也。按鹅潭之侧，有素馨田，阡连黄木湾，居民以种树为生，家世以贩花为业。环顾汀渚，为广州产名茶地。"接着，便叙述了一段有关素馨花的凄美故事。闽县王生，随父宦至粤。爱慕素馨之美而购置之，遍种署内。后来其父去官归里，王生将数千盆素馨一同运回闽县。里中之人乏睹此花者，皆惊羡其美。后经霜雪，素馨枝叶黄落，待至明春，萎处虽复萌发，但花儿已是秀而不华。王生甚为懊恼。后闻知乃易地栽植，土非原土之故。王生于是返粤购泥。怎奈购运泥土为当时官吏所禁，王生无计，便居留粤省，以种植素馨为业。某日偶于田间闻采茶之歌，不禁心摇神荡。次日复闻之，恋慕不已。后得知该歌女已为人妇，心甚怅惘，未几病卒，葬于花田。来年，坟头忽生素馨一株，高大异常。每逢王生病卒之期，花则盛开，形大如盏，璀璨若银。远近之

① 郑振铎：《巴黎图书馆中之中国小说与戏曲》，《郑振铎全集》第五卷，花山文艺出版社，1998，第434页。

人争先观赏，前歌女张氏亦往观之，闻王生因听其采茶之歌而后病卒，心为之恻，乃购楮帛奠之。今人读此篇小说，可知清末广州城外河南庄头村一带，遍种素馨花，鹅潭之侧还有素馨田与产茶地，当地百姓多以贩花采茶为业。时人所作竹枝词即云："古墓为田长素馨，素馨斜外草青青。采茶人唱花田曲，舟外桥边隔岸听。"试想在素馨花的阵阵香风中，聆听那宛转悠扬的采茶歌，是何等的销魂荡魄！难怪痴爱素馨花的王生会迷失在香花甜歌之中，为采茶女子的歌声勾去了三魂七魄，殉情于花田之中了。

广府文学作者书写广府风情，也是为了更好地启动故事情节，增强文学叙事的现场感与趣味性。如吴趼人的小说《劫余灰》，写陈耕伯考中了秀才，父母欢天喜地，便安排舀酒祝贺。书中写道：

> 这里李氏便忙着叫人买酒，预备后天行聘，顺便舀酒，索性热闹在一起。原来广东风气，凡遇了进学中举等事，得报之后，在大门外安置一口缸，开几坛酒，舀在缸里，任凭乡邻及过往人取吃，谓之舀酒。那富贵人家，或舀至百余坛，就是寒酸士子，徼幸了，也要舀一两坛的。所以李氏兴头里，先要张罗这个。又叫预备一口新缸，不要拿了酱缸去盛酒，把酒弄咸了，那时候，我家小相公不是酸秀才，倒变成咸秀才了。说的众人一笑。……那些乡邻亲族及过往之人，都来争取，也有当堂吃了的，也有取回去给读书小孩子吃，说是吉利的。跋来报往，好不热闹。乱过一阵，三四十坛酒都舀完了，人也散了。（第二回）①

这种"舀酒"风俗，就令人耳目一新，既渲染了一种喜庆氛围，

---

①　吴趼人：《吴趼人全集》第五卷，北方文艺出版社，1998，第90~91页。

又增强了叙事的趣味性。可谁知乐极生悲，陈耕伯竟被其表叔朱仲晦乘机卖了猪仔。可见，这一段酗酒风俗的描写也是为此后情节的开展做铺垫的。又如，黄世仲的小说《廿载繁华梦》第十六、十七回，描写周庸佑府中在除夕之夜隆重祀神，焚化纸帛，不慎失火，结果将整座大宅烧得罄尽，由此生发了周庸佑夫人马氏移居香港、周庸佑另觅新宅寻欢作乐等重要情节。

至于用风俗描写来映衬人物的情感心理或个性风采等，这在广府小说中更是司空见惯。如欧阳山的《三家巷》为了刻画区桃心灵手巧、聪慧过人的美好形象，就惟妙惟肖地再现了西关小姐过乞巧节的全过程，从而将人物形象的刻画与民俗风情的呈现巧妙地结合起来，使两者可以相得益彰，相映成趣，给人留下了美好难忘的印象。

总之，广府风俗民情的文学书写，对于文学作品本身来说具有多方面的审美艺术价值，它能赋予小说文本以较为鲜明的地域特色乃至民族风格，使其更有新奇动人的个性魅力。唐弢曾说："民族风格的第一个特点是风俗画——作品所反映的具有中国特色的社会生活、风土人情、世态习俗，也就是历来强调的采风的内涵。文学作品要表现社会生活，也要表现社会情绪，离不开富有民族色彩的风土人情、世态习俗。"[1] 沈从文也说，文学作品如果能写好民俗风情，那么作品"必然会充满了传奇性而又富于现实性，充满了地方色彩也有个人生命的流注。"[2] 可以说，广府的一些文学名著如《廿载繁华梦》《九命奇冤》《三家巷》等，之所以出名，也与它们善于描写本地故事与本地的风土人情有着非常密切的关系。

---

① 唐弢：《西方影响与民族风格——中国现代文学发展的一个轮廓》，《文艺研究》1982 年第 6 期。
② 沈从文：《新废邮存底》，《沈从文文集》第 12 卷，花城出版社、三联书店香港分店，1984。

（三）认识价值

就认识价值而言，文艺作品对一方一隅风土人情的形象描绘，无疑能开阔读者的眼界，增长其见识。鲁迅在《致罗清桢》的信中说："地方色彩，也能增画的美和力，自己生长其地，看惯了，或者不觉得什么，但在别地方人，看起来是觉得非常开拓眼界，增加知识的。"[①] 这虽然是就绘画来说的，但是借用来评价文学创作也同样是合适的。

广府文学对广府风情的摹绘，无疑有助于今人了解广府地区的风俗民情，为当今的广府文化研究与传承等提供鲜活可感的文献资料。例如，关于饮食文化，广府文学作品所描写的"无鸡不成宴"与广式烧腊、茶楼风情与精美点心、"粤菜三绝"与河鲜海味、坊间小食与特产瓜果，以及广府饮食融入的外国元素等，就可以使我们对"食在广府"有一种活色生香的感性体验，从而有效地弥补了历史文献记载的不足。

又如清末民初粤港地区频繁出现的"卖猪仔"，也即西方侵略者在我国东南沿海地区大肆拐、掳华工赴南洋、美洲等地转卖，虽然相关文献也有记载，但很少从受害者的角度对"卖猪仔"的整个过程做真切详尽的描述。而吴趼人则在《二十年目睹之怪现状》《发财秘诀》《劫余灰》等小说中多次暴露了"卖猪仔"的黑幕。这些小说告诉人们，被卖猪仔的人大多是因生活所迫，或被人拐骗，或遭人利诱，在西方殖民者眼中他们就像"猪仔"一样卑贱，过着"被驱不异犬与鸡"的屈辱生活。如《劫余灰》第十六回所写的陈耕伯，劫后余生，痛苦地回忆其被卖猪仔的经过：

---

① 鲁迅：《致罗清桢》，《鲁迅全集》第十二卷，人民文学出版社，2005，第532页。

　　入得门时，却是一所黑暗房子，里面有个人出来招呼，带了我到后面一间去。见有许多囚首垢面的人，柴、游两个也在那里。我便约他们出去，他两个哭道："我们出去不得的了！这里是猪仔馆，进来了，便要贩到外洋去卖的。"我听了吃了一惊，连忙要出去时，那门早反锁了。在这黑房里住了两天，吃的都是冷饭，又没有茶水。到第三天，一个人拿了一叠纸来，叫我们签字在上面，说是签了字，就放出去的。大家不知所以，便签了给他。忽然又有人送了一大壶茶进来，大家渴了两天了，便尽情痛饮。谁知喝了那茶之后，舌头都麻了，说不出话来，人也迷惘了。①

这是说自己被骗误入"猪仔馆"，接着是说他被装载入船，卖到国外：

　　在船上受的苦，比在黑房时还胜十倍……昏昏沉沉，也不知走了多少天，到了一处，把一众人赶上岸。到了一处房屋，把我们一个个用麻布袋装起来，便有人来讲论价钱，逐个磅过，又在袋外用脚乱踢一会儿，便又把我放了出来。还有几十个同放的，却不见了柴、游两个……此时便有两个外国人，把我们当猪羊般驱赶出去。又到了一个轮船上，行驶了三天，才到了一个地方。重复驱赶上岸，到了一所烟园里，叫我们给他种烟。……据说卖到这烟园里，还是好的，若是卖到别处地方，还要受罪。然而这一个园子里，总共五百人做工，每日受他那拳脚交下，鞭挞横施，捱饥受渴的苦，一个月里面，少说点，也要磨折死二三十个人。②

---

① 吴趼人：《吴趼人全集》第五卷，北方文艺出版社，1998，第195页。
② 同上书，第196页。

这就是"卖猪仔"的全过程，参照相关文献记载，可知其所写相当真实，不过由于作者是借受害人之口诉说的，所以读起来又感人至深，激起了人们对那些骗卖同胞的汉奸与西方殖民者的无限痛恨。

当然，文学作品对风俗民情的描写也难免有艺术想象与虚构的成分，如何鉴别其虚实、真假，也非易事。对此，我们可以采用文史互证的方法，将文学文本对广府风情的描写与一些史书、方志、笔记的有关记载，相互参证，以辨其虚实，甚至还可由此发现新的历史事实。比如按一些文献记载，过去称疍民之女为"咸水妹"，这是因其在海上活动，以船为家。可是清代的徐珂在《清稗类钞》中却说"咸水妹"是粤东蜑妇"为洋人所娱乐者也。西人呼之为咸飞司妹，华人效之，简称之曰咸水妹，亦以其初栖宿海中，以船为家也。又有称之咸酸梅者，则谓其别有风味，能领略于酸咸之外也"①。吴沃尧在《二十年目睹之怪现状》第五十七回中也说："香港是一个海岛，海水是咸的，他们都在海面做生意，所以叫他做'咸水妹'。以后便成了接洋人的妓女之通称。"② 这样的记述，就提供了可资研究的新材料。

另外，广府文学有关民俗风情的描绘是否有地道的"广味"呢？这也需要辨析。对此，不妨参照广府之外其他地区相关民俗风情的文献记载来加以鉴别。比如上文提到"乞巧"习俗，各地皆有，但又各异其趣。《三家巷》写乞巧节到来前，西关小姐区桃将三盘用稻谷发芽长到二寸长的禾苗摆在八仙桌上，每盘禾苗都用红纸剪的通花彩带围着，预备"拜仙禾"；然后又编制各种奇巧的小玩艺，"摆设停当，那看乞巧的人就来了。依照广州的风俗，这天晚上姑娘们摆出巧物来，就得任人观赏，任人品评。哪家看的人多，哪家的姑娘就体面"。之后，便是焚香点烛，对星空跪拜"七姐"，自三更至五更，要连拜七次。拜仙

---

① 徐珂：《清稗类钞》，中华书局，1984，第 2577 页。
② 吴趼人：《吴趼人全集》第二卷，北方文艺出版社，1998，第 464 页。

后，姑娘们手执彩线对着灯影将线穿过针孔，如一口气能穿七枚针孔者叫"得巧"，穿不到七个针孔的叫"输巧"。这些习俗，小说写得绘声绘色，别具风味。

最后，追寻广府文学中的"广味"，不仅可以感受其独特的审美文化意蕴，对于今天的广府文学创作也不无借鉴与启发价值。目前，我们正处在一个经济全球化，文化也不可避免地趋同化的时代。重温过去广府文学的"广味"，反观今天的广府文学创作，我们吃惊地发现，广府文学的地域文化色彩几乎流失殆尽。在此背景下，强调广府文学创作要接地气，抵御趋同化，写出有广府风味的社会生活、风土人情、世态习俗，以诗意的方式参与当代的广府文化建设，其重要意义是不言而喻的。

附录一
黄世仲小说中的广府风情与时代特色

　　黄世仲（1872—1912），字小配，号禺山世次郎，笔名黄帝嫡裔，又署世、棣、老棣、棠、亚尧等，广州番禺人。他是晚清著名的资产阶级革命家、宣传家与小说家，一生创作了《洪秀全演义》《廿载繁华梦》《宦海潮》《黄粱梦》《宦海升沉录》《吴三桂演义》等二十多种中长篇小说。其小说创作多半取材于本地的要事、新闻，主要叙写本地人、本地事以及富有时代特色的风俗人情，生动地展现了一幅幅用文字描绘的市井风俗画，具有很高的审美认识价值。

（一）商业风情

　　在黄世仲的小说作品里，最具地域特色和时代风貌的是商业风情。清康熙年间，清廷解除海禁，设立粤、江、浙、闽四处海关管理对外贸易。乾隆年间，关闭江、浙、闽三关，使得广州成为当时唯一的对外贸易口岸，并很快成为商贾云集、商贸繁华之地。巨商富贾们一面在汹涌澎湃的商业潮流里争当时代的弄潮儿，一面在都市繁华风流之地过着挥金如土的奢靡生活；甚至就连许多京官大佬也时时出没其间，在这里上演着一出出时代的悲喜剧。广府地区确乎成了当时形形色色的冒险家的乐园和商业经济文化的中心。

那么，广府地区的商业文化具有哪些时代特色呢？让我们从广府人的经商活动说起。从小说的描写、介绍来看，广府人经商往往具有很强的开拓、冒险精神，他们不仅乐于在本土经商，足迹还踏遍全国。《宦海潮》中，张任磐的父亲张成，除了在佛山本地开有仪仗店之外，还在省城下九铺开了一间分店；南海人"汪百万"在上海有一间"汪怡昌"，"系银庄兼放官账的"。《廿载繁华梦》里的广州商人梁早田，在香港开办了"□记"，"不特供应轮船伙食，兼又租写轮船出外洋去"（第二十一回），又在"上海棋盘街有一家'□盛祥'的字号，专供给船务的煤炭伙食，年中生意很大，差不多有三四百万上下"（第十四回）。

除了在国内经商，广府商人还甘冒风险到海外谋利。清代前期，广州对外贸易除已有的印度洋、南洋、日本、欧洲和拉丁美洲航线外，还开辟了到北美洲、大洋洲及俄罗斯的航线。而从《宦海潮》的有关叙述来看，截至19世纪80年代，广府商人到美国做生意，至少已有百年的历史。广东新宁人李荣即说："先父李洪自美国华盛顿开国时，已自航海来美，父子相继，在美已百年。"（第二十二回）其中在美国"金山大埠经商的，以广东新宁、新会、开平、恩平那四县人为多，那冈州会馆就是那四邑侨民的会馆"。据统计，当今海外"华侨和华人有三千万，而粤人占70%"①。

---

① 邓启龙：《开放的岭南文化》，暨南大学出版社，1998，第12页。

　　广府人之所以能将生意从国内做到国外，不断地拓展商业贸易的领域，这与他们秉持比较先进、灵活的商业理念是分不开的。

　　广府人从不以经商为耻。"由于经商致富的吸引力，更有一些人弃官从商、弃儒从商、弃农就商，乃至致仕经商。明清时期广府社会的多种社会阶层成分转为商人，说明当时商业已成为人向往之的社会热门职业。"① 如《宦海潮》中的张任磐，因为多次求取功名不中，亲朋中就有人劝其"读书不成，不如学贾。现在尊父还有生理，不如痛改前非，在店中学习生意"（第二回）。

　　广府人经商极少故步自封，只要能够赢利，他们是无物不经营（在《廿载繁华梦》中，既有经营金银的周庸佑，又有经营专业金银器及各种玩器的周乃慈，而在《宦海潮》中，则有经营粪埠生意的郑用、理发匠李成等），同样也是无处不能去，在国内外的商业贸易地区，几乎处处都有广府商人活跃的身姿。

　　广府人经商讲究"忠厚至诚"。《廿载繁华梦》中周庸佑的岳父就因为做生意"忠厚至诚"而成为"一个市廛的班首"。香港商人也认为"商场中人，正要朴实，循规蹈矩"。因为"忠厚至诚"，所以他们比较注重商业信誉，维护品牌声誉，如《廿载繁华梦》写佛山有名的婚姻礼仪店有"五福、吉祥"这两家。周庸佑办喜事，就订的是"五福""吉祥"两家。

　　广府商人经商因为具有上述特点，所以他们能够成为那个时代商界的代言人，他们敢于开拓进取的商业精神和不拘一格的经营理念，代表了当时中国最先进的商业文化精神。而且更为可贵的是，广府商人还凭借其雄厚的财力，在抗击外敌、捍卫国家权益等方面做出了重要贡献。如《宦海升沉录》就写到，苏浙两省代表进京与政府交涉苏杭铁

---

　　① 陈泽泓：《广府文化》，广东人民出版社，2007，第449页。

路事宜时，就举广东人争回粤汉铁路路权为例，他们说："广东人把粤汉铁路争回自办，瞬息间集股四五千万，难道苏浙两省之力，就不及广东一省不成？"（第二十一回）当时，连权势显赫的宰相李鸿章也曾这样说："广东风气渐开，富商亦众。此次回去招股，自是不难。"（《宦海潮》第十三回）因为有这样的认识，当时的朝廷就常把北方的战争灾难更多地转移到广州商人身上。《廿载繁华梦》即说，中法战争时，张大帅"敲诈富户，帮助军粮"；甲午战争时，"李丞相说了和，每年要大注款赔把过外国去了，所以派俺广东每年筹多二百万款项"（第二十四回）。可见，广府商人在国家多难之秋，确实为保护国家权益、挽救民族危亡做出了应有的贡献。

当然，由于受传统、国情等历史和现实因素的影响，广府人经商还或多或少地带有一定的半殖民地半封建色彩。在《廿载繁华梦》中，买办商人周庸佑即以广东关部衙门"库书"起家，他靠与海关官员勾结、营私舞弊等手段，攫取了数百万的家财。发财以后，他便投资银行、买股、办矿等，而不像传统的商贾那样去置办田产，这当然表现了他与时俱进的现代商业意识；但是，其巨额收入却又有相当一部分被他用于花天酒地，任意挥霍，或造大房子，或携妓，或抽鸦片，或以财谋官、以官保财等，这又分明带有浓厚的封建色彩。

（二）世俗习尚

广府地区因为经商成风，经济繁荣，市民生活比较富庶，所以也就容易形成"世风以奢靡相高，人情以放荡为快"的时代风习。那些有权有势的官绅富贾，遇事皆要宴请宾朋，逢节必大开筵席，讲排场、显声威，几乎成了他们一贯的生活作风。作者通过对当时广府地区城市生活习尚的逼真描绘，既从一个侧面揭示了主要人物的精神面貌，同时又生动地展示了一幅幅多姿多彩的地域风情画，为小说平添了几分新奇动人的艺术魅力。

1. 娱乐习尚

娱乐习尚是时代风气的表征之一，它对于我们了解某一时代中人们的生活方式、精神面貌和价值观念等，具有重要的认识价值。黄世仲在其近事小说中即对当时广府地区的娱乐习尚诸如看戏、赌博等作了颇为逼真的艺术再现，特别是其对戏曲演出风气的描写，即可为今天的戏曲研究提供不少较有价值的实证资料；而从艺术角度着眼，这些娱乐习尚的描写，对于塑造人物、生发故事情节和渲染环境氛围等，也具有重要的审美功能。

（1）戏曲演出与消费

黄世仲近事小说如《廿载繁华梦》《宦海升沉录》等，涉及的戏曲演出活动多达数十处，大多是官宦、绅商等有钱有势的人家，为升官发财、结婚生子、年节祭祀、朋辈欢聚等，唱堂会（即在厅堂上演戏）以娱宾遣兴。其所描写的不少戏曲演出场景，在一定程度上可以视为当时戏曲演出形态的形象写照。这里不妨以《廿载繁华梦》第八回的戏曲描写为例，来略窥当时戏曲演出情景之一斑。

该回写李府上因有了喜事，在府里唱堂戏。请的是赫赫有名的"挡子班，那班名叫做双福"，"内中都是声色俱备的女伶，如小旦春桂、红净金凤、老生润莲唱老喉，都是驰名的角色"。可见富贵人家请人唱戏很讲究排场。

初更时分，戏曲开演之前，李庆年（东道主）先是请客人肃静就座，然后"男客是在左，女客是在右"。可见富贵人家请人听戏颇讲究礼仪。

这里所描写的请戏班真实地展示了堂会演出的全过程，让我们对当时堂会演出的程序与形式、演员的来历，以及富商大佬捧戏子时一掷千金等情形，有了进一步的了解。

如果再结合《廿载繁华梦》的其他回目，以及其他小说中涉及的戏曲描写，我们还可以获得以下一些重要的戏曲信息资料。

其一，当时堂会演出的剧目，主要有：《廿载繁华梦》中的《打洞》《一夜九更天》《红娘递柬》《汾阳祝寿》《打金枝》等，《宦海潮》的《鸿门会》《使西域》《和六国》《豪宴》《送别》等，《宦海升沉录》中的《苏幕遮》《翠屏山》等。这些剧目多是当时流行的应景戏，并且是某些名角的成名曲或代表作。

其二，这些小说提到了不少名班、名角，以及她们的职业和身份特点。《廿载繁华梦》提到当时有名的戏班就有"双福班"，班上还有名角"小旦春桂、红净金凤、老生润莲"；"杏花班"有"小旦法倌"，善唱《碧桃锦帕》一出。后来，马氏还"最爱听的是小旦法倌，自从法倌没了，就要听小旦苏倌"。还有《宦海升沉录》中的金媛媛、杨翠喜也是名角，杨翠喜的成名曲《翠屏山》还登在报上，到处传扬。这些演出者主要是职业化的戏班以及在青楼妓馆中谋生的声色之妓，还有就是绅商家里自己培养的戏班。其欣赏者多为官宦、绅商等有财势者，只有这些人才请得起戏班或者到青楼妓馆去听曲。

其三，这些小说还反映了当时演戏的时间、场合、规模等。一般来说，家里唱戏，主要是在新房入住、生日、升官、中功名、婚宴等喜庆场合，如《大马扁》中的康有为中举之后，就借一个举人的名目酬恩演戏。《廿载繁华梦》则提到绅商周庸佑的家里演戏规模十分惊人，并且"每年唱戏，不下十来次"，几乎月月都演。有时，绅商、官僚在宴客时也常常会叫歌妓到家演唱；这时，基本上是每人一个相好的妓女相陪，如《宦海潮》《宦海升沉录》都提及盛子仪或成端甫花园宴名士，"诸名角"都唱戏。如果来头大的人到妓院请宴，几乎所有妓女都会出场。

其四，当时达官贵人、富商大贾等主要的娱乐方式，就是听戏、捧角，其戏曲消费之豪奢，往往令人惊叹。例如，上文提到周庸佑一次性掷给小旦春桂的赏封，就有二千两银子。他的小妾马秀兰，"凡苏倌所在的那一班，不论什么戏金，都要聘请将来。当时宝华坊周府每年唱戏，不下十来次，因此上小旦苏倌声价骤然增高起来"（第二十七回）。此外，当时还有像今天的娱乐报纸一样大肆吹捧戏曲明星的报道。《宦海升沉录》第十七回就说，因南妓杨翠喜"唱那《翠屏山》一出，报纸上早已传颂殆遍"，结果杨仕襄为了买到此妓送给王子，足足花了十万银子，以致倾家荡产，其举动之疯狂，实在令人不可思议。《廿载繁华梦》第十一回还写马秀兰起先天天到南关和乐戏院听戏，后来感觉往来不方便，就在府里改唱堂戏；再后来则干脆在府里建起戏场。其所建的戏场，造价十分昂贵。

其五，黄世仲在小说中还介绍了当时的一些戏曲民俗。比如，《廿载繁华梦》第二十七回就说："粤俗迷信，每称新建的戏台，煞气重得很，故奠土时，就要驱除煞气，烧了十来万的串炮。过了奠土之后，先演两台扯线宫戏，唤做挡灾，随后便要演有名的戏班。……这会姓周的新宅子，是第一次唱戏，况因进伙未久，凡亲朋道贺新宅落成的，都请来听戏。"第十三回还借人物之口，说道："大凡新戏台煞气很重，自然就要请个正一道士，或是茅山法师，到来开坛奠土，祭白虎、舞狮子，辟除煞气，才好开演。"第十五回还说周府因产儿要禁冷脚，先令后园停止唱戏，支结了戏金，等弥月后，方行再唱。此外，该小说第九回还提到当时"香港戏园每天唱戏，只唱至五句钟为度"；第二十四回写有些港中绅商富户还被请到广州来看戏。这自然有助于我们了解当时香港的演戏情况。

黄世仲在近事小说中对当时戏曲活动的频繁描写，是与他自身的生活经历分不开的。他从小就是一个戏迷，"孩童随父兄入于演剧之场，见夫傀儡登台，忠奸贤佞，神形毕肖，为之心往神移。遇忠者爱慕之，奸者怒嫉之。演至富贵荣华，而心为之炫；唱至生离死别，而神为之酸。若见夫贪官污吏、土豪恶棍，鱼肉乡民，而含冤被害者，忽不觉悲咽之何从。一经报应不爽，则又以为天眼昭昭，而心为之大快。以观一日之剧本，而七情并用，均流露于自然者"①；对于粤戏中存在的弊病，他还提出了尖锐批评："吾尝有言：广班之剧本，殆每况愈下，大都从野史摭拾一二，而参以因果祸福之说，串插而成。故一套中，不有困谷，必有过岭；不有抢子，必有搜宫；不有谏君，必有试妻；不有劈网巾，必有写分书：千首雷同，如出一辙。如朝臣之唱调也，写分书、打和尚、劈网巾之口白也；又如语不离宗，人人同此演唱者。若夫穿插之桥段，则中国用兵，必先败而后胜；忠臣际遇，必先屈而后伸：旧之江湖十八本，与今之著名戏本，大约皆同。故夫吾粤戏本也，惟于平蛮讨外，则诚足以触发观者种族之感情；而此外其有关系于民智与风气者，吾未见之也。"② 在《宦海潮》第二十五回中，他也曾借主要人物张任磐之口对当时戏曲演出的内容予以批判："我们中国迷信的积习，梨园菊部中演唱剧本，大凡有冤情案件，不是说仙佛指迷，就是说鬼神托梦，虚眇荒诞，只骗得一般愚夫愚妇。"可见他对当时广府地区的戏曲表演是相当熟悉的，并且有很强的审美判断能力，这就决定了其近事小说对于戏曲活动的介绍、描绘等，具有较高的史料价值。

（2）赌博

赌博，也是当时广州地区普遍流行的恶习。黄世仲在其近事小说中，就对当地人们的赌博行径作了真实的揭露与批判。

清末，盛行于两广地区的赌博活动，有一种名曰"闱姓"，也叫做

---

① 黄小配：《小说种类之区别实足移易社会之灵魂》，参见陈平原、夏晓虹编《二十世纪中国小说理论资料》（第一卷），北京大学出版社，1997，第219页。

② 黄小配：《改良剧本与改良小说关系于社会之轻重》，参见陈平原、夏晓虹编《二十世纪中国小说理论资料》（第一卷），第316~317页。

"榜花","每乡会试或岁科试前,使博者先入资,预卜入彀者之姓氏,各指定若干姓。榜发,视所卜中者之多寡,以第所得之厚薄,往往以百十万为博注。姓僻者,则且代之作文,通关节,使之必中而后已。粤民本嗜赌,此尤风行,无富贵贫贱,辄相率为之,士绅亦于其中分肥,官不之禁。光绪时,且奏抽闱姓捐以助军饷,后乃禁革"①。这种商业性的赌博,在黄世仲的小说中多有反映。如《廿载繁华梦》中,张总督为朝廷筹钱而设一捐项,"唤做海防截缉经费",可是后来在广东官绅的摆弄之下就变成了恶劣的科场舞弊行为。"怎晓得官场里的混帐,又加以广东官绅钻营,就要从中作弊,名叫买关节,先和主试官讲妥帐目,求他取中某名某姓,使闱姓得了头彩,或中式每名送回主试官银子若干,或在闱姓彩银上和他均分,都是省内的有名绅士,才敢作弄"。小说中的绅士刘鹗纯是周庸佑的结义兄弟,即惯做文科关节,揽主雇,几乎每年的闱姓都被他掌握了,甚至这种行为还被编成歌谣传唱:"文有刘鹗纯,武有李文桂。若要中闱姓,殊是第二世。"(《廿载繁华梦》第六回) 这些行为说明,带赌博性质的科场舞弊进一步恶化了清末的官场腐败。

除了闱姓,清末广府地区还流行另一种有"小闱姓"之称的叫作"白鸽票"的赌博。同治年间的《南海县志》解释"白鸽票"曰:"取千字文前八十字,密点十字,令人亦猜。点十字猜得五字以上,每一钱赢十钱。城乡各处具开有票厂,猜票者以票投之,每日猜一次。" 如《宦海潮》第五回,就写一个从福建候补回来的叫王彦成的人,在佛山开了一家唤做"龙溪"的白鸽票厂。这白鸽票厂有辰、申两间分厂。为了保障其非法地位的安全,"龙溪"票厂贿赂佛山四衙(佛山共有衙门四所),并每天向王、梁、张、陈、李、利几家大户派送规款。小说

---

①　徐珂:《清稗类钞·赌博类·闱姓》,中华书局,1984,第4879页。

主人公张任磐每天可获一两八钱不等，但他还不满足，"又乘势向别间赌馆索规，有不愿交的，就出'正县丞张任磐'的名字，到衙门控告"，以此勒索。可见当时开赌局的很多，并且连官府也参与了赌博行为。开赌馆者固然不务正业，但身为官绅却趁机敲诈勒索开赌馆者，也难辞其咎。

除了上述两种，广府地区的赌博还有其他名目，如"番摊"、"山票"、"诗票"与"铺票"等。如《大马扁》第八回，写"西樵地方，有一条基围，唤做桑园。那基围包围许多田亩相连，十三乡倒靠那桑园围防御水患。以前因西流水涨时，每致基围溃决，因此连年须大费修理。先是动支公款，但连年如是，公款也支销多了。附近绅士就借修理基围之名，借端开赌。这赌具唤做围票，凡是各村士绅都有陋规均派。"连修整基围都可以开赌，足见当时广府地区赌风之盛。

2. 节日习尚

节日习尚也是黄世仲近事小说关于广州风俗描写的一个重要组成部分，其小说曾重点写过两个各具特色的节日，即春节和中秋节。《廿载繁华梦》第十六回描写除夕之夜广州市民都要在大门口贴春联，挂大红灯笼，官宦人家还要在灯笼上写上自家的官职、姓氏，以显声威。各家各户都要以花草来装点新春，像周庸佑家里，"自大厅至左右两廊，都在后花园里搬出无数花草，摆得万紫千红，挂得五光十色"，煞是好看。而市民们还不以此为满足，还要在繁华的地段设置"花市"，以供玩赏。时至今日，这种风习仍然相沿不衰，并业已成为广府地区年节文化的一道亮丽风景线。

其次是中秋节。《大马扁》第七、八回即浓墨重彩地描绘了广州市民过中秋节时的热闹景象。中秋节这一天，学堂纷纷放假，"同门学生或唤花舫游河，或到酒楼赏月，更有些告假回乡趁节的"。普通百姓"家家笙管，处处弦歌"，"有品箫弄笛的，有猜拳行令的"。"山巅之上，但见正中一轮明月，照耀得银世界一般，俯瞰鹅潭，月映江心，万象汪洋，澄清一色，正是月白风清，天空地静"；这里也有人造的五彩缤纷的旗帜与灯笼，"各家庆贺中秋的旗帜高扬，或纸或布，五光十色。凡羊角灯、走马灯、风筝灯，纸尾扎成批皮橙样，似攒珠串儿挂起，家家斗丽，户户争妍。"作者通过对中秋节这种热闹景象的着意渲染，生动地描绘出一幅令人向往的市井风俗画。

（三）礼仪民俗

黄世仲的近事小说还对当时广州地区的婚嫁、丧葬、生育等礼仪民俗作了生动、逼真的描绘。这些描绘既展示了当地人们特别是有钱人家的生活风习，折射了时代文化的变迁，同时也为人物、故事提供了富有特定情调的环境氛围。

1. 婚嫁

婚嫁习俗各地皆有，并且往往具有丰富多彩的仪式。《廿载繁华梦》第二回写广州人婚嫁，不仅遵循一定仪式，而且娶妻、纳妾等各有等差。如周庸佑娶邓氏，因为是头婚、正妻，所以各色仪式十分庄重，从"媒讲合""定年庚""过文定""行大聘礼""完娶""洞房"，到"庙见"，一丝不苟。"定年庚"即女方家长将准新娘的出生年月日（年庚八字）交给媒人，媒人会将资料等写在红纸上（称为"庚帖"）交给男家以占卜其婚姻是否适宜，即俗称的"夹八字"。如果男女双方年庚八字无相冲相克，就可以"过文定"。"过文定"又叫"纳吉"，即男家带备薄礼到女家，奉上聘书，正式提亲。"行大聘礼"即"过大礼"，是比较隆重的定亲仪式。一般在大婚前一个月至两周进行，男家会依议定的条件带备聘金、礼金及大批礼品到女方家中。"过大礼"有时是显示男方财势的好时机。《廿载繁华梦》中写富商周庸佑"过大礼"："统计所办女子的头面，如金镯子、钗环、簪珥、珍珠、钢石、玉器等，不下三四千两银子。那日行大聘礼，扛抬礼物的，何止二三百人。""过大礼"讲究排场，婚礼也讲究排场。"到了完娶的时候，省、佛亲朋往贺的，横楼花舫，填塞村边河道。周庸佑先派知客十来名招待，雇定堂倌二三十人往来奔走，就用周有成作纪纲，办理一切事宜。先定下佛山五福、吉祥两家的头号仪仗，文马二十顶、飘色十余座、鼓乐马务大小十余副，其余牌伞执事，自不消说了，预日俟候妆奁进来。"这里所说的"俟候妆奁进来"也是婚俗的一项，即女方收到大礼后，最迟要在大婚前一天把嫁妆送到男家。周家到了迎娶那天，"分头打点起轿"。"第一度是金锣十三响，震动远近，堂倌骑马，拿着拜帖，拥着执事牌伞先行。跟手一匹飞报马，一副大乐，随后就是仪仗。每两座彩亭子，隔两座飘色，硬彩软彩各两度，每隔两匹文马。第二度安排倒是一样，中间迎亲器具，如龙香三星钱狮子，都不消说。其余马务鼓乐，排匀队伍，都有十数名堂倌随着。最后八名人夫，扛着一顶彩红大轿，炮响喧天，锣鸣震地。做媒的乘了轿子，宅子里人声喧做一团，无非是说奉承吉祥的话。起程后，在村边四面行一个圆场，浩浩荡荡，直望邓家进发。且喜路途相隔不远，不多时，早已到了。这时哄动附近村乡，扶老携幼，到来观看，哪个不齐声赞羡？一连两三天，自然是把盏延宾，好不热闹。那夜邓家打发女儿上了轿子，送到周家那里，自然交拜天地，然后送入洞房。"可见周家娶妻场面是何等的热闹和阔绰。

后来，周庸佑续娶，因是丧妻未久，不合礼节，只好偷偷举行，只有三五知己到贺。至于纳妾，有时根本没有婚礼。除了娶妻纳妾，小说还写到周氏嫁女的情形，也是十分豪奢，仅陪嫁之物就"总计不下十万来两"。书中还写到新娘新婚后三天归宁的习俗。"广东俗例，新娶的倒要归宁，唤做回门；做新婿的亦须过访岳家，拜谒妻父母，这都是俗例所不免的。""金猪果具及新媳回门的一切礼物，早已办妥，计共金猪三百余头，大小礼盒四十余个，都随新媳先自往周府去。"（《廿载繁华梦》第三十二回）金猪即"烧猪"，"郡城婚嫁回门必送烧猪"。"烧猪"是广府人遇到喜庆时最为重要的礼品。

2. 丧葬

广府人对于丧葬的礼仪很重视。旧时人们通常在家中去世。而旧俗忌在偏房去世，所以在病人弥留之际先为其沐浴更衣，随即移于正厅，名曰"出厅"。出厅咽气称之为"寿终正寝"。《廿载繁华梦》第二十二回写周庸佑的伍姨太病重，"香屏姨太就着梳佣与他梳了头，随又与他换过衣裳，再令丫环打盆水来，和他沐浴过了"。"随把伍氏移出大堂上，儿子周应祥在榻前伺候着。"

两广有一句俗语："食在广州，死在柳州。"柳州的木材很适合做棺材，不过其价甚高，有钱人家办丧事才买得起柳州的名贵木材。《廿载繁华梦》第四回写周庸佑为亡妻邓氏购买的棺木，就"底面坚厚，色泽光莹，端的是罕有的长生木"，其价钱高达八百银子。这也多少透露了周庸佑对邓氏的情义。邓氏丧礼之隆重，也令人叹为观止。出殡之日，"亲朋戚友，及关里一切人员，哪个不来送殡？果然初交午时，即打点发引。那时家人一齐举哀，号哭之声，震动邻里。金锣执事仪仗，一概先行。次由周庸佑亲自护灵而出，随后送殡的大小轿子，何止数百顶，都送到庄子上寄顿停妥而散。是晚即准备斋筵，管待送殡的，自不消说了。"丧礼之大小及气氛之冷热，正反映了死者及此户人家的财势与社会地位。当然，它也可以反映一个人物的命运及其结局。例如周庸佑的四姨太死后，就完全没有邓氏这样的待遇了。继室马氏还怪前来报丧的丫环大惊小怪，其冷漠与无情，令人齿冷。书中写得最为悲伤的是第三十九回七姨太之死。周家被抄查之后，周庸佑逃往海外，妻妾也被迫逃到香港，真是"树倒猴狲散"！垂死的七姨太因无人过问，只好自己请了一帮尼姑为自己祈祷。春桂受请前来，"只见门外摆着纸人纸

219

马，并无数纸扎物件，又有几个尼姑穿起绣衣，在门外敲磬念经，看了料知因七姨太有病，又是拜神拜鬼"。春桂为她办完丧事之后，即"携自己丫环及七房丫环，并所有私积，及七房遗下的资财，席卷而去"。姜氏的丧礼与前面盛大的正妻丧礼相比，简直判若云泥。这种凄凉的结局，对于小说所要表现的富贵繁华如一梦的主题也起到了一定的烘托作用。

3. 生育

广州地区重男轻女的倾向，是比较突出的。这从吃满月酒、庆灯等活动中就可以看出。如果是生男，不管贫家还是富户，总会筹办比较正式的满月酒，并且于来年举行庆灯活动。富贵之家往往要借此铺张炫耀一番。《增城县志·杂礼·庆灯》即记载："居必聚族，增进丁男视为举族之喜。故上元前后，各乡族皆庆灯，县城内外及诸巨族尤盛。届时，祖祠堂内悬灯张乐，门外陈鳌山景物。族内举男者，名曰'灯头'，先设馔以宴飨族属，宾客凡经赴宴者，必迭互设馔以酬之，雍雍然于饮酒而寓睦族之意焉。"①《廿载繁华梦》虽没有具体地描写这个过程，但是却描写了周家张灯结彩之豪华、气派，以示其对马氏产儿的庆祝。书中说周家订制的花灯"高约一丈，点缀纸尾的人物花草，都不计其数，先挂在神楼上"（第十六回）。不过，并非所有产男婴的母亲都有这样的荣耀。如果正妻在，而姜氏生了长男，那就有可能不但没有如此优厚的待遇，而且还可能因正妻妒忌而备受排压。周庸佑的第一个妾伍氏产长男时，因比继室马氏早，就受到了马氏的排挤与折磨，以至诸事草草，最后还在争风吃醋中死于非命，其子也一直得不到应有的关爱。从艺术的角度看，这些描写也是为了揭示周庸佑因为不能"齐家"而导致的家庭矛盾，刻画马氏自私、狠毒的嘴脸。例如，小说第七回还

---

① 丁世良、赵放主编《中国地方志民俗资料汇编》（中南卷），北京图书馆出版社，1997，第693页。

写到马氏极欲生个儿子，巩固其家庭地位，以打击伍氏。因为担心自己万一生女，她居然想了个"偷龙转凤"的办法，花大钱派梳佣六姐去调换别人家的男婴。六姐因换儿不成，心中犹如十五个吊桶打水，七上八下，可回到家门时，抬头一看，只见"一条红绳子，束着柏叶生姜及红纸不等，早挂在门楣下"，六姐吓了一跳，原来马氏已生产了。马氏产的是男是女？如果是女，这事该如何收场？作者暂且打住，留待下回讲述，这就在读者心里打了个结，使其欲罢不能，往下一看才知道这原来也是生子的风俗。

（四）家居习尚

黄世仲的近事小说还为广州地区的园林风光，特别是家居习尚，留下了生动的剪影。

岭南地区由于燠热、多雨，所以广州民居在园林、住宅的建设方面，一般都讲究雅致、幽冷与实用。《廿载繁华梦》第二十七回即介绍说这里的房子多用可以防水的青砖造成，花园中的"亭台楼阁，都十分幽雅。其中如假山水景，自然齐备。至四时花草，如牡丹庄、莲花池、兰花榭、菊花轩，不一而足"。这些描写就多少透露出岭南地区园林的部分特征。

《廿载繁华梦》第二十七回还说："广东人思想，凡居住的屋舍及饮食的物件，都很识得精美两个字。"例如，周庸佑家用的粤绣和酸枝家具等，就体现了"精细"的特点，其中酸枝木家具上皆是精致雕琢的图案。至于马氏睡的床，还是用珍贵的紫檀木做的。马氏认为"人生所享用的，除了饮食，就是晚上睡觉的时候，才是自己受用的好处"，所以她对床的质量和外观等，也就特别考究。这种床"木纹细净""雕刻精工""人物花草，面面玲珑活现"。周家一下子就购置了二十余张。此外，小说还介绍了一种较有地方特色的潮州床。潮州床"用木做成，上用薄板覆盖为顶，用四条木柱上下相合，再用杉条门合，三面横筒，唤做大床"。除了这种带有传统风味和地方特色的紫檀床、潮州床外，周家还有西洋弹弓床、西式藤床子等，这些则摆放在其营建的一座西洋楼里，洋楼里的其他家具，诸如西洋镜、自鸣钟、望远镜、电风扇等，形形色色，就连安装的电灯，也不下五百余个。周家的戏台完全是为满足她听戏的嗜好而设计建造的。戏台除了建造有一般听戏的座位外，对着戏台，又建一楼，楼上中央，以紫檀木做成烟炕，供马氏一边躺着抽洋烟，一边听戏。可见其生活是多么奢靡。

倘若从外观上对周家的园林、居室等作一次整体浏览，那么它给人的感觉也是相当震撼的：呈现在眼前的周宅是"十三面过相连……差不多把宝华正中约一条长街，占了一半。又将前面分开两个门面，左边的是京卿第，右边的是荣禄第……两边头门，设有门房轿厅，从两边正门进去，便是一个花局分两旁……从斜角穿过，即是一座大大的花园，园内正中，新建一座洋楼……从洋楼直出，却建一座戏台……直进又是几座花厅，都朝着洋楼"。真不愧是"骄奢且足倾人国"！如此骄奢淫逸，这就难怪周家后来会招致抄家的厄运了。

（五）迷信风气

黄世仲的近事小说除了对广州地区的娱乐、节日、礼仪、家居等习尚等作了逼真的描绘以外，对当地的迷信之风也有所揭示。从小说描写的情况看，当时广州城内外，寺院林立，庵堂遍地，这些场所乃是播散迷信之风的集中地。《廿载繁华梦》第七回写马氏为邓氏打斋超度时，去的是长寿寺；第十二回写四姨太问卜，去的是华林寺。《五日风声》写当时官方军械局，竟然设在飞来庙。至于庵堂，更是林林总总。《廿载繁华梦》第十七回写周宅新戏台成立时，一下子就请了庆叙庵、莲花庵、无著地庵等好几个庵堂的尼姑来开坛念经。马氏与和尚、尼姑的关系也十分密切。她时常接待尼姑，就连发个恶梦，也要找些尼姑来"参详参详"。当地人们每事必讲神讲鬼，诸如受胎妇女，不许擅动，以免触动"胎神"；新戏台成立，煞气太重，"自然要请个正一道士，或是茅山法师，到来开坛奠土，祭白虎、舞狮子，辟除煞气，才好开演"。作者称这些迷信行为是"扯线"（粤语此意为"不正常"，"有神经病"）、"混混帐帐"。

黄世仲近事小说因为对清末广州地区的世态风情进行了比较形象的描绘，所以在一定意义上，他的作品也可以说是用文字描绘的都市风俗画。透过这些风俗画，我们既可以认识广州在中国近代文明与商业发展中所起的窗口作用，了解当时广州人的物质生活和精神风貌，同时又可以更好地理解其小说人物性格赖以生成的物质、文化基础，更深切地把握其近事小说具有的地域文化色彩，以及由此体现出来的艺术个性。

附录二
清代小说《蜃楼志》 中的广府风情

　　清代小说《蜃楼志》，二十四回，约成书于嘉庆初年。作者题"庾岭劳人说，禺山老人编"，卷首罗浮居士序说："劳人生长粤东，熟悉琐事，所撰《蜃楼志》一书，不过本地风光，绝非空中楼阁也。"该小说以广东洋行官商苏万魁及其子苏吉士两代人的兴衰际遇为主线，描绘了一幅清中叶广东沿海地区的社会生活图景，带有浓郁的时代气息和鲜明的地方色彩，可以为今人研究清中叶的广府风情等提供大量鲜活、感性的文献材料，具有很高的认识价值。

（一）十三洋行的繁盛

　　《蜃楼志》首次真实描述了清代海禁开放后广府洋商的生活风貌。据史载，康熙二十四年，开放海禁，设立江浙粤闽四海关，其中粤海关设一专任道员，名为"监督"，或称"海关道"，选满人充任。雍正六年，复成立"商总"，以处理海关有关贸易。乾隆二十二年，诏令外商只准在广州互市，以利"粤民生计"。小说正是以清代这一海关贸易为背景，展开故事情节的。

作品第一回就写当时广州"海关贸易，内商涌集，外舶纷来"，"一切货物，都是鬼子船载来，听凭行家报税，发卖三江两湖及各省客商，是粤中绝大的生意"。第四回写李匠山师生重阳登越秀山"倚窗望去，万家烟火，六市嚣尘，真是人工难绘。又见那洋面上，绘船米艇，梭织云飞。"这种商贸繁盛的景象，在清人所作的广州竹枝词中不时可见。如屈大均所作的竹枝词即云："洋船争出是官商，十字门开向二洋。五丝八丝广缎好，银钱堆满十三行。"① 王时宪的竹枝词云："珠江南口出南洋，洋里常多白底舰。远在澳门装货到，最繁华是十三行。"② 乾隆三十三年（1768）到过广州的英国商人威廉·希克，也在回忆录中这样说："当你到了这个城市后，发觉到它的景色是引人入胜而美丽如画。宏伟而新颖的建筑，经常使外来人感到惊奇。珠江上的船舶运行忙碌的情景，就像伦敦桥下泰晤士河。不同的是，河面上的帆船形式不一，还有大帆船。在外国人眼里，再没有比排列在珠江上长达几里的帆船更为壮观的了。"③

因此，小说对十三行繁盛景象的描绘是相当真实的。十三洋行威名赫赫，被视为"帝国商行"。"十三行商人不仅被刻印在普鲁士的银币上，而且被列为自古以来世界几大首富之一——他们称得上'富可敌国'。鸦片战争中，英军侵占了广州，就是十三行首富之一伍家出了600万两银元当'赎城费'。"④ 据史料记载，"在十三行衰落的末期，怡和行商人伍浩官还有价值2600万元的财产；同文行商人潘启官还有

---

① 屈大均：《广东新语》，中华书局，1985，第427页。
② 陈永正：《中国古代海上丝绸之路诗选》，广东旅游出版社出版发行，2001，第259页。
③ 龚伯洪：《广府文化源流》，广东高等教育出版社，1999，第75页。
④ 谭元亨：《十三行的谣谚与小说》，《华南农业大学学报》（社会科学版），2009年第2期。

1亿法郎的财产"。① 可见，十三行洋商的巨富是名不虚传的。

《蜃楼志》也如实地记载了十三行洋商泼天富贵。第一回作者介绍苏万魁时说："一人姓苏名万魁，号占村，口齿利便，人才出众，当了商总，竟成了绝顶的富翁。……家中花边番钱整屋堆砌，取用时都以箩筐袋捆"第八回写苏笑官年底算账，光他人的欠款就约有五十万两银，"各处账目俱已算明，大约洋行、银店、盐商的总欠三十余万，民间庄户、佃户在城零星押欠共二十余万"。可以说，在中国通俗小说中的商人形象中，《蜃楼志》中的洋商恐怕是最富有的。《金瓶梅》中富得流油的西门庆充其量也不过十万家财。

钱财既多，难免重享乐。粤人尚奢，可以借用"世风以奢靡相高，人情以放荡为快"这两句诗来概括。《蜃楼志》所写的婚丧嫁娶即形象地体现粤人尚奢的风气。第四回写苏万魁"在花田盖造房子，共十三进，百四十余间，中有小小花园一座。绕基四围，都造有两丈高的砖城，这是富户人家防备强盗的"。"万魁分付正楼厅上排下了合家欢酒席，天井中演戏庆贺，又叫家人们于两边厅上摆下十数酒席，陪着邻居佃户们痛饮，几乎一夜无眠。到了次日，叫家人入城，分请诸客，都送了'即午彩觞候教'的帖子，雇了三只中号酒船伺候，又格外叫了一班戏子。到了下午，诸客到齐，演戏飞觞，猜枚射覆。"第八回写苏吉士娶亲"这温家的嫁资十分丰厚，争光耀日，摆有数里之遥。苏家叫了几班戏子、数十名鼓吹，家人一个个新衣新帽，妇女一个个艳妆浓妆，各厅都张着灯彩，铺着地毯，真是花团锦簇。"其他写看戏庆贺的也不计其数。

粤人尚奢，也可从日常生活时兴使用舶来品中可见一斑。由于广州当时是全国唯一的通商口岸，每日洋货纷至沓来，因而人们在日常的往

---

① 蒋祖缘、方志钦主编《简明广东史》，广东人民出版社，1993，第382页。

来酬酢中自然就会以使用舶来品作为时尚。小说第一回就写苏万魁用一只洋表贿赂赫关差的手下杜宠。第三回描写温商的园亭更是半中半洋的，除了槟榔木、紫檀雕几这些富有岭南特色的家具外，更有大量的洋刬炕单、洋藤炕席、自鸣钟，等等。第十八回赫广大被抄，小说更是有意罗列了大量的舶来品：

> 自鸣钟廿八座　洋表大小一百八十二个　洋玻璃屏廿四架
> 洋玻璃床十六张　洋玻璃灯一百二十对　各色玻璃灯一百八十对
> 四寸厚水晶桌一张　四寸厚水晶椅八把　洋玻璃挂屏一百零四件　大红、大青、元青哆啰嗦呢各八百张　孔雀裘二套　洋毯　洋玻璃盏大小八十个……

另外，小说还时不时地写到洋酒以及"西洋美人"之类的玩物。如小说第十五回"光郎道：'晚生还带了一个劝酒美人来，也须赏他个脸。'忙向那边取出一个西洋美人，约有七寸多长，手中捧着大杯，斟满了酒。光郎不知把手怎样一动，那美人已站在吉士面前。吉士欣然饮了，又斟了酒。说也作怪，别人动他，他都朝着吉士；吉士动他，他也再不动一步。"

由此可见，当时的广州人的生活已和洋用品密切地联系在一起了。

（二）粤海关的腐败与十三行的衰微

小说还通过描写洋商苏氏父子与海关关差赫广大的关系，揭示了十三行与粤海关的矛盾，揭露了粤海关"任意勒索""病商累民"的种种情弊及其对十三行衰落的影响，有较高的认识价值。自康熙二十三年（1684）皇帝下令"开海贸易"以来，朝廷就设立了粤海关，每年都钦

227

派满人作为关差来监督关税。由于粤海关代表天子的利益，掌握特权，到了岭南又受到极大的利益诱惑，于是关差便变得异常贪酷与腐败。而这也正是导致十三行衰歇的最主要原因之一。

《蜃楼志》第一回写赫广大出场："且说这关差姓赫，名广大，号致甫……因慕粤东富艳，讨差监税，挈眷南来。"由于"此缺系谋干而来"，"原不过为财色起见"，因此赫广大一来就狮子大开口，巧立名目欲勒索众洋商五十万两银子，苏万魁托人求情才出三十万两了结。而"自从得了万魁这注银子，那几千几万的，却也不时有些进来。又出了牌票，更换这潮州、惠州各处口书，再打发许多得力家人，坐在本关总口上，一切正税之外较前加二，名曰'耗银'；其不当税之物，如衣箱包裹、什用器物等类，也格外要些银子，名曰'火烛银'。"（第六回）小说中的这些描写是很真实的。据《清代广州十三行记略》的研究，早在康熙六十年（1721）时，海关就已巧立各种名目征税了，"是年，广州海关需索的'规礼'：每船，通事索费 250 两；买办索费 150 两；船只丈量费 3250 两，后来减至 2962 两。税费最初 3% 后增至 4%，再后增至 6%。"[1] 对此，日本的一位学者指出，粤海关"由于各种各样的名目，实际征收的金额比正规税额增加了大约两倍"[2]。这种现象在粤海关持续期间屡禁不止。所以小说第十八回写赫广大被抄家，且不说那一长串的奢侈品名单，光是那亏空的税饷就令人瞠目结舌，"清查税饷，共亏空一百六十四万零四百两零一钱六分六厘"。

除了贪腐，赫广大还异常贪色，堪称无耻之尤。小说开头就写他有侍姜十余人，但他"终日守着这一班雌儿，渐渐的觉得家味平常，想尝这广东的野味"（第六回），于是向乌必元又要了八名才色俱佳的"老举"（广东人对妓女的俗称）。除此之外，他还无耻地逼纳乌必云的

---

① 李国荣、林伟森主编《清代广州十三行纪略》，广东人民出版社，2006，第 26 页。
② 转引自戴和《试论清前期粤海关征税用人的弊端》，《开放时代》1985 年第 1 期。

女儿做妾。

　　粤海关的贪腐不仅是关差一人，整个海关、衙门几乎无官不贪。小说第五回介绍乌必元，说他"本无经纪，冒充牙行，恃着自己的狡猾，欺压平民，把持商贾，挣下一股家私，遂充了清江县的书办。缘吏员进京谋干，荣授未入流之职，分发广东，又使了几百元花边，得授番禺县河伯所官，管着河下几十花艇，收他花粉之税。"又说汕尾口书办董财，"自初在广充当阜商，娶了家小后，因有了亏空，被运台递解回籍。他因恋着粤中，做些手脚，改姓钻谋。这口书办向例一年一换，都要用银子谋干的，汕尾的缺，向来是三千花边钱一年，包进才改了四千，所以被高才捷足者夺去。"（第七回）粤海关官员不仅明目张胆地营私舞弊，就连他们的家人仆役也为虎作伥，如蝇逐臭。小说第一回写赫广大刚上任就敲诈勒索众洋商，而传令者则是其跟班杜宠。苏万魁为了笼络杜宠，即时给了他一块洋表以及金花边三十元，并许事后补情。这杜宠袖着辞去，一路走着，想道："怪不得人家要跟关差！我不意中发个小财，只是要替他出点力才好。"不过，真正的仗势家人并不是杜宠一辈，而是总管包进才。就敲诈洋商多少银两一事，杜宠对苏万魁说："此事上边原没有定见，全是包大爷主张。"（第一回）小说中是这样描写的，"老赫问所办若何，进才禀道：'这商人们很不懂事，拿着五万银子要求开释。小的想，京里来的人，须给他三十几万两饥荒才打得开；这商人们银子横竖是哄骗洋鬼子的，就多使唤他几两也不为过，总要给他一个利害方好办事。'老赫道：'很是。晚上我审问他们。'"（第一回）后来众洋商向牢役宋仁远打听消息，仁远道："弟方才进去，一一告诉包大爷，他说：'老实告诉你说，里边五十万，我们十万，少一厘不妥，叫他们到南海县监里商量去！'看他这等决裂，实是无法。"（第一回）一名管家就能越过主人任意叫嚣，其权势之大可想而知。"征税用人中的弊端是粤海关腐败的主要表现。粤海关上自监督，下至家人、书役，无不以勒索为己任，整个粤海关有如一个分赃集团。"①

然而，清王朝对查处的粤海关关差又持包庇纵容的态度。小说十八回写赫广大被抄家之后，罪名是这样定的"所参系是实迹，如何不真？却都做到包进才四个家人身上去，老赫拟了个'酒色糊涂，不能约束下人，以致商民受累……题奏上去，皇上恩德如天，轸念旧臣，即将包进才四人正法，赫广大着看守祖宗坟墓，改过自新。"这不是小说夸大事实，比如乾隆年间粤海关富勒浑腐败案，乾隆认为"究念其非卖官鬻爵，贪黩不法。且历任封建宣力有年，尚知奋勉，而当金川用兵时，督办粮务，亦有微劳，是以宽免其勾决，仍牢固监禁。"②

总之，《蜃楼志》对官吏的腐败做了酣畅恣肆的揭露，让人窥见在封建社会粤海关空前贪黩、糜烂的真实情景。1835 年 6 月，《中国丛报》曾引用一个东印度公司职员的话：'老实说，广州政府的官吏，没有一个是干净的。'"③ 处于南海之滨开放前沿的广州，官吏们掌控了"生杀予夺的权柄，加上进出口贸易巨额利润的刺激，导致了人性的异化、欲望的疯狂"④。

在这种政治体制的重压之下，十三行洋商苟延残喘，渐渐退出了历史舞台。《蜃楼志》中洋商苏万魁的遭际就颇具有代表性。他在赫广大的无耻勒逼之下忿然道："我横竖破家，事平之后，这行业再不干了。"（第一回）后来，他又对李匠山说："小弟开这洋行，跟着众人营运，如今衣食已自有余，一个人当大家的奴才，真犯不着，况且利害相随，若不早求自全，正恐身命不保。"于是苏万魁急流勇退，小筑花田。"众商见万魁告退，也照他的样式，退了几个经纪人名字；要想充补的，因进才唆弄，揩勒多钱，也都不敢向前。有人题诗于海关照壁

---

① 戴和：《试论清前期粤海关征税用人的弊端》，《开放时代》1985 年第 1 期。
② 卢金玲、刘正刚：《乾隆时期的粤海关腐败案》，《江苏商论》2006 年第 1 期。
③ 蒋祖缘、方志钦主编《简明广东史》，广东人民出版社，1993，第 388 页。
④ 林薇：《〈蜃楼志〉新论》，《清代小说论稿》，北京广播学院出版社，2000，第 75 页。

'新来关部本姓赫，既爱花边又贪色。送了银仔献阿姑，十三洋行只剩七。"（第二回）

　　另外，繁重的捐款、摊派也是十三行难以为继的原因之一。小说第二回赫公道："我那管他有心无心，这洋商的缺，人家是谋干不到手，他不要就罢了，那个强他！况且朝廷城工紧项，正要富商踊跃，我们怎好阻挠？"据《清代广州十三行记略》一书记载，乾隆五十七年（1792年），"是年，朝廷出兵西藏平叛，要求洋商蔡世文……叶上林等巨款30万，另盐商捐30万，合计60万两，充作朝廷旱饷……洋商的日子苦不堪言。"[1] 又嘉庆六年（1801年），"华北一带水灾，朝廷令各省捐款。粤海关监督佶山要求各行商捐25万两，因潘致祥最富有，勒令同文行独捐30万两"[2]。这样的例子数不胜数，小说中苏万魁也是为关陇地震捐款之后才退掉行商一职的。（第二回）

　　可见，十三行洋商就是清王朝赚钱的工具，是被压榨的机器，终有一天他们会被榨干。嘉庆十五年（1810年），"这期间是洋商破产的高峰时期"[3]。嘉庆十九年（1814年），"经过捐款的折腾，行商面临困境，十有八九濒于破产"[4]。难怪十三行的洋商们赚到钱后，不把这些资金作为扩大经营的资本，转而买田买地成为封建地主。小说第九回苏吉士焚债券就足以说明苏家良田丰广。这也许就是为什么中国资本主义刚刚萌芽就被扼杀在摇篮里的一个缩影吧！

（三）近代骚动不安的沿海

　　乾嘉太平盛世，表面风平浪静，内里暗潮涌动。这种"山雨欲来

①　李国荣、林伟森主编《清代广州十三行纪略》，广东人民出版社，2006，第66页。
②　同上书，第72页。
③　同上书，第80页。
④　同上书，第86页。

风满楼"的迹象在沿海之滨早早地显露了出来。在欲望的驱使下，人心开始异化。小说中不仅写乌必元为了谄媚上司情愿让自己的女儿去做妾，第十五回还写到曲光郎等辈无端设法敲诈苏吉士，竹理黄为了把钱骗到手还不惜拿自己的老婆作为"诱饵"。所以作者不禁感叹"广东烂仔刁钻甚，未免英雄唤奈何"。

官吏的腐败，加上土地兼并非常严重，迫使许多无以为生的百姓铤而走险。小说中多次写到盗贼疯狂，第八回写苏家花田私宅被盗，第十七回写苏吉士往清远避难，"目下盗贼横行，夜里不能走路"。

另外，整部小说一直都笼罩着洋匪的阴影。小说有许多回目提到洋匪猖獗。如第二回庆公因患海寇出没无常，居然自己出资招募乡勇御匪。第七回惠州汕尾口书办董材因起解洋饷"至海丰县羊蹄岭左侧，陡遇洋匪五十余人蜂拥而来，手持刀铳器械，劫持饷银及行李等物"。第六回，李匠山去江西，姚霍武决定护送其前行，霍武道："洋匪横行，他那里怕什么官府？即梅岭旱路，亦窃盗蜂生。"可见，洋匪已严重威胁了粤东人民的生命与财产安全。

事实上，洋匪在广东沿海古已有之，不过，美国学者安乐博在其《中国海盗的黄金时代》一文中指出："中国南部沿海地区海盗活动之猖獗可谓史不绝书，然而，中国海盗的黄金时代却迟至中国封建王朝几近没落之际，即大约在 16 世纪至 19 世纪期间才姗姗来迟。其间，中国海盗的发展无论是在规模上还是在范围上，一度都达到了世界其他任何一个地方的海盗均无与匹敌的地步。"①

清乾嘉之际正是海盗风生水起之时。海盗的勃兴，与清朝中叶以白莲教为主的农民起义风起云涌也有很大关系。②《蜃楼志》中就写到一

---

① 〔美〕安乐博著《中国海盗的黄金时代：1520—1810》，王绍祥译，《东南学术》2002 年第 1 期。

② 参见刘平《清中叶广东海盗问题探索》，《清史研究》1998 年第 1 期。

个占据潮州、烧杀抢掠、无恶不作的海盗"大光王"摩剌，他是"天妃宫的和尚，本系四川神木县人，俗名大勇，白莲余党，因奸力毙六命，逃入藏中安身。为人狡猾，拳勇过人，飞檐走脊，视为儿戏；被他窃了喇嘛度牒，就扮做番僧，改名摩剌，流入中华。在广西思安府杀了人，飘洋潜遁，结连着许多洋匪，在海中浮远山驻扎。因他力举千斤，且晓得几句禁咒，众人推他为首，聚着四千余人，抢得百来个船只，劫掠为生。近因各处洋匪横行，客商不敢走动，渐渐的粮食缺乏，他想着广东富庶，分付众头目看守山寨，自己带了一二百名勇健，驾着海船，来到省城……"

　　除了上述原因，洋匪之猖獗，也是官府姑息所致。小说第十回写姚霍武去惠州投奔哥哥，路遇王大海诸人。他们本是庆制府标下的乡勇，负责堵御洋匪。谁知庆大人去后，拿着洋匪无处报功，反受地方官的气。王大海说："从前拿住洋匪，地方官协解至辕，少则赏给银钱，多则赏给职衔。我这两三县中，弟兄十五六人，也有六七个得授职衔的。如今拿住洋匪，先要赴当地文官衙门投报，复审一回，送他银子，他便说是真的；不送银子便说是假的。或即时把强盗放了，或解上去，报了那有银子人的功。那出银子买洋匪报功的，至数十两一名。所以我们这班乡勇，倒是替有银子的人出了力了。这样冤屈的事，那个肯去做他？"如此善恶不分，颠倒黑白，唯利是图，也就难怪海盗肆无忌惮，社会危机四伏了。因此，小说真实地描绘了岭南地区广阔的社会图景，让人隐隐地觉得它正在慢慢地拉开近代革命的序幕。其后不久，就爆发了广西金田起义。

　　《蜃楼志》所写的广府风情还有不少。例如，当时广州赌风大盛，就连闺阁亦染此风，作者赋诗慨叹道："赌博赌博，盛于闺阁。饱食暖衣，身无着落。男女杂坐，何恶不作！不论尊卑，暗中摸索。任他贞洁，钗横履错。戒之戒之，恐羞帷薄。"（第二回）又如，娼妓业繁兴。

小说写乌必元"得授番禺县河伯所官，管着河下几十花艇，收他花粉之税。"（第五回）还写"花田是粤省有名胜境，春三士女攘往熙来，高尚的载酒联吟，豪华的寻芳挟妓。"（第四回）

总之，《蜃楼志》一书描写了广阔的社会生活图景，从县衙到海关，从洋行到小铺，从街坊到市井，从府门家院到陋室敝屋，官吏商人、官军盗匪、和尚姬妾、帮闲蔑片，形形色色的人物俱收笔底，具有风俗画的性质，为今人研究清中叶广府地区的风土人情等提供了大量鲜活、感性的文献资料。

参考文献

1. 屈大均：《广东新语》，中华书局，1985。

2. 黄佛颐：《广州城坊志》，广东人民出版社，1994。

3. 仇巨川：《羊城古钞》，广东人民出版社，1993。

4. 徐珂：《清稗类钞》，中华书局，1984。

5. 庾岭劳人：《蜃楼志全传》，百花文艺出版社，1987。

6. 安和先生：《警富新书》，群众出版社，2003。

7. 笑翁：《羊石园演义》，东华日报馆，1899。

8. 花溪逸士：《岭南逸史》，百花文艺出版社，1995。

9. 佚名：《圣朝鼎盛万年青》，北京师范大学，1993。

10. 佚名：《鬼神传》，清代丹柱堂刻本。

11. 蘧园：《负曝闲谈》，上海古籍出版社，1985。

12. 沈复：《浮生六记》，人民文学出版社，1999。

13. 吴趼人：《吴趼人全集》，北方文艺出版社，1998。

14. 黄小配：《宦海潮》，浙江古籍出版社，1995。

15. 黄小配：《廿载繁华梦》，上海古籍出版社，1997。

16. 黄小配：《洪秀全演义》，人民文学出版社，1984。

17. 黄小配：《大马扁》，春风文艺出版社，1997。

18. 黄世仲：《重印黄世仲小说六种》，香港：纪念黄世仲基金会，2003。

19. 黄世仲、黄伯耀：《中外小说林》，香港：夏菲尔国际出版公司，2000。

20. 梁纪佩：《刘华东故事》，香港：清末五桂堂分局刊本。

21. 邵彬儒：《俗话倾谈》，春风文艺出版社，1997。

22. 张心泰：《粤游小识》，清光绪年间刻本。

23. 范端昂：《粤中见闻》广东高等教育出版社，1988。

24. 张渠、陈徽言：《粤东闻见录南越游记》，广东高等教育出版社，1990。

25. 支机生：《珠江名花小传》，国学扶轮社，1914。

26. 曾七如：《小豆棚》，荆楚书社，1989。

27. 潘侠魂：《荒唐镜》，民初崇德书局石印本。

28. 八宝王郎：《冷眼观》，春风文艺出版社，1997。

29. 旅生：《痴人说梦记》，春风文艺出版社，1997。

30. 佚名：《林公案》，吉林文史出版社，1987。

31. 衬叔：《鬼才伦文叙全集》，香港：民初陈湘记书局石印本。

32. 何可笑：《珠海仙踪》，民初民智书店大成书局石印本。

33. 中山客：《扭计祖宗陈梦吉》，香港：创基出版社，时间不详。

34. 中山客：《六壬王荒唐镜》，香港：创基出版社，时间不详。

35. 中山客：《讼棍王刘华东》，香港：创基出版社，时间不详。

36. 《清代广东笔记五种》，广东人民出版社，2006。

37. 《明清广东稀见笔记七种》，广东人民出版社，2010。

38. 黄谷柳：《虾球传》，广东人民出版社年，1979。

39. 欧阳山：《一代风流》，人民文学出版社，2005。

40. 广州市地方志编纂委员会：《广州市志》，万方数据电子出版社。

41. 广州市政协文史资料委员会：《广州文史资料》，广东人民出版社。

42. 广州市地方志办公室：《广州话旧——〈羊城今古〉精选（1987-2000）》，广州出版社，2002。

43. 雷梦水、潘超、孙忠铨、钟山：《中华竹枝词》，北京古籍出版社，1997。

44. 招子庸：《粤讴》，广东人民出版社，1986。

45. 冼剑民、陈鸿钧：《广州碑刻集》，广东高等教育出版社，2006。

46. 广东省立中山图书馆编《旧粤百态：广东省立中山图书馆藏晚清画报选辑》，中国人民大学出版社，2008。

47. 杨资元、黎元江：《英雄花照越王台——历代咏广州作品选》，广州出版社，1996。

48. 陈永正：《岭南历代诗选》，广东人民出版社，1993。

49. 陈永正：《中国古代海上丝绸之路诗选》，广东旅游出版社，2001。

50. 杏岑果尔敏：《广州土俗竹枝词》，清同治十年刊本。

51. 吟香阁主人：《羊城竹枝词》，清光绪元年刊本。

52. 王一洲、王李英：《历代荔枝诗词选》，广东旅游出版社，1987。

53. 朱光：《广州好》，广东人民出版社，1959。

54. 亨特：《旧中国杂记》，广东人民出版社，1992。

55. 奥古斯特·博尔热：《奥古斯特·博尔热的广州散记》，上海书店出版社，2006。

56. 伊凡：《广州城内——法国公使随员1840年代广州见闻录》，广东人民出版社，2008。

57. 伍宇星：《19世纪俄国人笔下的广州》，大象出版社，2011。

58. 龙思泰：《早期澳门史》，东方出版社，1997。

59. 刘志文：《广东民俗大观》，广东旅游出版社，1993。

60. 叶春生：《广府民俗》，广东人民出版社，2000。

61. 叶春生：《岭南俗文学简史》，广东高等教育出版社，1996。

62. 陈泽泓：《广府文化》，广东人民出版社，2007。

63. 梁嘉彬：《广东十三行考》，广东人民出版社，1999。

64. 潘刚儿：《潘同文（孚）行》，华南理工大学出版，2006。

65. 黄启臣：《广东商帮》，黄山书社，2007。

66. 钟征祥：《食在广州》，花城出版社，1980。

67. 陈梦因：《粤菜溯源录》，百花文艺出版社，2008。

68. 罗雨林：《荔湾风采》，广东人民出版社，1996。

69. 广州市越秀区政协：《商海千年说越秀——越秀商业街巷》，花城出版社，2009。

70. 梁达：《广州西关古仔》，广州出版社，1996。

图书在版编目（CIP）数据

明清以来文学中的广府风情研究 / 纪德君，何诗莹
著． -- 北京 : 社会科学文献出版社，2018.12
（广府文化研究丛书）
ISBN 978-7-5201-3623-5

Ⅰ．①明… Ⅱ．①纪… ②何… Ⅲ．①古典文学研究
-广东-明清时代 Ⅳ．①I206.48

中国版本图书馆 CIP 数据核字（2018）第 233053 号

广府文化研究丛书
明清以来文学中的广府风情研究

著　　者 / 纪德君　何诗莹

出 版 人 / 谢寿光
项目统筹 / 周志静　宋月华
责任编辑 / 刘　丹

出　　版 / 社会科学文献出版社·人文分社（010）59367215
　　　　　地址：北京市北三环中路甲 29 号院华龙大厦　邮编：100029
　　　　　网址：www. ssap. com. cn
发　　行 / 市场营销中心（010）59367081　59367083
印　　装 / 三河市尚艺印装有限公司

规　　格 / 开　本：787mm × 1092mm　1/16
　　　　　印　张：15.25　字　数：204 千字
版　　次 / 2018 年 12 月第 1 版　2018 年 12 月第 1 次印刷
书　　号 / ISBN 978-7-5201-3623-5
定　　价 / 98.00 元